글로 쓴 인생, 살아가는 독서

글로 쓴 인생、 살아가는 독서

새미

본문의 이야기는 1960년대 초 그이와 필자가 미국 시카고에서 가난한 유학생으로 만났던 때부터 시작된다. 부지런한 세월은 연약한 묘목이었던 우리 부부를 묶어 55번이나 나이테를 둘렀고, 이제는 계절의 순환 속에 약한 비바람만 불어와도 힘겹게 버티는 기우뚱한 고목이 되었다.

1960년대 초, 우리나라는 미국과 국제연합 한국재건단(UNKRA)을 통해 무상증여와 원조를 받는 최빈국이었고, 국가의 지도자는 국가재건을 위하여 외국에서 차관(借款)을 들여오던 시기였다. 4·19와 5·16으로 시작된 1960년대, 보릿고개를 힘겹게 버티는 부모로부터 경제적 도움을 받을 수 없었기에 당시의 유학생들은 일하며 공부했다.

젊은 날엔 꿈을 향해 힘겨운 도전을 함께했고, 각박한 삶의 터전에서 각자에게 주어진 멍에를 짊어지고 지칠 줄 모르게 달렸다. 미국에서 그이가 학위를 마쳤을 때 딸과 아들이 딸린

4인 가족이 되었고, 주립대학에서 정년보장 교수로 가르치게 되었을 때 우리 가족은 딸 하나 아들 둘을 가진 5인 가족이 되었다. 그때까지 우리 부부는 시간적·경제적·육체적·정신적으로 여유 없이 삶의 톱니바퀴에 맞물려 돌아갔다. 가족이란 울타리 속에서 주어진 사랑실천과 희생의 멍에를 무겁다고 불평한 적이 없었다.

그 후 우리 가족은 고국으로 귀국하여 남편은 모교에서 학생들을 가르치게 되었다. 대가족의 장손인 그이는 100세 되신 시 할머님을 비롯하여 노부모님이 살아계신 가족과 모교와 학회를 위하여 가진 역량을 다했다. 이제는 자식들도 성장하여 새로운 둥지를 만들었고, 자식 셋 다 저들의 아버지처럼 대학에서 학생들을 가르치고 있다.

이제 우리 부부는 황혼에 비틀거리는 걸음을 서로 의지하며 살고 있다. 아직도 서로 울퉁불퉁한 말을 내뱉으며, 티격태격하며, 서로 옳다고 우기며, 유치찬란하게 늙어가고 있다. 누가 먼저 삶의 터전을 떠나든, 그날까지 우리들의 대화는 이어지리라. 희로애락을 함께 해온 나의 짝에게, 가족과 가정을 위해 헌신해온 사랑에 감사하다는 말을 전하고 싶다.

이 책에는 삶에 뿌리를 내리기 위해 많은 땀을 흘려야 했을 때, 가족을 다시 돌아보게 되는 아름다운 삶의 가치를 담아놓았다. 이 글 속에는 땀과 눈물, 기쁨과 희망을 함께한 스냅사진과도 같은 이야기들이 담겨있다.

책을 읽지 않는 디지털 시대, 이런 불경기에 출판을 허락해 주신 국학자료원의 정구형 대표이사님께 진심으로 감사함을 표하며, 원고를 교정해 주신 편집부 선생님들께 고마운 마음을 전하고 싶다.

2020년 초여름 여의나루 淸心齊에서 조영자

목차

2

생활 속의 단상(斷想)과 대화

3

마누라에게 공짜로 강의하려니…

4
권력의 속성과 중독성

5
외국인들이 의아해하는 한국 고유의 풍경

1.

꿈과 이상을 함께 그리며

젊은 날의 꿈과 도전

젊음의 특권은 자신의 앞날에 대한 뜨거운 열정과 꿈을 꿀
수 있는 충분한 시간을 가졌다는 점이다. 젊었을 때는 자신이
처한 형편과 처지를 뛰어넘어 보다 나은 생활환경과 능력을
발휘할 수 있는 미지의 세계를 동경한다. 그러다가 활로를 찾
아 불확실하고도 힘든 세계에 도전하게 된다. 그런 의미에서
'젊은 날의 꿈과 도전'이란 소제목을 달았다. 본 장에서는
1960년대 초에 미국으로 유학 온 그이와 필자가 보고 겪은 미
국 사회와 대학가를 중심으로 하여 이야기가 시작된다.

1960년대 초 우리나라 유학생들은 <4·19 혁명>과 <5·16
군사혁명>을 갓 겪었기에 어떠한 어려움도 인내와 노력으로
대결할 수 있는 정신적 무장이 돼 있었다. 그러기에 부모로부

터 경제적 도움을 받을 수 없는, 황무지 개척자의 야영장과 같았던 유학 생활에 도전할 수 있었으리라. 몸이 아파도 생활비가 없어도 의지할 곳 없는 유학생은 돌같이 단단한 정신력과 육체적 노동으로 버텨야만 했다. 황금찬 시인은 "우리 국민이 넘고 있는 보릿고개는 세계 최고봉인 에베레스트산을 정복하는 것보다도 더 힘들다"라고 토로했던 시절이었다.

　해방 후 우리나라는 일제의 잔재와 국토분단 그리고 한국전쟁으로 국토는 황폐하였고 사회의 원동력인 젊은이들은 전화 속에 희생되었다. 남은 것은 굶주림과 폐허였다. 우리나라는 미국과 국제연합 한국재건단(UNKRA)을 통해 무상증여와 원조를 받는 최빈국이었다. 미국으로부터 식량과 헌 옷을 구제품으로 받았다. 당시 미국의 원조가 차지하는 비중은 우리나라 전 원조의 75%가량 되었다. 1960년대 초 우리나라의 1인당 국내총생산 GDP는 79달러였다. 당시에 필리핀의 1인당 국내총생산 GDP는 254달러로 한국의 3배였고, 대만도 우리나라의 2배였다. 당시 우리나라 유학생의 일부분은 필리핀과 대만으로 갔었다.

　1960년대에 우리나라의 통치자가 국가재건을 위해 외국에서 차관(借款)을 들여오던 시기였다. 광부와 간호사를 서독에 파견했던 슬픈 이야기는 아직도 우리 국민의 가슴을 아프게 한다. 1960년대 중반부터 미국은 한국을 반공산주의의 보루로써 경제적 발전과 군사력 강화를 위해 한국을 적극적으로 도왔다. 이때 삼성, 대우, 현대, 럭키금성(LG) 같은 대기업이 조국의 경제적 성장을 견인하는 역할을 하기 시작하였고 우리나라에는 '한강의 기적'이 일어나고 있었다.

1960년대는 냉전체제의 절정기

1960년대는 미국과 소련을 주축으로 하여 우주개발 경쟁을 벌이는 동시에, 세계지배를 놓고 치열한 경쟁을 벌였던 냉전체제의 절정기였다. 소련이 세계 최초의 인공위성로켓 '스푸트니크(Sputnik·1957.10.4.) 1호'을 쏘아 올렸을 때 크게 충격을 받은 미국은 그다음 해에 항공우주국(NASA)을 발족했다. 소련의 유리 가가린이 탑승한 유인우주선 보스토크(Vostok) 1호가 1961년 4월 12일에 인류 최초로 지구궤도를 돌았다. 그에 충격을 받은 미국의 존 F. 케네디 대통령은 달을 탐사하고 사막을 정복하자고 대통령취임연설문에서 강조했다. 미국의 꿈과 계획은 아폴로(Apollo) 11호의 닐 암스트롱과 버즈 올드린이 달에 첫발을 디뎠을 때(1969.7.20) 완성되었다. 미국은 "Man on the moon!"이라며 텔레비전을 통해 세계에 외쳤다.

1960년대는 미국 역사상 극렬한 폭동의 시기

　미국은 제2차 세계대전 초기에 '고립주의 노선'을 지키다가 일본이 진주만을 폭격한 1941년 12월부터 본격적으로 참전했다. 세계대전은 미국의 참전으로 끝이 났다. 1960년대에 미국의 경제 규모는 소련을 두 배 이상 능가했다. 2차 세계대전 후 미국은 유럽 동맹국의 전후복구를 위하여, 마셜 플랜(Marshall Plan)이란 이름으로 130억 달러의 경제적 기술적 지원을 했다. 그러나 아이러니하게도 1960년대는 미국 역사상 정치, 사회, 문화적 측면에서 가장 격렬한 사회운동이 일어났던 격동기였다.

　1960년대에 미국의 존 F. 케네디 대통령은 공산국가인 쿠바의 피델 카스트로를 제거하기 위해 실행한 피그만 침공(Bay of

Pigs Invasion)은 크게 실패하였고, 쿠바 미사일 위기(1962.10.)를 아슬아슬하게 넘겼다. 그러나 미국 역사상 가장 충격적인 케네디 형제의 암살사건이 일어났다. 케네디 대통령이 텍사스 주 댈러스에서 카퍼레이드 중 저격(1963.11.22)당했고, 동생 로버트 케네디(Robert Kennedy)는 1968년 6월 6일 경선 도중, 캘리포니아 주 LA 앰배서더 호텔에서 요르단 계 청년에게 암살당했다.

이 시기에 있었던 에피소드이다. 그이는 존 F. 케네디 대통령을 좋아했었고, 그의 동생 로버트 케네디(Robert Kennedy)도 지지했다. 법무장관을 역임했던 로버트 케네디가 1968년 대선에 출마했을 때이다. 차기 대통령 유력주자인 로버트 케네디가 교육도시 네브래스카 주 링컨에 왔을 때 우리 부부는 2살 난 딸을 안고 밤에 공항까지 나갔었다. 당시 비행기 연착으로 공항에서 꽤 기다렸다. 로버트 케네디는 환영 대열을 지나가다가 동양인 부부가 어린아이를 안고 기다리던 우리에게 자기를 지지하자 뒤돌아와 딸애의 머리를 몇 번 쓰다듬고 지나갔었다. 로버트 케네디는 진보정치계에 존경을 받았다. 그는 흑인 인권운동에 적극적으로 가담했으며 흑인 인권법안 통과에 크게 공헌했다.

마틴 루터 킹 목사는 흑인과 백인의 평등과 공존을 표방하는 비폭력평화시위로 1964년에 노벨평화상을 수상했으나, 1968년 4월 4일에 테네시 주 멤피스에서 백인우월주의자 단체회원에 의해 암살당했다. 두 달 간격으로 킹 목사와 로버트 케네디의 암살이 연이어 일어나자 미국 사회는 큰 충격과 혼란 속에 빠졌다.

이 시기에 여성차별 철폐 운동 또한 거세게 일어났다. 케네디 대통령을 뒤이은 린든 B. 존슨 대통령은 '위대한 사회(Great Society)' 프로그램을 통과시켜, 복지, 주택, 건강, 교육이 공정하게 분배되도록 하는 '가난과의 전쟁', '인권법', '우주탐사 경쟁'을 선포했다. 그리하여 시민권법(1964)과 흑인을 포함한 모든 미국 시민이 투표할 수 있는 투표권법(1965)을 통과시켰다. 여성 노동자들은 노동조건개선과 참정권을 부르짖으며 양성(兩性) 평등운동이 일어났다.

1968년 8월 존 F. 케네디 대통령의 미망인 재클린 케네디가 그리스 선박왕 애리스토틀 오나시스와 결혼한다는 뉴스는 충격적이었다. 당시 39세인 재클린이 62세인 오나시스와 재혼하는 것을 두고, 케네디 대통령을 좋아했던 남성들 사이에선 한마디로 영부인의 자존심을 버리고 '재물에 눈이 어두운 여인'이라고 비난했다. 지중해 호화요트(Christina)에서 두 사람의 모습이 TV 화면에 비쳤고, 두 달 후 결혼했다. 당시 한국유학생들은 주말에 우리 집에 모여서 맥주잔을 기울이며 밤중까지 재클린의 재혼을 성토했다.

대학가의 비트족과 히피족(Beats & Hippies)

1960년대에 미국의 대학캠퍼스 내에서는 자유 언론 운동과 베트남 반전시위가 끊일 날이 없었다. 2차 대전을 치르고 돌아온 1950년대 젊은 세대는 전후(戰後)의 삶에 안주하지 못하고 사회로부터 냉대 받는 '상실의 세대(패배세대)'라고 하는 비트족(Beats)이 생겼다.

1960년대 중반에는 히피족(Hippies)이 생겼는데, 주로 청년과 대학생들이었다. 미국이 강대국으로 세계의 패권을 쥐게 되었으나, 대학가에서는 제국주의의 본성과 자본주의의 탐욕성'을 드러낸다고 생각했다. 이들은 베트남 반전시위에 적극적으로 앞장섰는데, 베트남에서 일어나고 있는 잔인한 전쟁현황을 TV를 통해 직접 볼 수 있었던 것도 하나의 이유였다.

히피족은 캘리포니아 주 샌프란시스코와 LA 등지에서 패거리를 지어 마약을 하기도 하고, 사회적 질서와 규범에서 벗어남으로써 물의를 일으켰다. 히피족은 장발에 수염을 기르고, 맨발에 샌들을 신고, 평화를 상징하는 비둘기와 꽃을 표방하며, 자연으로의 회귀를 부르짖었다. 한마디로 외관은 메스꺼울 정도로 기괴망측했다. 1970년 3월에 미국이 캄보디아를 침공해 전선은 인도차이나반도 전역으로 확대되자, 반전시위는 전국대학으로 확대되었다. 1973년 3월에 베트남으로부터 미군을 철수함으로써 반전 데모는 잠잠해졌다.

가난한 유학생들의 첫 만남

그이는 5월 어느 날, 시카고의 한인교회를 통해 필자의 소식을 알게 되었다며 전화로 데이트를 신청해 왔다. 필자는 당시에 미국 간호협회 주최, 교환학생 프로그램으로 버지니아주 리치먼드에 있는 의과대학 병원에서 6개월간 교육프로그램을 마치고, 시카고의 아동병원 메디컬센터에서 교육을 받는 중이었다.

시카고는 북미대륙의 오대호(五大湖) 중의 하나인 미시간 호수 서남쪽에 자리하고 있으며, 인구별로는 뉴욕과 LA 다음인 3번째 대도시이다. 필자가 교육받고 있는 메디컬센터에서 걸어서 5분 거리에 미시간 호수와 풀러턴 공원이 있었다. 호숫가 벤치에서 조국과 고향에 그리움을 띄우며 서로에 대한 자기소개 형태의 대화를 나누었다. 필자의 고향은 경상북도, 인물도 교육도 집안 배경도 내세울 게 없었다. 당시 후진국의 인재를 육성한다는 취지에서 미국간호협회가 보호자 역할을 하여, 미국에 2년간 교환학생 프로그램으로 왔다. 필자는 미국에 온 지 6개월 남짓하고 교육받는 중이라, 아직 미국의 문물에 접할 시간적 여유가 없었으며, 미국에 대하여 아는 바도 없었다. 만나면 주로 이야기를 듣는 편이었다.

고향이 전라도인 그이는 부친이 교육자이시며, 여형제가 많은 집안의 6남매 장손으로 조부모와 부모님의 과보호 아래서 자랐다고 했다. 서울 Y대학 정외과를 졸업하고, 미국 켄사스(Kansas)대학에서 정치학 석사과정을 마쳤으며, 9월이면 네브래스카(Nebraska)대학에서 박사과정을 시작한다고 했다. 여름방학 동안 시카고에 있는 유대인 부호들의 브린마 컨트리클럽(Bryn Mawr Country Club; 골프장)에서 바텐더(Bartender)로 3개월간 아르바이트를 계약했다고 하였다.

호숫가 작은 물새들이 모래톱 잔물결에 노닐며 석양에 돌아갈 것을 잊었고, 저녁놀이 푸른 밤안개 속에 잠들 때면 멀리서 등대가 깜박였다. 어느새 미시간호수위로 어둠이 깔리고, 탐조등이 크게 원을 그리며 돌아갈 즈음이면, 호숫가 고층빌딩 앞으로 오가는 차량은 꼬리를 물고 불꽃 물결로 흘렀다. 교제 초기에 우리는 호숫가 벤치에서 조국과 고향에 그리움을 띄우며 서로에 대한 자기소개 형태의 대화를 주로 했다. 그이는 지난 3년 동안 아르바이트한 온갖 경험담을 들려주었는데, 솔직하고 직설적인 성품인 것 같았다.

각종 아르바이트 이야기

브린마 컨트리클럽에서 바텐더(Bartender)

정치학을 공부하는 그이는 세계정세, 미국과 한국과의 관계, 미국 사회와 대학생들의 의식구조, 그리고 미국 역사의 토막 이야기 등을 화제로 삼았다. 재미있고 배울 점이 많았다. 그이는 지난해 여름방학 때까지 지금 일하고 있는 시카고 브린마 컨트리클럽에서 바 보이(bar boy)를 하였는데, 올해에는 바텐더로 채용하겠다는 편지를 받고, 여름방학 때 다시 시카고에 왔다. 바(Bar) 카운터에서 주문받고 주류를 혼합(mix)하는 일을 했다. 바텐더 자격증은 미국 호텔업 협회에서 주관하는 30시간의 교육과정을 이수한 다음, 영어로 치는 4지 선다

형 필기시험에 75% 이상 점수를 얻어야 자격증이 나오는데 그 시험을 합격하였다.

필자는 바텐더 자격시험을 위해 어떤 공부를 했는지 물었다. 음료 분야의 기본지식과 실무 위주의 프로그램을 교육받았는데, 칵테일을 혼합하는 방법과 재료에 대하여 소책자 『Boston Bar Book』을 한 권 독파했다. 교육비와 시험응시료는 컨트리클럽에서 지원해주었다. 유학생으로선 여름방학 기간 중 고급 아르바이트인 셈이었다. 그러나 데이트할 때 보면 그이의 손톱은 늘 물기에 젖어있었다.

미국의 여름방학은 대게 6월에서 8월까지 3개월간이기 때문에 외국 학생뿐만 아니라 미국 학생들도 거의 다 학비를 벌기 위해 일을 했다. 이곳 브린마 컨트리클럽에는 골프장, 식당, 게임을 할 수 있는 시설, 휴식장, 사교장, 그리고 결혼식 행사를 치를 수 있는 시설을 갖추고 있었다. 미국 엠파이어 스테이트 빌딩, GM 회장 등 미국의 최고 유대인 부자 200여 명이 세운, 유대인 컨트리클럽이었다.

그이는 유대인 부호들의 골프장인데도 팁(Tip)을 주는 데는 무척 인색하며, 아주 짜다고 했다. 세계인구의 0.2%에 불과한 유대인이 전 세계 노벨상의 25%, 미국 노벨수상자의 40%를 차지한다. 유대인들은 과학과 의료분야, 경제학 등에서 놀라운 창의력을 발휘하는데, 오늘날 미국의 경제, 사회, 정치 분야에서 권력 있는 최상위 엘리트 100인 중 절반가량이 유대계이다. 그리고 돈과 인맥은 놀라울 정도며, 유명한 대학의 교수 중에는 특히 유대계가 많다고 하였다. 그렇게 우수한 두뇌를 타고난 유대인이 얼마나 돈과 경제에 밝았으면 '유대인의 상술' 이란 말이 생겼을까 싶었다. 유대인 백만장자들이 모이는 바에서 일해도 파티가 끝난 후 외국학생에게 주는 팁은 지폐가 아닌 고작 25센트 동전이다. 간혹 지폐를 팁으로 주는 사람도 있긴 한데, 이들은 초청받아 골프 치고 가는 손님들이라고 했다.

이탈리아의 시인 단테(Dante)는 "지식이 깊은 사람은 시간의 손실을 슬퍼하는데 가장 절실하다"고 했다. 인간 만사의 해결 역시 시간, 용기, 금전 중 그 어느 하나일 것이니 어찌 시간이 소중하지 않으랴. 아르바이트하며 소비한 시간이 소중한 만큼 거기에 합당한 금전적 보상이 따른다면 얼마나 좋으랴 싶었다.

미국은 열심히 땀 흘릴 준비가 되어있는 사람에겐 기회의 땅이라고 생각한다며 투박한 경상도 억양의 말투로 대화를 나누었다. 미국에 대하여 아는 것도, 자랑할 것도 없는 필자는 중·고등학교 시절부터 취미로 외웠던 시(詩)를 가끔 읊었다.

미시간 호수로 불어오는 바람이 고향 생각을 실어다 주는데, 멀리서 정박한 듯 움직임이 없는 거대한 화물선, 그리고 천천히 움직이는 범선을 보며 노산 이은상(1903~1982)의 시「고향 생각」을 읊었다. 그이는 어릴 때 고향의 개천에서 물고기 잡기를 즐겼다고 했다.

> 어제 온 고깃배가 고향으로 간다기에 / 소식을 전차하
> 고 갯가로 나갔더니
> 　그 배는 멀리 떠나고 물만 출렁거리오. //고개를 숙으
> 리니 모래 씻는 물결이요
> 　배 뜬 곳 바라보니 구름만 뭉게뭉게 / 때 묻은 소매를
> 보니 고향 더욱 그립소.

　때로는 노산의 「가고파」시 10수를 읊어주기도 했다. 노래 '가고파'는 부제로 '내 마음 가 있는 그 벗에게'로 모두 10편의 시 중에서 4편이 노래 가사이다. 동심으로 돌아가 "고향 땅이 여기서 몇 리나 되나? 푸른 하늘 잇닿은 저기가 거긴가?"라는 동요를 부르기도 했다. 지금 생각해 보면 그이는 시문학에 별로 흥미가 없었는데도 필자가 시를 읊을 때면 참고 들어준 것 같다.

실험용 쥐와 토끼집 돌보기

그이는 위스콘신(Wisconsin) 대학에 다닐 때 겪은 아르바이트 이야기를 해 주었다. 먼저 미국 대학을 두고 가장 놀라운 첫인상 한두 가지를 말해주었는데, 첫째, 울창한 숲속, 대학도서관에 불이 밤새도록 환하더라고 했다. 그이는 '아아. 이것이 미국의 힘이다!'라고 생각했다며 힘주어 말했다. 그리고 대학마다 생물학(Biology)과 건물이 가장 웅장하게 지어졌더라고 했다. 1960년대 초, 우리나라에서는 기초학문으로 동물학, 식물학 등으로 나누어져 있었고, 자연과학대학에 속해있었다.

위스콘신 대학 축구경기장 아래 넓은 공간에 생물학과에서 관리하는 실험용 쥐와 토끼를 수백 마리를 키우는 사육장이 있었다. 1950~60년대에 미국에선 생명과학(Life Science, Biological Sciences)분야를 국가 차원에서 지원해주며, 암 연구도 본격적으로 다루어졌다.

오늘날 미국은 세계적으로 생명공학(Biotechnology)이 가장 앞서가는 나라인데, 이미 1960년대부터 미국대학에서는 암 연구를 위해, 연방정부의 막강한 연구비 지원으로 생물학연구에 박차를 가해 왔다. 대학마다 생물학 분야의 건물이 가장 크고 각종 시설도 훌륭하게 갖추어져 있었다. 우리가 사용하는 약 한 개를 개발하여 일반투약에 들어가기까지는 여러 단계를 거치며 동물 대체 실험을 한다. 이를테면 치약 안전성 검증을 위하여 설치류(쥐 종류) 수백 마리가 실험대상이며, 살충제 한 가지만 하더라도 설치류 수천 마리가 희생된다고 한다.

그이는 대학에서 그리 멀지 않는 곳에서 생활하였음으로 학교에서 돌아올 때 사육장에 들려 내부 청소와 밥그릇 청소, 그리고 먹이와 아기 우유병 형태의 물병에 물을 채워주는 일을 하여 생활비를 벌었다고 했다. 점심과 저녁은 그곳에서 가까이에 있는 남학생 사교클럽에서 해결하였는데, 별로 힘들지 않았고, 보수도 괜찮았다고 했다.

숫눈에 첫 발자국을 찍으며…

위스콘신 주는 미국의 최북단에 있어서 겨울에 춥고 눈이 많이 오는 지역이다. 그이는 학교식당에서 아침에 한두 시간 식당일을 도와주고 아침 제공과 얼마의 보수를 받았다. 눈이 많이 온 날 새벽, 미처 눈을 치우지 않았을 때는 허리춤 위에까지 오는 숫눈을 헤치며, 학교식당에 갈 때도 있었는데, 어디가 길인지 분간할 수 없는 은빛세계! 새벽길 걷는 사람이 첫 이슬을 털 듯이, 사람의 발자국이 나지 않은 숫눈에 첫 발자국을 만들었다고 했다.

필자가 애처로운 눈빛으로 이야기를 들었는지, 그이는 숫눈은 부드러워 몸으로 길을 만들며 가도 그렇게 어렵지 않았다고 하며, 무척 아름다운 추억이라고 하였다. 아르바이트의 '막노동!' 삶의 어려운 고비마다 지혜와 교훈을 보상으로 안겨준다고는 하지만, 외국 유학생들이 하나같이 고생이 심하다는 것을 알게 되었다.

어설픈 정원사(Gardener), 보수도 못 받고…

위스콘신 대학에 다닐 땐데, 대학촌의 한 부잣집 정원사 일을 하게 되었을 때다. 한 번은 한 노파의 넓은 정원의 울타리 나무들을 전기톱으로 다듬게 되었다. 한쪽 울타리 나무를 자르고 둘러보니, 처음 시작했을 때의 나무키와 끝맺음했을 때의 나무키가 차이가 있어서, 짧은 키에 맞추어 고르게 자른다는 것이 가지런하지 않아서, 또 자르고, 또 다듬다 보니까, 전반적으로 울타리의 나무키가 너무 낮아져 버렸다고 했다. 진땀을 흘리고 있는데, 얼마 후에 뚱뚱한 주인집 할머니가 정원의 울타리를 둘러보더니 화를 내며 울타리를 망쳐놓았다고 소리소리 지르더라고 했다. 그날은 일당도 받지 못하고 돌아서야 했다. 그리고 다시는 자기를 부르지 않았다고 했다. 필자는 속으로 댕강댕강 자르면 스트레스도 없어지고, 재미있

어 보이는 나무 가지치기도 요령과 경험이 있어야 함을 비로
소 알았다. 남이 하는 것을 보면 다 쉬워 보이지만, 자기가 하
려면 세상살이 어느 것 하나 쉬운 것이 없구나 하는 생각이
들었다.

그린 자이언트(Green Giant) 옥수수농장

위스콘신에서 여름방학 때 미네소타(Minnesota)주의 그린
자이언트 옥수수 통조림 농장으로 아르바이트 갔던 이야기를
해주었다. 하늘과 땅 사이에 광활하게 펼쳐진 옥수수농장! 주
위에는 아무것도 없고 노동자들이 머무를 큰 야영숙소가 있
을 뿐이라고 했다. 옥수수는 쌀과 밀 다음으로 세계인구의 3
대 식량 작물이다. 넓은 국토를 지닌 미국, 큰 농장은 하늘과
경계를 이룬다.

옥수수농장에서 하는 일은 단순했다. 옥수수 통조림 캔이
생산과정에서 일정한 속도로 지나갈 때 한 개라도 찌그러진
깡통이 들어있으면, 많은 분량의 깡통이 쏟아져 내리기 때문
에 제거해야 했다. 또 옥수수가 든 상자(Box)를 싣는 일인데
그렇게 힘이 드는 작업도 아니지만, 여름철 뙤약볕에서 장시
간 활동하기 때문에 일사병(日射病) 증상이 생기더라고 했다.

무기력해지며, 식욕이 없어지고, 현기증이 일며, 특별히 아픈 곳은 없는데도 아무것도 할 수 없는 상태가 되더라고 했다. 한 달 만에 농장을 떠났다.

다국적 학생들과 함께 사용하는 기숙사 냉장고

각국에서 온 외국 학생들과 같은 기숙사에서 한 냉장고를 공동으로 사용하면서 일어난 에피소드를 들려주었다. 시험 때 밤참으로 먹으려고 냉장고에 음식을 준비해 놓으면 음식이 번번이 없어져 속이 상했다고 했다. "중국 아무개 소행으로 짐작은 가지만 현장에서 잡을 수 없다 보니…." 하였다. 웃으며 들었지만 많은 상상을 할 수 있었다.

결혼 후, 당시에 냉장고 내의 그의 식품 그릇에 붙였던 메모지를 훗날 가족기념문집을 만들 때 필자가 발견했다. 「Please do not "eat" my food!-such as apple or egg!! Thank You!! Damn it!」 「제발 사과나 달걀 같은- 나의 음식을 먹지 마시오. 감사합니다, 제기랄!」 끝에 가서는 속상하여 한 말이 적혀있었다.

신기한 점은 그 당시 공대에 다니는 중국 학생들은 학교에서 장학금과 실험실 청소관리 등으로 보조금을 받으면 그 돈을 본국으로 보내고, 그들은 그이와 꼭 같은 크기의 방 하나에서 4~5명 대학원생이 함께 생활하는데 불협화음을 듣지 못했다고 했다. 다만 중국 학생들이 워낙 큰 목소리로 대화를 하는 바람에 적잖게 불편을 겪었다고 했다. 주말이면 중국 여학생을 불러다 놓고, 중국 남학생들이 주방에서 요리하여 여자 친구들을 대접하였다. 여자들은 부엌에 얼씬도 하지 않더라고 했다. 듣고 보니 한국에 와 있는 중국음식점에도 요리사는 전부 남자였음이 떠올랐다.

우리는 시카고 강변 야외공연장에서 무료로 관현악단의 연주를 감상했다. 시카고를 미국 최고의 건축-음악도시라고 평하기도 한다. 시카고에는 블루스·재즈페스티벌 등 음악축제가 열리는데 무료였다. 노예해방 이후 미국 남부의 흑인이 경제가 발전한 시카고로 몰려왔기 때문에 흑인 음악인 블루스(Blues)가 시카고에서 유행하였다. 블루스는 복음(Gospel)과 융화되어 미국의 대중음악으로 큰 흐름을 형성하였다. 초기 블루스는 흑인들이 목화를 재배하면서 불렀던 노동요(勞動謠)도 가미되었기에 슬픔과 한이 스며있다.

고물차가 고장이 나도 하필이면

그이가 위스콘신 대학에 다닐 때다. 당시에 위스콘신 대학에 대여섯 명의 한국유학생이 있었는데 그중에는 한국 모 은행장 아들도 있었다. 은행장 아들은 10년 넘은 자동차 쉐보레(Chevrolet)를 몰고 다녔다. 어느 주말에는 한국학생들이 모여 외곽에 있는 수박농장에서 수박 몇 통을 서리하여 싣고 오다가 그 고물차가 그만 고속도로에서 고장이 나버렸다. 서리란 여럿이 남의 물건을 훔쳐다 먹는 장난을 말한다. 필자가 어렸을 때, 고향의 오빠가 친구 두세 명과 함께 여름철 밤에 과일을 훔쳐다 먹는 장난을 했던 기억이 남아있다. 특히 수박, 참외 같은 것을….

교통순경이 왔을 때 쩨쩨한 동양 녀석 대여섯 명이 내렸는데, 차 뒤에 수박이 몽땅 실려 있는 것을 보고 내막을 물었다. "주말에 할 일도 별로 없고 하여, 외곽에 나왔다가…."하고 고백하였다고 했다. 장난으로 한 경범죄? 순경은 다시는 이런 짓을 하면 크게 벌을 주겠다고 엄포를 놓고는 차를 고쳐주더라고 하였다. 그이는 그 고물차가 글쎄 고장이 나도 꼭 그럴 때, 하필이면 고속도로에서 나서…, 난처했다는 이야기를 들려주었다. 재미있어서 웃었지만, 왠지 가슴이 찔린 데 없이 아팠다. 젊었을 때의 고생과 경험은 곧 지혜이며, 인생길을 비춰주는 등불이 될 것이지만, 참으로 온갖 경험을 다 한다고 생각되었다.

학생회관에서 맥주를 팔았다!

위스콘신 대학캠퍼스 매디슨(Madison)에는 2면이 호수로 둘러 싸여있는데, 교정에서 호수를 바라보며 맥주를 마실 수 있어서 낭만적이라고 했다. 위스콘신 대학교는 밀워키에서 차로 30분 거리에 있는데, 밀워키엔 미국에서 몇 번째로 큰 맥주공장이 있었다. 맥주회사에서 대학을 경제적으로 많이 지원해주었고, 대학교는 학생회관에서 맥주를 팔았다. 독일산 로렌부로(Laurenbouro)나 네덜란드 산 하이네켄(Heineken) 맥주는 너무 비싸서 학생 때는 마셔보지 못했지만, 미국산 밀러나 버드와이저(Budweiser) 같은 맥주는 세일 때 6팩에 1달러여서 가끔 사다 마셨다고 했다.

민물고기 튀김 - 먹을 수 있는 만큼(All you can eat!)

미국사람들은 민물고기를 잘 먹지 않는 편이다. 낚시하여 물고기를 잡아도 귀가할 때는 도로 호수에 놓아준다. 그래서 호수에는 물고기가 바글거린다고 했다. 위스콘신 대학기숙사에서 생활 한 첫해, 학생식당이 문을 닫는 금요일 오후에는 학교 인근의 민물고기요리 음식점에서 얼마를 지불하면 원하는 양만큼 생선요리를 마음껏 먹을 수 있어서, 물고기를 유난히 좋아하는 그이는 퍽 기다려졌다고 했다. 광주가 고향인 그이는 유년시절에 개천에서 물고기 잡던 내력을 이야기할 때면, 어릴 때부터 입맛에 익숙했던 민물고기 요리를 '타국에 오니 더욱 그리워하는구나' 하는 생각이 들었다.

우리가 사귈 때는 어쩌다가 시카고 클라크 거리(Clark St.)에 있는 중국음식점에서 우동이나 짜장면을 한 그릇 사 먹는 것도 사치에 속했다. 한국 음식이 먹고 싶을 때는 동양식품상에서 150g가량 되는 김치 깡통(can) 하나 사서 중국음식과 곁

들여 먹으며 고향의 어머니가 끓여주시던 된장찌개를 그리워
하곤 했었다.

향토음식 「김치」에 관한 소고(小考)

필자가 시카고로 오기 전, 버지니아 주 리치먼드에 있을 때
있었던 김치에 관한 에피소드를 얘기해 주었다. 리치먼드는
버지니아 주의 주도로서 남북전쟁 당시 남부 연합의 수도였
지만 1960년대 초에는 조용한 교육도시였다. 워싱턴 D.C.로
부터 남쪽으로 2시간 거리이다. 대도시가 아닌 학교 촌에는
동양인 비슷한 사람을 길에서 보기만 해도 반가울 정도로 동
양인이 드물었다.

당시 그곳 병원의 여성들은 필자를 부를 때 'Hi, Sugar' 혹은
'Hi, Sweet-heart'로 부르며, 매우 친절히 대해주었다. 백인과 흑
인 사이에 차별은 심했으나 동양인 유학생은 외국 손님으로 대해
주는 것 같았다. 그토록 동양인이 없었으니 슈퍼에서 동양식품을
팔리는 만무했다. 일제 키꼬만 간장(Kikkoman Soy-bean sauce)은
있었다.

대학병원 마취과에는 나이든 한국여성 한 명이 있었는데
기숙사가 가까워 서로 친해졌다. 어느 주말 오후에 워싱턴

D.C에 있는 일본인이 경영하는 동양식품상에 그레이하운드 버스 편으로 함께 김치를 사러 갔다. 가게에 들어서니 유리병에 하얀 배추가 불그스레한 양념 국물에 담겨있는 것이 제일 먼저 눈에 띄었다. 김치를 보는 순간 침이 나와 말을 할 수가 없었다. 당시 물가로 친다면 김치 한 병 값은 꽤 비쌌다. 사고 싶은 것은 많았으나 눈 요귀만 하고 김치 한 병씩 사 들고 식품점을 뒤로했다.

우리가 버스로 돌아왔을 때는 저녁 7시경, 초겨울이라 밖이 어두웠다. 버스정류장에서 김치 냄새를 맡으며 각자 숙소로 걸음을 재촉했다. 몇 분 걷지 않았을 때 겹 종이로 된 봉지의 밑이 빠져 김치병은 그만 아스팔트 위에 조각나 버렸다. 냉장고에 보관했던 식품이라 더운 버스 속에서 병에서 물기가 배어 나온 것을 인식하지 못한 사고였다. 미국에서는 슈퍼에서 종이로 된 봉지만 사용했지 비닐봉지를 사용하지 않았다.

'이 아까운 것, 귀한 것을!' 하며 탄식했다. 울고 싶었다. 그러나 곧 행동으로 찢어진 봉지에 깨진 유리병과 김치를 엉겁결에 손으로 주워 담았다. 밤이라 아무도 보지 않은 것이 그나마 다행이었다. 나의 룸메이트는 나이 많은 필리핀 여의사였는데, 주말이라 다행히 외출 중이었다. 우선 병 조각을 가려내고, 유리 조각이 박혀 있는 배추의 겉잎사귀를 조심스럽게 떼

어냈다. 포기김치라 비교적 유리 조각 제거가 쉬웠다. 나들이 옷을 입은 채 빵 조각에 김치를 감싸서 정신없이 먹었다. 그 주말 내내 설사를 하면서도 나는 행복했었다고 말했다. 그이는 속으로 무슨 생각을 했는지는 모르겠으나, 미소를 지으며 필자의 이야기를 들어주었다.

그이는 신촌 연세대 앞에서 하숙할 때 겨울에 주인집 아주머니가 담근 백김치가 하도 맛이 있어서 밤중에 공부하다가 출출하면, 함께 하숙하는 친구와 장독에 있는 백김치를 몰래 가져와서 먹었다는 이야기를 해 주었다. 젓갈과 양념을 듬뿍 넣은 전라도식 김치 보다는 서울식 싱거운 백김치를 더 즐겨 먹었다고 했다.

재미있는 미국 역사의 토막 이야기

시카고시의 중심부를 흐르는 시카고 강의 강변에는 다양한 건축공법으로 치솟아 있는 고층빌딩들이 많다. 강변의 고층빌딩들을 관광하는 유람선들이 끊임없이 오간다. 마천루에 올라서 미시간 호수를 바라보며 미국의 대학캠퍼스 생활과 미국 역사에 관한 이야기를 듣는 것은 배울 바가 많아서 흥미로웠다. 지리학적으로 세계에서 유일하게 국토가 서쪽에는 태평양, 동쪽에는 대서양을 앞뒤 정원으로 둔 강대국! 역사도 짧은 이 나라가 영국의 식민지인 13개 주로 시작하여 50개의 주로 영토 확장을 하게 된 역사 이야기는 퍽 흥미로웠다. 우리는 미국의 역사와 세계정세에 대하여 많은 대화를 하였는데, 필자는 늘 질문하는 편이고, 그이는 알아듣기 쉽게 설명해 주곤 했다.

이를테면 미국영토의 40%가량은 돈을 주고 산 땅이었다. 1803년, 미국의 제3대 대통령 토머스 제퍼슨은 프랑스 나폴레옹(Napoleon Bonaparte) 때, 사절단을 보내어 프랑스의 국외 영토인 루이지애나 매입을 하게 했다. 지금은 루이지애나가 미국 남부의 한 주에 불과하지만, 당시의 루이지애나는 미시시피 강의 서쪽의 땅으로, 미네소타-미주리-아칸소-캔자스-오클라호마-네브래스카-몬태나 주 등이 포함된 땅이었다. 당시 미국국토의 2배가량 되는 광대한 지역이었다. 이때 제퍼슨 대통령은 당시 시가로 1천 5백만 달러에 루이지애나의 뉴올리언스 항구를 매입해 보라고 사절단을 파견했는데, 뜻밖에 그 땅 전체를 협상하여 매입하게 되었다. 미국으로 보면 하늘이 도운 큰 행운이었다.

국외 영토 알래스카 매입 이야기도 재미있었다. 제17대 앤드루 존슨 대통령 때 국무장관이든 윌리엄 수어드가 1867년에 러시아 황제 차르 알렉산드르 2세로부터 알래스카를 사들였는데, 당시 알래스카는 러시아령이었다. 미국본토의 5분의 1의 면적을 720만 달러에 매입하였다. 당시 러시아제국은 크림전쟁의 여파로 재정적 어려움이 있었고, 캐나다와 영국의 침략 우려도 있었으며, 해적들이 많았다. 그 당시에는 쓸모없는 땅, 얼어붙은 황무지에 거금을 썼다고 미국 국민의 비난이 심했다.

그런 일이 있고 난 후 몇 십 년 후에 알래스카에 금광이 발견되어 골드러시(Gold Rush)가 일어났으며 대형 유전도 발견되었다고 했다. 냉전체제 때 미국은 이곳에 미사일 기지를 만들어 전략요충지를 만들었다고 덧붙였다. 필자는 "미국이란 나라가 부강하게 되려니 별 희한한 천운도 따르는군요." 했다.

미국이 비록 역사가 짧은 신흥국가라고는 하지만 어떻게 소상하게 알고 있느냐고 물었다. 국제정치학을 전공하는데 미국 역사는 필수과목이며, 또 학위를 받은 후 대학에서 가르치려면 어차피 미국 역사를 모르고서는 안 될 것 같아서 택했다고 하였다. 필자도 기회가 오면 공부하고 싶은 꿈을 가지고 있다고 했다. 학문의 세계에 끝없는 동경과 지식에 메말라 있었던 필자에게 그이는 지식의 낚싯바늘로 필자의 마음을 낚았다.

맨발의 청춘들

공원 벤치에서 필자는 민태원의 「청춘 예찬」이란 고등학교 국어 교과서에 실렸던 수필의 앞부분을 읊었다. 중·고등학교 시절에 국어 교과서에서 배운 시나 수필의 아름다운 문장을 대하면 외우는 것이 취미였다. 이를테면 정비석의 금강산 기행문인 「산정무한」이나 모윤숙의 「국군은 죽어서 말한다」, 윤동주의 「별 헤는 밤」 등은 시보다도 더 아름다웠다. 영시 (英詩)도 마음에 들면 메모지에 적어 다니며 외웠다. 우리들의 만남은 경비를 들이지 않고 편안하게 대화할 수 있는 호숫가나 공원을 거닐며 서로의 생각을 자유롭게 말할 수 있을 정도로 편안해졌다.

하루는 공원 잔디가 눈부시게 푸르른 날, 그이에게 달리기 시합을 하자고 했다. 필자는 초등학교와 중학교 때 달리기와 줄넘기를 잘하는 편이었다. 시골에서 가을 운동회날 청군과 백군의 대표선수들이 청백 계주 시합을 할 때면, 필자는 선수로 뽑혀 달렸다. 운동회날 학교도장이 찍힌 얄팍한 공책 두 권 받으면 큰 자랑거리였다. 키도 작고 다리도 짧은데 달리기 시합을 하자니 별난 제안에 놀란 듯, 그이는 크게 웃었다. 필자는 속으로 꼭 이길 것만 같았다.

우리는 어디까지 뛰기로 결승골 선을 정한 후 약 50m(?)를 맨발로 뛰었다. '맨발의 청춘'이라 하며 함께 웃었다. 처음 출발 때 순발력은 필자가 앞섰는데 곧 그이가 앞섰다. 시합에는 졌지만 재미있고 유쾌했다. 그이는 '진짜 생각보다 빠르네!' 하며 필자가 무색하게 여길까봐 선수를 쳤다. 어차피 인생은 단거리 경주가 아니니 지금의 초라한 겉모습으로 상대를 평하지 말라는 각자의 속내가 이심전심으로 통했는지도 모를 일이었다.

필자에게도 공부할 수 있는 행운이 찾아왔다.

6·25 전쟁 때 미국의 밥 피어서 (Bob Pierce: 1914~1978) 목사는 한경직 목사와 함께 1950년에 고아와 남편 잃은 여인들을

돕기 위해 '고아원'과 '모자원'을 설립했다. 1960년 8월에는 6·25 한국전쟁 고아 중에서 음악에 소질이 있는 아동들로 ≪선명회 월드비전(宣明會 World Vision) 어린이 합창단≫을 구성했다. 개신교 계열의 국제구호개발기구기관인 월드비전 산하 단체였다. 1960년부터 세계 곳곳의 어린이들에게 희망과 사랑의 메시지를 전달하기 위하여 유럽 각국을 순회공연을 해왔다. 그 순회공연에 봉사하면 공부할 수 있는 장학금 전액을 제공하겠다는 조건으로 재미 간호사 중에서 필자가 추천을 받았다. 추천인은 필자의 모교에서 가르쳤던 교수님 한 분이 하버드 대학교 교환교수로 1년 왔다가 피어스 목사의 의뢰에 필자를 소개하였다. 그래서 교수님은 필자에게 구비서류와 절차를 설명해주고 귀국하셨다. 필자는 자랑삼아 그이에게 서류를 보여주었다. 그이는 찬찬히 서류를 읽어본 후, 나의 허락도 없이 그 서류를 찢어버렸다. 이유는 한 번 떠나가면 여러 나라를 돌면서 계속 이동하기 때문에 고정된 주소가 없어서 영원히 헤어지게 되기 때문이라고 했다. 필자가 가는 곳마다 카드를 보내겠다고 하였다. 이 어린이 합창단은 1978년에는 영국 BBC주최 ≪세계합창경연대회≫에서 '천상의 메아리 ', 'Echoes of Heaven'이란 찬사와 더불어 최우수상을 받았다.

마음속으로 간절히 바라고, 원하는 일은 언젠가 이루어진다는 줄리 법칙(Jully's Law)의 한 예일까? 그런데 원하는 일은 그 간절함에 반비례하여 일어나고, 기회는 가장 적절하지 않은 순간에 찾아온다고 했다. 어쩌면 우리들의 인생의 길은 완전히 달라졌을 수도 있었으리라.

그이는 고향의 부모님께 우리들의 결혼 승낙서를 곧 받겠다고 했다. 그리고 네브래스카 대학의 9월 새 학기 시간표가 정해지는 대로 주말에 날을 잡아, 친한 친구 몇 명을 초청하여 간략하게 약혼식을 갖도록 하자고 했다. 한국의 부모님께도 결혼하겠다는 계획을 말하며 서신과 사진을 보내드렸다. 예상한대로 그이의 부모님들은 필자가 인물, 교육, 집안 등 갖춘 것이 없다고 크게 반대하셨다. 그이는 인내를 가지고 설득시켰고, 3개월 후 대학 장로 교회 목사님의 주례로 한국학생들을 초청한 자리에서 결혼식을 올렸다. 우리들의 부부인연은 이렇게 하여 맺어졌다.

맛있는 음식일수록 담백하다

그이는 박사학위 논문을 쓰기 위해 여름방학 때, 워싱턴 D.C.의 국회도서관에 자료수집 차 홀로 차를 몰고 갔다. 미 의회도서관에는 3천만 권 이상의 장서를 보유하고 있으며, 전 세계의 신문과 470개 언어로 된 인쇄물을 보관하고 있는 보고이다.

아래 이야기는 그이가 돌아와 들려준 내용이다.

국회도서관에서 종일 읽고, 복사하였다. 출출하던 차 국회도서관 뒷길에 있는 게(Crab) 요리점에 들어갔다. 간판에 커다란 게 사진이 걸린 불란서 레스토랑이었다. 모든 요리 중에서 게를 제일 좋아하는 그이는 게 사진에 홀려 요리점으로 빨려 들어 갔다. 메뉴 가격을 보니 25달러, 당시에 학생의 입장으로는 매우 비싼 요리였다. 가격을 보고 도로 나올 수도 없고 하여, 울며 겨자 먹기 식으로 비싼 점심 한 번 먹는다 생각하며 눌려 앉아있었다. 조그마한 음식점 내에는 아직 이른 점심때라 손님도 그이 외에는 없었다.

음식을 기다리는데 웬걸, 두 나이든 신사가 나비넥타이에 펭귄(Penguin) 새 같은 예복(?)을 입고 바이올린을 들고 와서 자기 앞에서 연주를 하더라는 것이다. 그렇지 않아도 비싼 음식 시켜놓고 마음이 편치 않은데 웬 연주는(?) 팁을 얼마를 줘야 하는지 은근히 걱정도 되고 하여 안절부절못하는데 게 요리가 나왔다. 게를 그냥 쪄주든지 아니면 그냥 삶더라도 얇게 소스를 뿌렸으면 좋으련만 무슨 소스인지 하얗고 걸쭉한 소스를 몽땅 덮어 나왔더라고 한다.

그 담백하고 맛있는 게 맛은 찾을 수 없고 독한 소스 맛뿐이더라고 하였다. 학생 신분에 입맛에 맞지도 않는 비싼 음식을 먹고, 팁을 쥐꼬리만큼 내고는 뒤도 돌아보지 않고 음식점을 빠져나왔다고 했다. 악몽 같았다고 회상하곤 했다.

진짜 맛있는 게살 샌드위치(Crab Sandwich)

같은 시기에 논문 자료수집 차, 혼자 차를 몰고 캘리포니아 주 버클리 대학을 거쳐 미국의 태평양 국도 101번을 타고 만

날 사람도 있고 하여, 항구도시 워싱턴 주 시애틀까지 갔었다. 워싱턴 대학 도서관에서 가까운, 주로 대학생들이 많이 가는 음식점이 있었는데, 그곳에서 게살 샌드위치를 시켜 먹었다. 가격도 싸고 정말 맛있었다고 하였다.

그곳에서 이틀간 머무는 동안 아침, 점심, 저녁을 게 샌드위치를 먹었다. 그런데 다음날 또 같은 음식점에서 아침과 점심을 크랩 샌드위치를 주문했었다. 주인 할머니가 "젊은이, 게를 그렇게 좋아해요?" 하며 주문한 게살 샌드위치 외에 실컷 즐기라면서 게살을 큰 접시에 수북이 담아주었더라는 것이다. 아무 소스도 첨가하지 않은 게살을!

수십 년이 지난 요즘도 대게(King Crab)나 바다가제(Lobster) 등의 요리를 먹을 때면 그이는 옛날을 회상하며 이렇게 말하곤 한다. '재료 자체가 맛있고, 또 고급 요리일수록 양념이나 소스를 많이 넣어서는 안 된다고.' 요즘도 일류호텔 뷔페에 초대받아 가면 요리 중에서 대게와 바닷가재를 그이는 제일 먼저 먹을 만큼 접시에 들고 온다.

우연히 엿들은 엄밀한 대화

네브래스카 대학촌 링컨은 평화롭고 안정된 교육도시였다. 이곳에서 생활하는 동안 우리의 작은 둥지는 한국인 학생과 가족들이 자주 모이는 곳이기도 했다. 공휴일이나 명절이 지날 때는 간단한 음식 몇 가지로 자주 모였다. 밤이 깊어지면, 남학생들은 동전을 걸고 화투놀이를 벌이기도 하고, 유년시절에 불렀던 노래를 합창하기도 했다. 캠퍼스에서 일어난 일들, 아르바이트에서 겪은 고충, 고향에 관한 그리움, 조국으로부터 전해들은 소식을 나누는 등 이야기는 밤의 능선을 타고 새벽을 달렸다.

한번은 밤늦게까지 낮은 톤으로 남자들끼리만 주고받던 대화 내용을 아직도 잊지 못한다. 밤참을 해주며 부엌에서 우연히 들은 내용이다. 경제학에 박사과정을 밟던 한 분은 아내와 아들 둘과 딸 하나를 가진 5인 가족이었다. 비록 학교에서 주는 장학금으로 수업료는 면제된다지만, 생활비는 상당한 것이었다. 그분이 하는 말이었다. "정형, 나는 만약 학위를 하지 못하면 태평양을 건널 때 자식부터 하나하나 바다에 밀어 넣고, 마지막에 내가 뛰어들 각오로 하고 있소!"라고 했다. 그 소리를 듣는 순간 온몸에 소름이 끼쳤다.

돌보다도 더 단단한 각오와 결심으로 배수진(背水陣)을 치는 결연(決然)한 자세! 나이 들어 외국에서 학위 하는 유학생들의 자세가 무섭고 고독하게 보였다. 말하기 쉬워 미국에서 박사학위 한다지만, 그 옛날, 그 짧은 영어 실력으로, 본인들은 죽을힘을 다해 일생일대 승부를 걸고 하는 것이구나 생각되었다. 남의 말 위로하기 쉬워 한번 실패해도 다시 도전할 수 있는 자세가 중요하다고 하지만, 본인들은 아니었다. 유학생인 경우, 아내가 직장에 나가면, 남편은 시간과의 전쟁이다. 아내가 일가면, 남편은 아기 돌보는 일에 더하여 자기 공부는 기본이다. 내일이 시험이라도 별수 없다. 그래서 그 어려운 처지에서 A 학점을 받을 때면 피곤함을 잊고 순수한 기쁨에 충만해졌다.

젖먹이 키울 때의 고충(苦衷)…

대학촌 링컨에는 백인들이 주로 사는데, 인정이 많고 순박하며 범죄 없는 곳으로 손꼽히는 곳이었다. 겨울이 길고, 눈이 많이 오는 곳이다. 겨울 새벽에 20분가량 눈길을 걸어 일터에 도착하면 무릎아래는 물기로 젖었고, 한 시간쯤 지나면 얼얼했던 발이 녹아, 간지러워 오곤 했다. 그래도 가슴에 품은 높은 이상과 꿈은, 육체적인 약간의 고통쯤이야, 한 치의 흐트러짐 없었다.

그런데, 모유를 먹일 때 직장에 가면 제때 모유를 줄 수 없는 것이 어머니로서는 제일 괴롭고 어려운 일이었다. 새벽에 일하러 나갈 때 남편과 젖먹이 유아가 자면 아기를 일부러 깨워서 모유를 먹일 수는 없었다. 그래서 일을 갈 때면 9시간은 모유를 먹일 수 없었다. 그럴 때면 모유가 채여서 겨드랑 밑까지 딱딱하게 되어 쏠리고 아프다가 압력이 높아지면, 스멀스멀 모유가 속옷으로 흘러내렸다.

무엇보다도 난처한 문제는 유방 젖꼭지에서 스며 나온 노란 모유가 브래지어(Brassiere)를 적시고, 하얀 가운 위에 노랗게 번져 나올 때 아무리 면 가제나 화장지를 두껍게 접어 브라(bra) 속에 갈아 넣어도 감당하기 어렵다. 6시간만 지나면 줄

줄 흘러내려 속옷을 적신다. 참으로 감당하기도 어렵지만 난처하기도 했다. 화장실에서 브라 속 패드를 갈아 끼울 때는, 아무도 몰래 뜨거운 눈시울을 닦을 때도 많았다. 유아에게 모유를 제때 먹일 수 없을 때 전업주부가 제일 부러웠다. 당시 유학생들은 남편이나 아내, 자식 할 것 없이 모두 고생했다. 이런 경험을 해보지 않은 주부는 이해하기 어려울 것이다.

아빠의 서재 책상 밑이 딸의 놀이터

아기가 아주 어릴 때는 아이를 베이비시터(Baby-sitter) 집에 맡기기 오히려 쉬웠다. 그런데 두 살가량 되면 남의 집에 가지 않으려고 반항을 한다. 그럴 때면 부모의 가슴은 참으로 아프다. 필자가 일을 나간 사이에 그이가 딸을 데리고 아기 봐주는 베이비시터 집 모퉁이만 돌아가면 자지러지게 울기 시작하여, 아빠가 학교에서 돌아올 때까지 창가에 서서 밖을 내다보며 울곤 했다. 아빠가 아이를 맡기고 도서관에 가면 마음이 쓰여서 글이 눈에 들어오지 않는다고 하였다. 논문은 써야 하는데…. 몇 시간 후 딸을 데리러 가면 딸이 아무것도 먹지 않고 내내 울다가 지쳐 잠들었다고 한단다. 그래서 그런지 딸애는 잔병치레를 자주 하였다. 사정이 이렇다 보니 그이는 그림자처럼 딸과 함께 있어야 했다. 다행히 딸은 부산하지 않았고, 아빠의 책상 밑에서 장난감을 가지고 잘 놀았다.

문제는 아빠가 학교도서관에 가서 책과 논문들을 찾아보고, 빌려와야 할 때였다. 책을 대충 훑어보고 무엇을 복사할 것인지 추려야 하며, 차례를 기다려 복사를 해야 했다. 대학도서관 앞 잔디밭에 보자기를 깔고 과자 몇 개를 주면서 아빠가 곧 내려올 테니 어디 가면 경찰이 잡아간다고 설명하고 뛰어서 도서관에 들어갔다. 복사하려고 차례를 기다리는 동안에도 수없이 창문으로 딸의 위치를 확인하였다. 어쩌다가 깜박하고 20~30분이 지났을 때 달려 나오면 딸은 앉혀놓은 그 자리에서 과자를 먹으며, 도서관 문 쪽을 쳐다보며, 아빠가 올 때까지 인형을 가지고 놀고 있었다. 그간에 캠퍼스 경내를 순찰하는 경찰이 도서관 앞 풀밭에 혼자 있는 어린 딸을 보았다면, '아동방임', '어린이 방치 죄'에 걸렸으면 어쩔뻔했냐며 가슴을 쓸어내리고 안도의 한숨을 쉬기도 했다고 했다.

한국유학생들의 불법 낚시

- 낚시와 '왔다'

링컨대학촌은 평탄한 지대였다. 대학 근처에는 인공호수가 있었다. 푸른 초원 대(大)평원 너머로 저녁 해가 질 때면 시간에 쫓기는 가슴도 보랏빛 서정에 물든다. 학기는 끝났으나 가족과 함께 명산대천을 찾아 떠날 수 있는 경제적 여유가 없었다. 필자는 일터로 향하고 그이는 어린 딸아이를 데리고 박사학위 논문을 썼다. 주말에 도시락을 준비해 두면 2살 난 딸을 데리고 캠퍼스에서 가까운 곳에 있는 호수를 찾아가곤 했다. 자연호수처럼 운치는 없지만 쾌적한 날씨에 호숫가에 찰랑대는 잔물결 소리를 들으며 고향에 그리움을 띄우고, 논문의 내용을 구상하기에 안성맞춤이었다.

지렁이를 미끼로 낚시를 드리우면 손바닥만 한 은빛 붕어가 낚싯대를 휘었다. 아빠의 무릎에서 졸고 있던 딸이 "왔다!"하며 아빠의 말을 흉내 내며, 손뼉을 치기도 하였다. '왔다'가 물고기 이름인 줄 알았던 딸은 슈퍼 생선코너에서 물고기만보면 아빠를 쳐다보고 '아빠, 왔다가 저기 있다!'라고 지칭하는 것이었다.

한번은 부슬비가 내리는 토요일 오후, 네브래스카 대학의한국 학생들이 모두 모여 낚시를 하는 날이었다. 며칠 전에 비가온 까닭인지 낚시를 던지기가 바쁘게 물고기는 입질하였고, 때로는 한 낚싯대에 두 마리가 잡히기도 했다. 여기저기서 '왔다'란함성을 올렸고, 엄마들은 모여 '매운탕을 끓일까, 고추장에 양념하여 구워줄까'를 상의하며 한담을 나누었다. 제비는 호수 위를가볍게 물을 차고, 빨간 고추잠자리는 물풀 위를 맴돌고, 사내아이들은 개구리를 쫓고 있을 때다.

그런데 그때 순찰차 한 대가 이쪽으로 오고 있는 것을 목격했다. 한국 학생들은 낚시 면허도 없을 뿐만 아니라, 일인당잡을 수 있는 물고기의 기준치를 훨씬 넘었다. 순찰차가 당도하기 전에 이때까지 잡은 물고기를 호수에 쏟아버리던지, 아니면 불법 낚시 벌금티켓(fine ticket)을 받던지 하는 수밖에 없

었다. 한국 학생들은 일제히 어망과 낚싯대를 거두어 차의 트
렁크에 싣고 경찰이 오고 있는 반대 방향으로 재빨리 핸들은
돌렸다.

한여름에 낡은 차로 미국 중서부횡단 (1)

에어컨도 없는 낡은 차로 미국의 중·서부 횡단

그이가 정치학 박사학위를 끝내고 캘리포니아 주립대학의 하나인 훔볼트(Humboldt)대학에서 가르치게 되었다. 그 대학은 아름답기로 유명한 유레카 캘리포니아 적송국립공원(赤松, Redwood National Park)이 있는 곳이다. 그러나 설렘과 흥분보다는 정든 곳을 떠나는 아쉬움이 마음을 묶어 놓았다. 시간과의 전쟁 속에 가난했던 4년간의 유학생의 생활! 무슨 정과 미련이 쌓였기에 떠나는 발걸음이 이토록 무거울까? 지난날이 고생스러웠을수록 돌아보는 날들은 추억보정(追憶補正)으로 아름답게만 생각되니, 인간의 감정은 참으로 아이러니일까. 떠날 때는 인정(人情)을 남겨두고 떠나란 말이 있는데, 반대로 떠나가는 우리 가족에게 베풀어 주었던 사랑과 인정 때문에 우리들의 마음은 자꾸만 대학촌에 얽매인다. 몸은 캘리포니아로 가고 있는데, '우리는 당신들을 그리워 할 것이다 (We will miss you!)'란 말이 자꾸만 따라온다.

베이비 샤워(Baby Shower) 선물행사

필자가 링컨대학촌을 떠나오기 한 달 전에 큰아들을 해산했다. 직장동료들은 베이비 샤워(Baby Shower) 선물행사를 크게 베풀어 주었다. 첫애를 시카고에서 출산했을 때도 신생아 맞이에 필요한 물품을 선물로 많이 받았다. 신생아에 필요한 물품은 물론, 필자의 윗옷 장식품인 브로치에서부터 어떤 친구는 농장에서 직접 수확한 감자와 옥수수를 박스로 들고 왔었다. 비록 작은 규모이지만 미국 여성사회의 아름다운 전통문화, 베이비샤워 행사를 필자는 2번이나 체험했다.

1960년대 중반에 미국에서는 흑인 인권문제 데모가 강력하게 일어났다. 유색인종에 대한 차별도 있었다. 하지만 외국 유학생 부인이 임신했을 때, 10개월 내내 보건소에서 임산부 건강 체크, 종합 비타민과 분유를 무료로 주었다. 이때 고마움을 잊을 수 없다. 귀국하고 난 후 우리가 다니는 교회에서 일요일 오후에 외국 노동자 무료 보건진료를 해 주는데 작은 정성이지만 우리는 후원금을 조금씩 보태었다.

대형지도 팸플릿(Road Atlas)을 가이드로 하여

그이가 학위를 받은 뒤 한 달 후에 우리집 장남이 태어났다. 딸은 3살이 되었다. 보잘것없는 유학생의 살림 가구를 10년 된 크고 낡은 차 쉐보레(Chevrolet) 뒤에 짐을 싣고, 뒷좌석에 아기 매트리스(Mattress)를 얹어 침대를 만들었다. 창문은 종이로 가렸다. 캔(Can)으로 된 간식거리와 음료수를 준비하였다. 소아과 의사의 처방으로 응급약과 상용 약 등을 챙겼다. 대형지도 팸플릿을 가이드로 하여 우리 가족은 고속도로 80번을 타고 캘리포니아 주로 향해 서쪽으로 달렸다. 하루에 달릴 거리와 시간 그리고 어느 곳에서 묵을 것인가를 면밀하게 계획을 세웠다. 네브래스카 링컨을 출발하여 와이오밍 주, 유타 주, 네바다 주를 거쳐 캘리포니아 주 새크라멘토(Sacramento)에 진입하게 되는 장정에 올랐다.

미국은 주간 고속도로와 고속도로의 표시가 명확하게 되어 있다. 갈림길이나 특별한 지형, 기후변화로 생기는 현상, 갑자기 출현하는 동물들, 그 외에도 도로 사정에 대하여 미리 알리는 표지판이 완벽하다. 주의 깊게 표지판을 따라가면 길을 잃어버릴 염려는 거의 없다. 특히 갈림길 몇 십 미터 전부터 촘촘하게 알리고 있어서 낯선 길이라도 여행하기가 아주 편리하였다. 미국의 고속도로는 미국의 경제 수준을 대변하듯 포드 자동차회사와 제너럴 모터스 자동차회사의 대량생산과 더불어 전국의 도로가 혁신적으로 정비돼 있었다. 특히 주간 고속도로를 달리면서 참으로 멋지다고 감탄할 때가 많았다. 그이가 1960년대 초에 미국에 유학 왔을 때 정치학 개론 시간에 흔히 들었던 말은 제너럴 모터스(General Motor) 'GM에 좋은 것은 미국에 좋고, 미국에 좋은 것은 GM에 좋다'라는 말이라고 했다. 1960년대에는 GM은 곧 미국을 상징하는 말이었다고 회상하였다.

훗날에 들은 이야기다. GM은 1990년대 말경에는 세계 총생산의 15% 이상을 차지했으나, GM 회사는 발전하지 못했다고 했다. 이유는 GM 회사원들은 정년퇴임 후에도 월급의 2분의 1정도, 자식들의 교육비 전액, 죽을 때까지 의료 보험비 전액을 받게 노사관계법이 설립돼 있었다고 했다. 그이는 참으로 어처구니없는 법으로 인해 GM 회사가 망했다고 했다. 나무가 열매를 많이 맺게 한 후에 그 풍성한 열매를 나누어 가져야 하는데, 나무 자체가 열매를 맺지도 못하게 한다면 결국은 회사가 망하게 된다고 생각했다. 회사도 근로자도 상생하는 양보와 화합이 없으면 공멸한다는 법칙을 다시금 깨달았다.

우리는 아침 일찍 달리기 시작하여 한낮에 지열과 태양열이 끓어오르는 오후 두세 시부터는 모텔에 들어가 쉬며 일찍 잠자리에 들었다. 세 살짜리 딸은 재잘거리며 아빠를 심심찮게 해 주었고, 생후 1개월 된 아들은 더위에 볼이 볼그작작 하였다. 다행히 모유가 많아서 신생아의 건강에는 별문제가 없었다.

<깨어 있으라!>는 표지판과 <해골바가지> 그림

옐로스톤(Yellow-stone) 국립공원이 있는 와이오밍(Wyoming) 주의 남단을 가로질렀다. '깨어 있으라!'는 말과 해골바가지 그림의 표지판이 서 있는 모하비 사막(Mojave Desert)을 지났다. 모하비 사막은 유타, 네바다, 애리조나, 캘리포니아 주에 걸쳐있는 고지대 해발 1,000m~2,000m나 되는 사막인데, 7~8월에 기온이 섭씨 49도까지 오르기도 하는 북아메리카에서 가장 뜨거운 곳 중 한 곳이다. 광활한 사막지대! 고속도로가 정면으로 지평선과 맞닿아 있다. 오는 차량도 가는 차량도 없다. 사막지대를 운전하다 보면 단조로움에 졸기 쉽기 때문일까? 도로변 군데군데에는 해골바가지를 그려놓고 <조심하라!> 혹은 <깨어 있으라!>는 표지판이 세워져 있었다. 이런 곳에서 오래된 차가 고장이라도 난다면? 하는 불길한 생각이 뇌리를 스칠 때도 있었다. 말없이 고개를 절레절레 흔들며, 가슴에 두 손을 모으고 기도했었다.

구약성서에 나오는, 모래폭풍이 몰려와 일시에 덮어버리는 모래 무덤 스올(Sheol)이나, 신약에 나오는 하데스(Hades)라는 말도 생각났다. 현대어로는 무덤이나 지옥과 같은 뜻일까. 눈앞에 펼쳐진 광경은 모래밭이 아니라, 거친 평원과 가끔 선인장이 보였을 뿐이다. 참으로 삭막한 풍경이었다. 우리는 불길한 생각과 단조로움 그리고 더위를 잊기 위해 시원함을 선사하는 노래를 계속 들었다. 해리 벨라폰테의 데니 보이(Danny Boy), 트라이 투 리맴버(Try to Remember), 쉐난도 벨리(Shenandoah Valley), 자메이카 페어 웰(Jamaica Farewell), 존 덴버의 멋진 노래들, 컨트리 로드(Country Roads) 등등 계속 시원한 노래를 들었다. 그이는 보통 때도 밤늦게까지 시험공부를 하거나 논문을 쓸 때는 항상 잔잔한 클래식 노래를 들었다.

국도 80번은 유타 주의 주도 솔트레이크 시티(Salt Lake

City)와 만난다. 소금호수는 길이 112km, 너비 48km나 되는 두터운 소금 층이 깔려있는데 염도가 27도라 물고기가 살 수 없다. 바다나 대양의 물(海水)은 보통 염도가 3.5%이다. 유타 주는 로키산맥을 따라 도시가 남북으로 형성되었는데 도시 평균 해발이 1,860m인 고산지대이다. 가도 가도 끝없는 사막과 평원! 사막의 선인장이 밤에 줄기의 기공을 열고 이산화탄소를 흡수하듯이 우리도 야행성으로 변했다. 달리다가 주유소를 보면 지나치지 않았다. 어디 오아시스가 따로 있나! 차에 기름을 가득 채우고 아이스박스에 얼음을 채우며 화장실 사용과 음료수와 간식 같은 것은 부지런히 챙겼다. 우리는 주간 고속도로 80번을 타고 네바다 주의 서북단, 캘리포니아 주의 경계선에 있는 리노(Reno)에 닿았다.

자동차가 가다가 느닷없이 서도, 아이가 아파도…

캘리포니아 주에 들어오니 자연경관과 기후가 일시에 급변하였다. 나무가 푸르고 울창하며 환상적으로 아름다워 감탄사가 절로 나왔다. 새크라멘토(Sacramento)는 캘리포니아 주의 가운데 위치한 주도이며, 황금 러시(Gold Rush, 1848~1855) 때 최초의 미국대륙횡단철도의 종착역이었다. 새크라멘토는 미국에서 가장 살기 좋은 도시로 알려진 곳이다. 미국 서부의 최고병원으로 알려진 U.C. 데이비스 메디컬 센터(University of California Davis Medical Center)가 있는 곳이다. 우리는 여기서 샌프란시스코를 거쳐 태평양 해안에 바짝 붙은 해안도로 101번을 타고 북서쪽에 있는 유레카(Eureka)에 도착할 예정이었다.

그이는 '지금부터는 자동차가 가다가 느닷없이 서도, 아이가 아파도 찾아갈 수 있는 안정권에 진입했다,'라고 하였다. 마음의 긴장을 푸는지 그이의 음성은 한결 가벼웠다. 그 한마디! 가장으로서 겉으로 표현을 하지는 않았어도 얼마나 가슴 졸였나를 짐작할 수 있었다. 돌아보면, 기댈 곳도 도움 받을 곳도 없는 피할 수 없는 생활환경이 인간을 강인하게 단련한다고 생각되었다. 옛 말에 불은 철을 시험하고, 인내는 사람을 시험한다고 했지만, 피할 수 없는 환경이 인간을 시험하고 단련시킨다고 생각했다.

캘리포니아 주립대학교 훔볼트와
적송 국립공원

캘리포니아 주 서북쪽 태평양 연안의 아카타(Arcata)에 있는 캘리포니아 주립대학은 적송(赤松, Red Wood) 레드우드 국립공원이 있는 훔볼트 군에 자리하고 있다. 레드우드 국립공원은 세계에서 가장 키가 크고 우람한 적송군락이 있는 곳이다. 살아 있는 나무둥치 속 터널을 승용차를 탄 채로 통행료를 내고 지날 수 있고, 또 나무 둥치에 엘리베이터를 설치한 나무도 있다. 우람한 나무는 성인 10명쯤 팔을 벌리고 손을 잡으면 둥치를 한 바퀴 감을 수 있을까 할 정도였다. 이 적송에는 일반 소나무에서 볼 수 있는 송진 같은 것이 없다. 물기가 많아서 불이 나도 잘 타지 않고 스스로 꺼져버린다고 한다. 주위에는 레드우드로 만든 기념품 가게도 있었다. 주말에 레드우드 공원에 갈 때면 딸은 기뻐서 어쩔 줄을 몰랐다. 아이들이 놀 수 있게 간단한 놀이기구도 설치돼 있었다. 이곳은 캘리포니아에 정착 후 얼마의 시일이 지난 후 찾아왔지만, 지면 할애상 바로 소개한다.

캘리포니아 주립대학교의 학사일정은 2학기 제(Semester)가 아닌 3학기(Quarter) 제였다. 3학기제는 한 학기가 12주였으며, 짧은 학기 내에 강의하고, 시험문제 출제와 채점 등 정신을 차릴 수 없도록 시간에 쫓기었다. 미국대학의 90% 정도는 2학기제이다. 교수로서의 경험을 쌓는 첫해라 학생 때와는 또 다른 힘든 과정이 있다는 것을 알게 되었다. 그이는 2학기 제도인 연구중심대학에서 시간적 여유를 가지고, 연구비를 지원받아 책도 출판하고 싶다고 하였다. 중국과 소련 그리고 한반도와의 삼각관계에서 빚어지는「북방 삼각관계」및 동북아 국제정치학에 관한 심층적인 연구를 하고 싶어 하였다. 박사학위 논문도 그 분야였다.

그이는 1년 후, 앨라배마대학 정치학과에 영구직(Tenure) 교수로 채용되었다. 전공분야인 국제정치학, 비교정부론, 아시아 정부론을 가르치게 되었다며 기뻐하였다. 인간의 소망과 목표는 옹달샘 같아서 얼마를 퍼내면, 새로운 샘물이 솟아

나듯이 목표를 달성하고 나면, 또 새로운 목표가 가슴 속에 자리한다고 생각했다.

꽃나무도 뒤덮인 식물원 같은 유레카의 단층집

우리는 캘리포니아 주립대학교에서 차로 20분쯤 걸리는 유레카에 있는 단층집에 월세로 1년간 살았다. 당시에 캘리포니아에는 동양인에 대한 인종차별을 느낄 수 있었다. 분명히 빈 집이 있다는 광고를 보고 부동산 소개소를 찾아가면, 집이 없다고 거절하였다. 이 집은 같은 정치과 교수의 도움으로 월세를 얻었다. 대학교까지 가는 길은 8km 정도, 해안 따라 휘-굽은 언덕과 산길을 태평양을 양옆으로 가르는 다리가 놓여 있어서 환상적으로 아름다웠다.

단층집은 나무로 엮어진 낮은 울타리엔 각종 꽃나무로 뒤덮고 있었다. 집의 후원은 수목원 같았다. 그뿐만 아니라, 응접실에도 바닥에서 천장에까지, 쇠로 된 원형 막대가 고정-설치돼 있었고, 그 막대 주위를 돌아가며 갖가지 화분들이 여러 개 매달려 있었다. 집주인은 분명히 꽃과 나무를 취미로 가꾼 분인 것 같았다. 참으로 아름다운 집이었다. 아들 녀석이 8개월 가까이 되니 걷고 달릴 수 있는 워킹 체어 (Walking Chair)를 타고 응접실을 돌아다니며 화분대를 흔드는 바람에 위험하여 실내 화분대를 제거하였다.

거울에도 춥지 않고 보슬비가 안개처럼 내리며, 일 년 내내 꽃이 피고-지고했다. 우산을 착용하는 사람은 아무도 없었다. 다만 풀이 너무 빨리 자라는 바람에 아이들은 어리고, 풀숲이 무성하여 파충류라도 출몰할까 두려워 2~3일이 멀다 하고 풀을 깎아야 하는 것이 밀린 숙제처럼 부담스러울 때도 있었다.

태평양 연안 앞바다에는 캘리포니아 한류(寒流)가 흐르기 때문에 여름에도 시원하며 해수욕을 할 수 없다. 물결은 투명한데 해안 바위에 굴(Oyster)이 덕지덕지 붙어있어도 굴을 따가는 사람이 없다. 굴, 홍합, 대합, 가리비 등의 어패류에 미국 식품의약처(FDA)에서 규제하는 패류(貝類) 독소가 있다 하여 식용을 금지했다고 한다. 우리는 놀다가 돌아올 때 먹을 만큼 굴을 따와서 국을 끓여 먹었는데 한 번도 배가 아파본 적이 없었다. 캘리포니아에서의 1년간의 생활은 가난한 유학생 생활을 이겨낸 보상으로 아름다운 고장에서 즐기라고 부여해준 하나님의 축복 같았다.

미국의 서남단 횡단(2)

캘리포니아에 온 지 1년, 다음 해 8월 중순에 우리 가족은 캘리포니아 주 유레카에서 앨라배마 주 터스카루사(Eureka Cal.~Tuscaloosa. Ala.)까지 미국의 서남부를 횡단하였다. 지난 해보다 더 먼 거리를 같은 낡은 차로 또다시 도전했다. 우리는 고속도로 40번을 타고 동쪽으로, 동쪽으로 달렸다. LA를 경유, 네바다 주, 애리조나(Arizona)주, 뉴멕시코(NM)주, 텍사스(Texas)주, 오클라호마(Oklahoma)주, 아칸소(Arkansas)주, 미시시피(Mississippi)주를 지나 9번째 주인 앨라배마 주에 8월 하순에 도착할 예정이었다. 네 살 된 딸은 아빠에게 쫑알쫑알 귀엽게 굴었고, 한 살 된 아들은 이유식도 잘 먹고 건강한 편이었다. 일 년 전에 신생아를 데리고 대륙횡단을 한 성공적인 경험이 이번에는 지혜로 작용했다.

스탠퍼드 대학과 사유재산 팔로알토(Palo Alto) 시(市)

샌프란시스코에는 미국 서부의 아이비리그(Ivy-league)라 불리는 유명한 버클리 대학과 스탠포드 대학이 있으며 세계 최대의 IT산업 중심지인 실리콘 밸리(Silicon Valley)가 있다. 그이는 스탠퍼드 대학에 얽힌 애절하고도 슬픈 이야기를 해주었다. 미국의 명문사립대학 대부분은 기부문화가 낳은 산물이며, 대학 이름이 곧 기부한 사람의 이름이라고 했다. 스탠퍼드(Leland Stanford)는 캘리포니아 주지사를 지냈으며 미국 서부에서 동부로 가는 철도(Central Pacific Railroad)의 창립자이다. 후일에 동쪽 시카고에서 남쪽 뉴올리언스까지 가는 철도(Union Pacific)와 합류하여 북아메리카지역 최초로 대륙횡단 철도를 건설했다.

스탠퍼드에게 아주 늦게 생긴 아들 하나가 있었는데 가족이 함께 유럽을 여행하다가 장티푸스에 걸려 16살에 죽고 말았다. 아버지는 도저히 아들을 잊을 수 없어서 생각하다가 대학을 세우려고 결심했다. 그는 전 재산을 들고 찾아간 곳이 하버드 대학이었다. 캘리포니아 주, 산타클라라 카운티에 있는 약 8만 평의 팔로알토 시를 포함한 본인 소유 땅 전부를 줄테니 하버드 대학의 이름을 스탠퍼드 대학으로 바꿔 달라고 하였으나 한마디로 거절당했다.

남편은 "그렇게 용단을 낼 수 있는 스탠퍼드란 사람도 멋있고, 또 그 거액을 한 마디에 거절한 하버드 재단도 멋있지 않니?" 하였다. 거절당하고 돌아온 스탠퍼드는 하버드 대학보다도 더 멋있는 대학을 세우기로 결심하였다. 언젠가 『US 뉴스 & 월드 리포트』가 실시한 미국대학 총장들 간의 설문조사에서는 스탠퍼드 대학이 미국 제일의 대학으로 평가되었다고 했다. 필자는 철강왕 앤드루 카네기, 석유왕 존 D. 록펠러, 철도왕 코넬리어스 밴드빌터에 대해서는 내용을 외울 정도로 여러 번 들어왔다. 미국의 기부문화란 참으로 대단하고 생각했다.

네바다 주의 라스베이거스, 후버댐(Hoover Dam)

LA에서 주간고속도로 15번을 따라 네바다 주의 라스베이거스 쪽으로 차를 몰았다. 관광산업과 도박세금으로 주 재정의 45% 이상을 조달하기 때문에 관광객이 쉽게 머물 수 있도록 숙박비가 아주 싼 편이다. 가는 길목이라 우리는 하룻밤을 쉬어가기로 했다.

다음 날 아침, 호텔을 출발하기 전에 그이는 화장실에 간다며, 잠시만 기다리라고 했다. 10분쯤 지나도 돌아오지 않기에 뱃속이 불편한가하고 걱정하고 있었다. 30분쯤 지나서, 그이는 웃으며 돌아왔다. 남편의 안색(?)을 살피는데, 도박 장소로 가서 100달러를 투자하였는데, 200달러가 되었을 때 돌아서야 했는데, 혹시 여행경비에라도 도움이? 하면서 몇 번 더 슬롯머신(Gambling Machine)을 돌렸다고 했다. 결국, 딴 돈 300불과 원금 100불을 다 날렸다고 하며, 너털웃음을 날렸다. 필자는 '아이고 아까워라, 300달러,'했더니 그이는 100달러라고 정정했다. 우리는 아침부터 한바탕 웃었다.

후버댐은 라스베이거스에서 동남쪽으로 48km, 1시간 거리에 있다. 이 댐의 수원은 콜로라도 강이며, 그랜드 캐니언(Grand Canyon) 하구에 있는 중력식 아치댐(Gravity Arch Dam)이 바로 후버댐이다. 미국 7대 현대건축물로 손꼽히는 이 댐은 1985년 국립사적지로 지정되었다. 우리는 그랜드 캐니언으로 가는 중이라 더욱 관심이 있었다. 댐의 높이는 218m, 길이는 273m의 거대한 다목적 댐이다. 세계의 대공황기에 실업자를 위한 일자리창출과 경제구조 개혁을 위해 루스벨트 대통령이 추진한 뉴딜정책의 일환이었다는데, 워낙 웅장하여 입이 벌어졌다.

그랜드 캐니언(Grand Canyon) 국립공원

애리조나 주 북부에 있는 그랜드 캐니언 국립공원은 앨라배마로 가는 길목이라, 하루 쉬어가기로 했다. 그랜드 캐니언을 관광하는 방법도 여러 가지 가 있는데, 배를 타고 콜로라도강을 흘러가며 양쪽 계곡을 관람하는 방법, 헬리콥터를 타고 구경하는 방법도 있다. 우리는 계곡 언덕 주차장에 차를 세우고, 팔방으로 열린 공간과 거대한 계곡을 굽어보면서 감탄하였다. 자연의 경이로움은 시각을 압도함은 물론 순간적으로 모든 감각에 강한 충격을 안겨주었다. '아름답고 무한하다'란 생각과 동시에 '영원한 시간의 흐름' 같은 개념을 동시에 떠올리게 하였다. 끝없이 이어진 거대한 절벽이나 여러 색깔의 암석은 한 마디로 표현할 수 없을 정도로 그 웅장함에 압도당했다. 무한히 뻗은 거대한 절벽에 서서 계곡을 굽어보았을 때 현기증이 일었다. 가장 깊은 계곡 90km 구간이 그랜드 캐니언의 중심지로서 국립공원이다.

기록에 의하면 협곡의 양 절벽과 사면은 대부분 붉은 석회암층(Red-wall Limestone)으로 20억 년의 지질역사를 드러낸다고 한다. 강은 남쪽으로 흐르면서 네바다 주를 거쳐 멕시코 북서부를 지나 캘리포니아만으로 흘러든다. 그랜드 캐니언의 지질연대를 두고 학자들 간에 진화론(Evolution)과 창조론(Creation)의 대결장이 되고 있다고 한다.

시야가 볼 수 있는 한계를 넘어가니 '무한대'라는 개념을 일깨워 주는 것은 확실했다. 깊고 가물가물한 계곡을 내려다보니 발끝이 저렸다. 필자는 평생 시를 외우며 문학도 인양 착각해 왔지만 그랜드 캐니언의 절벽 앞에선 제대로 아름다움을 표현할 수 없었다. 웅장하고도 신비로움은 창조신화와 현대 자연과학의 지구연대 측정방법을 총동원하여 논할 만큼 인간의 감성과 이성을 통째로 휘어 감는 것만은 확실한 것 같았다. 일망무제(一望無際)로 끝없이 뻗은 계곡을 최대한 망막과 기억에 저장해 두고 싶었다.

아이들이 너무 어려서 설명해 줄 수는 없었지만 먼 훗날 그들의 발자취를 추적해볼 때를 위해 몇 장 기념사진을 찍은 후, 우리는 그랜드 캐니언 계곡을 뒤로했다. 반세기 이상의 세월이 흘렀는데도 그때의 기막힌 전망이 추억과 망막에 또렷이 살아 있다.

주간국도 40번 따라 뉴멕시코의 앨버커키(Albuquerque, NM)에 닿았다. 지형적으로 뉴멕시코의 북부는 로키산맥의 끝자락으로 1600m가 넘는 고원지대이며 삼림이 무성하고 남쪽은 건조한 땅과 사막지대이다. 뉴멕시코 주의 별칭은 '매혹의 땅'인데, 다양한 색깔의 지형을 드러내기 때문이다. 주도는 산타페(Santa Fe)이지만 인구는 앨버커키에 집중되어 있다. 원래 멕시코는 미국 원주민인 인디언의 땅이었기 때문에 아메리카 인디언 문화가 전수되고 있다. 콜럼버스의 신대륙발견 후 스페인은 뉴멕시코를 개척하여 스페인의 정착지로써 200여 년간 식민지로 지배했다. 우리는 타코(Taco)와 콜라로 점심을 먹은 후, 주간국도 40번을 타고 텍사스 주로 향했다.

광활한 텍사스 주의 수많은 재래식 유정
(油井, Pump Jack Oil Wells)

텍사스 주는 미국의 알래스카 주 다음으로 넓은 주로서 본토에서는 제일 큰 주이다. 차창 밖으로 보이는 경치는 끝없는 검은색 땅과 하늘이 맞닿은 지평선이었다. 그야말로 광활하기 그지없다. 서부개척시대에 흙먼지 날리며 황무지를 달리던 총잡이들의 결투가 연상되는 곳이다. 우리는 텍사스 주의 북부를 가로질렀다. 댈러스, 휴스턴, 샌안토니오 같은 대도시는 텍사스 주의 중부와 남부에 있다.

넓고 검은 대지에 수많은 작은 규모의 재래식 유정들이 석유를 퍼 올리고 있었다. 펌프 잭(Pump Jack) 혹은 메뚜기 펌프(Grasshopper Pump)라는, 한국의 옛날 디딜방아 같은 기계가 쉴 새 없이 작동되는데 커다란 망치 또는 메뚜기 머리처럼 생긴 기계였다. 시샘에서 빈정대는 심보였을까? '편애하시고 불공평하신 하느님'하는 생각이 또 고개를 들었다.

편애하고 불공평하신 하느님!

미국의 중부 네브래스카 주에서 서쪽 끝 태평양을 끼고 있는 캘리포니아 주 적송 국립공원이 있는 곳으로 차를 몰았다. 1년 후엔 캘리포니아 주에서 앨라배마 주로 미국의 서남단을 가로질러 앨라배마 주로 그이가 운전하였다. 긴 여정(旅程)에서 느낀 점은 '편애하고 불공평하신 하느님'이었다. 미국을 여행하다 보면 한국인들이 느끼는 심정은 대동소이하리라. 가도, 가도 끝없는 기름진 대평원, 하늘과 경계선을 이룬 초원에서 방목하고 있는 동물농장들, 주(State)가 바뀔 때마다 판이한 지형과 지질, 때로는 하늘과 맞닿은 사막, 어디가 시작이고 끝인지 분간할 수 없는 높고 험한 고산준령의 줄 달음박질, 기괴하고 신비로운 바위 계곡과 수만 리로 이어지는 강, 하늘을 볼 수 없을 정도로 울창한 삼림지대를 볼 때면 '편애하고 불공평하신 하느님!' 하는 소리가 절로 나온다. 텍사스 주에는 수많은 유정(油井)이 땅에서 석유를 펌프로 뽑아 올리는 광경을 주간고속도로를 달리며 보았다. 세상에 이토록 축복받은 나라도 있구나 싶었다.

지정학적으로 우리나라는 강대국의 틈바구니에 끼어있는 중정(中庭) 국가라 잦은 침략을 받았다. 어찌 그리도 좁은 땅

덩어리를 주셨는지? 그것도 국토의 70% 이상이 산지이다. 지하자원도 별로 없는데…. 열심히 일해도 살아가기가 각박한 우리나라이다. 아름다운 캘리포니아 주에 살 때나 광활한 텍사스 주를 횡단하며 땅에서 기름을 퍼 올리는 수많은 유정을 보며 느낀 점이다.

그이는 미국의 영토를 말할 때 태평양 건너, 저 북쪽에 있는 알래스카 주는 북아메리카대륙의 북서쪽 베링해협과 북극해에 있다. 대서양 따라 파나마운하 근처에 있는 플로리다 주, 미국의 최남단 하와이 주, 서태평양에 자리한 해외영토 괌(Guam) 등 미국영토의 위치와 지질의 다양함을 부러워했다. 동시에 4계절이 있는 나라, 기름진 평야와 사막, 무진장한 지하자원과 아름다운 자연경관, 그리고 역사적으로 필요한 시기에 위대한 인물들의 배출 등 헤아릴 수도 없는 축복의 나라라고 부러워하곤 했다.

오클라호마(Oklahoma)주 오클라호마시티

우리는 국도 40번을 타고 오클라호마 주로 향해 달렸다. '오클라호마'라는 이름은 '붉은 사람' 인디언이란 뜻이다. 캘리포니아 주 다음으로 인디언이 많은 주였다. 왠지 우리 민족의

DNA는 유라시아를 주름잡았던 초원제국의 기마민족과 같다고 여겨왔었다. 필자는 아메리칸 원주민인 인디언이 몽골족 같이 생겼는데, 어쩌면 우리 조상하고 같은 족은 아닐까? 얼굴이 붉다뿐이지 검은 모발과 광대뼈 솟은 넓은 얼굴 그리고 갓난아기의 궁둥이에 퍼런 몽골반점이 있는 것 보면(?) '옛날 사람들은 갓난아이가 태어날 때, 삼신할머니에게 엉덩이를 맞아서 멍이 들었다고 했지만….' 하며 필자는 혼잣말로 중얼그렸다. 그이는 러시아 동부지역의 몽골로이드(Mongoloid) 계통의 민족이 베링해협을 통해 유입되었다는 설도 있고 또 어떤 학자는 태평양의 폴리네시안 계통의 민족이 멕시코를 거쳐 북아메리카에 이주했다는 설도 있다고 하였다.

인디언들은 오랜 세월 동안 다른 대륙과 접촉이 없었기에 서양에서 들어온 홍역이나 천연두 같은 질병에 면역성이 없었다. 또 인디언들은 술(酒)을 먹지 못한다고 하였다. 이 말을 들었을 때, "우리 민족은 고래로 술을 좋아하는 체질이었는데, 그 점에서 인디언들과는 DNA가 좀 다르군요." 하며 웃었다. 한국 사람들은 전 세계에서 소련과 소련 위성국들 그리고 유럽 다음으로 술을 많이 마신다고 알려져 있다.

인디언 말살법안과 '눈물의 행렬(Trail of Tears)'

앤드루 잭슨 대통령 때(1828) 인디언 말살법안을 의회에 상정하였고, 다음 대통령 마르틴 밴 부렌 때(1838)는 미시시피 강 동쪽의 인디언 7만여 명을 서쪽 척박한 땅인 오클라호마 주로 강제이주 시켰다. 이때 인디언들이 추위와 굶주림으로 떼죽음을 당했는데 이를 '눈물의 행렬'이라 불렀다고 했다. '아이고 잔인도 해라!'했더니 그이는 잭슨 대통령은 자랄 때도 성격이 괴팍했으며 교육도 제대로 받지 않았다고 했다. 독학하여 변호사가 되고 주 대법관을 지냈다고 했다.

아이들은 어리고 워낙 긴 여로라 인디언 박물관이나 유적지를 관람할 마음과 시간의 여유가 없었다. 좋은 기회를 알면서도 우리는 지나쳐야만 했었다.

미시시피 강(Mississippi River)을 건너며

리틀 록 아칸소(Little Rock, Arkansas)에서 우리는 남쪽으로 내려오는 국도 65번 길을 따라 달리다가 미시시피 주의 그린빌에 도착했다. 그 사이에 미시시피 강(3778km)을 건넜다. 다음은 이번 여행의 종착지인 앨라배마 대학이 있는 터스카루사에 도착하게 된다. '미시시피'란 인디언 말로 '위대한 큰 강'

이란 뜻이다. 미시시피 강은 미국에서 제일 긴 강으로, 미국과 캐나다의 국경인 이타스카 호(Itasca Lake)에서 발원하여 미국의 중앙평원을 북에서 남으로 수직으로 흐르다가 멕시코 만으로 들어간다.

필자는 미시시피 강을 건널 때 흥분하여 '아. 미시시피 강이다!'라며 차창 밖으로 고개를 내밀고 강을 내려다보았다. 운전하던 남편이 놀라며 왜 그렇게 흥분하느냐고 물었다. 그 유명한 미시시피 강! 초등학교 3~4학년 지리 시간에 배웠던 강이라 신통하여 소리쳤다고 했다. 비록 말없이 흐르는 강이지만, 미국의 피로 물든 역사를 알고 있다고 믿으니 대자연의 신비와 경이로움에 저절로 감탄사가 나온다고 했다. 그리고 수년 전에 당신이 말한 미국 역사의 '루이지애나 매입(Louisiana Purchase) 이야기가 생각난다,'고 했다. 그이는 기억력도 좋으시네 하며 놀렸다.

앨라배마 대학촌 터스컬루사!

우리는 그린빌을 지나 국도 82번을 따라 앨라배마 대학촌 터스컬루사에 무사히 도착하였다. 멀고 먼 장정에 한 살 난 아들과 4살 된 딸이 기특하고 고마웠다. 앨라배마 대학 정치학

과 교수가 주선하여 우리가 있게 될 아파트도 오래전에 마련
돼 있었다. 지난해보다 더 먼 거리를 횡단했다. 여정이 힘들었
던 것만큼 해냈다는 자신감과 용기는 내일의 삶에 지혜와 에
너지로 작용하리라 여겨졌다.

2.

생활 속의 단상(斷想)과 대화

나의 별명은 코끼리 다리

필자의 별명은 '코끼리 다리(Elephant Legs)'인데, 남편이 붙여준 별명이다. 앨라배마 주에서 제일 큰 도시 버밍햄에는 동물원이 있는데, 대학촌에서 한 시간 거리라 주말이면 꼬마들을 데리고 동물원엘 갔다. 아이 셋이 1살, 3살, 6살 때다. 필자가 막내아들을 안고, 장남과 장녀가 옆에 서서 코끼리를 구경하며 서 있는 뒷모습을 남편이 카메라에 담았다. 그 사진을 현상하여 보면서, 필자의 뭉실한 두 다리와 코끼리 다리가 닮은 꼴이라면서 놀려댔다. 그때부터 필자의 별명은 '코끼리 다리'이었다.

부엌식탁에서 책을 읽고 있는데 그이가 안방 화장실에서 나오며 큰소리로 "내가 이미 40년 전에 이름을 붙였는데, 오늘에야 세상 사람들이 내가 처음 사용한 단어를 사용하고 있구만!" 하며 통쾌하다는 듯 신문 쪽지를 들고 내 옆으로 왔다.

'뭘까?' 순간적으로 필자도 흥분되었다. 무슨 대단한 정치학적 용어나 경제학적인 용어일까? 하고 귀를 세웠다. 남편은 그림과 설명을 곁들여 놓은 성형수술 광고 면을 내 코앞에 펼쳐놓았다. "이것 좀 봐! 코끼리 다리!" 2007년 1월 17일자『동아일보』건강코너에「맞춤형 시술로 예쁜 종아리 만든다」란 제목 아래 코끼리 다리, 닭다리, 하마 다리, 새 다리 등 유형별 다리 그림이 실려 있었다. 하도 황당해서, 뭐라고 반응해야 할지 몰라서, 멍청하게 입을 반쯤 벌리고 웃으며 남편을 쳐다보았다.

아이 셋이 모두 결혼하여 자식이 둘씩이나 달렸고, 서울에서 모두 교수로 뛰고 있다. 그런데 그들이 놀려오면 너희 아빠가 엄마를 또 놀렸다며 보여주려고 그 신문지의 광고란을 가위로 오려 냉장고 문짝에 한동안 붙여두었다. 이제 그이의 짓궂음을 폭로하며 이 글을 쓴다.

필자를 이렇게 놀리면, "남들 다 있는 머리카락도 없으면서, 자기의 외모에는 달이 돋고, 별이 돋는 줄 아나 봐"하고, 남편의 대머리(Bald-Head) 되어가는 모습을 되 놀렸다. 아, 그런데 오늘은 신문에 그림까지 소개돼 있지 않은가! 그래서 남편은

70세가 다 된 늙은 아내를 놀려줄 거리를 발견하고 신이 나서 싱글벙글하는 것이었다. 참으로 그이는 재미있기도 하고, 때론 짓궂기도 하며, 농담도 잘 하는 편이다. 70세가 된 늙은 마누라, 이젠 부끄러움도 없어졌지만, 젊었을 때는 곱지 않은 농담이었다.

자식들이 붙여준 별명 마더구스

(童詩- Mother Goose Rhyme)

'마더구스' 엄마거위(Mother Goose)란 말은 영국, 미국, 호주 등 영어를 쓰는 나라에서 영유아들에게 읽어주는 전래 동요, 동시, 노래가사, 재미있는 이야기 등 동요에서 비롯됐다. 우리 집 아이들이 2살, 4살, 7살 될 즈음, 필자는 매일 밤 아이들이 잠들 때까지 전래 동요, 동시, 마더구스 노래가사 등을 두세 권씩 읽어주곤 했다. 매일 밤 읽다 보니, 아이들도 처음부터 차례대로 줄줄 2~3권 정도는 외울 정도였다. 때로는 식탁에서 합창으로 동시를 암송할 때도 있었다.

구스램프(Goose-lamp)를 방바닥에 내려놓고, 그 위에 큰 수건을 덮어서 불빛이 책 한 권 정도만 비추게 하고 책을 읽어주었다. 일 년이 지날 때부터는 아이 셋이 함께 동시를 차례로 줄 줄 외웠다. 때로는 엄마가 먼저 졸면서 엉터리로 주절거릴 때는 아이들이 깔깔 웃는 바람에 깜짝 놀라 필자가 졸음에서 깰 때도 있었다. 아이들을 잠재우는 것이 아니라 오히려 그들의 잠을 깨우는 경우가 되었다. 아이 셋이 깔깔거리며 엄마 틀렸다고 합창하는 것이었다.

「또 땅-쳤다!」

필자의 또 다른 별명은 「또 땅-쳤다!」이다. 가끔 엉뚱한 소리를 잘 한다며, 그이는 필자의 뇌의 구조가 어떻게 생겼는지 알고 싶다고 한다. 필자가 죽으면 대학병원에 나의 뇌를 기증하겠다고, 남편은 툭하면 농담했다. 자식들도 필자가 좀 이색적인 말을 하면 우리 엄마 머리 '또 땅 쳤다'며 놀린다. 별명 '마더구스'와 '또 땅 쳤다'는 자식들이 붙여준 별명이다. '땅 쳤다'란 별명을 제일 먼저 붙여준 아이는 막내아들이었다.

필자는 이야기의 화두(話頭)가 나오면 순간적으로 물수제비처럼 그것과 관련된 사건이나 추억 속으로 튀기 시작한다. '물수제비 놀이(Stone Skipping)'란 잔잔한 호수나 냇가에서 돌을 던져, 돌이 가라앉기 전에 얼마나 많이 튀는지를 겨루는 놀이의 일종이다. 이것처럼 '사고의 비약(Flight of Thinking)'이 순간적으로 일어나 두세 번 이상 화제의 징검다리를 건너뛴다. 이를테면 '무궁화'란 소제가 나오면 필자의 아파트 정원에서 피고 지는 무궁화에서 섬 진도 관광여행 때 보았던 무궁화 가로수가 떠오른다. 동시에 전남 무안에 갔을 때 연화동 마을 입구 도로변에 무궁화와 접시꽃을 닮은 분홍색, 하양 부용화의 사열식을 보고 무한히 즐거웠던 순간들이 떠오른다. 필자의 문인화 개인전 때 무궁화를 전지에 크게 그리고 화제로 무궁화 예찬 자작시를 달기도 했다. 그래서 무궁화에 관하여 이런저런 말을 하게 되는데, 듣는 사람으로선 엉뚱하게 '땅~쳤다'란 말을 하게 되리라 생각된다.

너 괜찮니? (Are you OK?)

앨라배마 대학에서 조금 떨어진 노스포트라는 외곽에 살때이다. 이 지대는 호수를 안고 언덕과 계곡이 파도처럼 높낮이를 이룬 지형에 소나무와 잡목이 울창했다. 귀국할 생각으로 집을 마련하지 않고 월세 집에 산 지 15여 년이 훌쩍 지났다. 빠르게 가는 세월 너무 허전하여, 귀국할 때 어려움이 있겠지만 팔기로 하고 예쁜 붉은 벽돌로 지은 언덕 위의 단층집 소유주가 되었다. 꿈만 같았다. 앞 정원엔 잔디가 넓게 펼쳐져 있었고 뒤뜰에는 언덕 아래로 가녀린 소나무의 안식처였다. 아이들의 그네와 미끄럼틀, 그리고 큼직한 놀이용 플라스틱 수영장이 뒤뜰에 놓여 있었다.

여름철엔 고온다습(多濕)한 데다가 호수가 가까이 있어 거북이나 뱀 같은 파충류와 개구리 도마뱀 같은 양서류를 쉽게 볼 수 있었다. 비가 갠 여름날, 정원 한 켠에 엉금엉금 기어 다니는 거북이 새끼를 보는가 하면, 나무에서 새떼가 자지러지게 울 때면 그 부근에 뱀이 있음을 경험으로 알게 되었다.

한번은 부엌에서 독서를 하고 있는데 유난히도 새들이 찢어지는 듯한 목청으로 절규했다. '또 뱀이 나왔구나! 조금 있으면 녀석들이 학교에서 돌아올 시간인데….' 아이들이 초등학교 1학년, 3학년, 6학년에 다니던 때라 여름철이면 맨발로 풀밭을 뛰어다니며 정원에서 호스로 물장난을 하고 놀았다.

필자는 바지를 갈아입고, 두터운 양말에 바짓가랑이를 잡아넣고, 운동화를 신고, 헛간에서 농부처럼 어깨에 삽을 메고 조심스럽게 새가 날카롭게 울부짖는 나무 밑으로 다가가며 살폈다. 아니나 다를까 흙갈색의 제법 큰 뱀이 똬리를 틀고 햇볕을 즐기고 있었다. 나는 놈이 흥분하지 않도록 천천히 움직임을 주시하면서 조용히 거리를 좁혀 갔다. 놈은 미동도 않고 오수를 즐기는 듯하였다. 삽자루의 길이가 나와 뱀과의 거리와 거의 동일하게 될 때까지 말초신경을 세워 최적정 거리에 닿았다. 나는 운동신경의 순발력을 총동원하여 순간적으로 뱀 대가리를 서너 번 삽으로 내리쳤다. 태권도 선수가 기압을 넣을 때 지르는 소리와도 같이 나도 모르게 괴성을 지르며.

옆집의 미국 여자 친구가 정원 일을 하다가 깜짝 놀라 "Are you OK?"하고 달려왔다. 짓뭉개진 뱀 대가리에 꿈틀거리고 있는 몸뚱이를 보며 나는 안도의 숨을 쉬었다. 어느 사이에 새들은 날아가 버렸고, 고요한 숲속엔 6월의 햇살이 쏟아지고 있었다.

엄마 뭐해? 빨리 잡아!

호수마을로 이사 온 지 몇 개월 지났을 때였다. 이 계곡을 지나다가 마을 길 개울가에 긴 목을 빼고 부동자세로 서 있는, 대형 거북이를(길이 40cm, 너비 30cm) 보았다. 작은 개울이 땅을 적실 정도로 졸졸 흐르는 조금 낮은 곳, 대형 거북이가 차도에 우두커니 서 있었다. 필자는 놀라서 차를 급정거했다. 아이 셋이 "엄마 잡자!"라고 소리소리 지르며 우르르 거북이에게로 달려갔다. 놀란 거북이는 그 둔탁하고 느린 걸음으로 숲을 향해 걷기 시작했다.

아이들은 엄마가 빨리 거북이를 잡지 않는다고 소리소리 질렀다. "엄마, 뭐해! 거북이가 숲으로 도망가잖아!" 막내 녀석은 잡아달라고 울기 시작했다. 취사선택이 없었다. 워낙 거북이가 커서 겁이 났지만, 숨을 크게 쉬고, 두 손으로 거북이를 집어 들었다. 예상 밖으로 너무 무거웠다. 대형 거북이를 잡아 차 트렁크에 뒤집어 싣고 집으로 와서 아이들의 목욕탕에 집어넣었다.

아이들은 기뻐서 어쩔 줄을 몰랐다. 아이들은 물풀과 호수 물을 퍼 와서 목욕탕에 넣은 후, 거북이의 거동을 관찰하였다. 미동(微動)도 않기에 거북이가 놀란 줄 알고 문 뒤에 숨어서 문틈으로 관찰하였다. 30분 하고도 한 시간이 지나도록 거북이는 조금도 움직이지 않았다. 고개만 빼 들고 조각처럼 우두커니 서 있을 뿐이었다. 너무도 재미없는 동물이었다. 아이들은 숨어서 보기에 싫증이 났다.

아이들은 학교에서 돌아올 때 저들의 친구들을 데리고 와서 자랑스럽게 거북이를 보여주며 우쭐하였다. 거북이를 응접실 바닥에 꺼내놓았더니 거북이는 엉금엉금 걸어서 의자 밑으로 들어갔다. 아이들이 거북이를 만질 때 큰 거북이라 물면 손가락도 끊길 수 있다며 조심시켰다. 아이들은 애완동물이나 된 듯 소리소리 지르며 흥분하고 기뻐했다.

국제정치학회 논문 발표 차 덴버(Denver) 콜로라도로 2박 3일간 출타했던 남편이 돌아와 대형 거북이를 보고 놀라면서 화를 내기 시작했다. 생물을 잡아 가두어 굶기면 아이들 교육적으로도 좋지 않다며 당장 호수에 방생하겠다고 했다. 결국 3일 만에 집 뒤 호수에 방생하러 갔다. 초등학교 1학년과 3학년 아들은 저들이 좋아하며 친구들에게 자랑했던 거북이를 호수에 띄운다고 하니 아이들은 눈물까지 글썽거렸다.

그이는 거북이를 호숫가에 풀어주었다. 거북이는 엉금엉금 물가로 가더니 빠르게 물속으로 사라졌다. 그때 두 아이들이 아깝다는 듯 눈물을 보이려는데 이상하게도 거북이는 우리가 지켜보고 서 있는 호숫가로 가까이 돌아오더니 잠시 후 다시 깊이 잠수했다. 그이는 아이들에게 "너희들 보았지? 거북이가 가다가 다시 돌아와 너희들에게 고맙다고 인사하고 가는 것을?" 하자 일시에 꼬마들은 즐겁게 웃었다. 그이는 생물을 방생(放生)하면 복을 받는다고 했다. 그제야 꼬마들은 좋은 일을 했다는 기분으로 가볍게 웃으며 돌아섰다.

백설(白雪) 방학과 토네이도(Tornado)

1975년 2월, 비바람이 몹시 불던 음침한 밤에 토네이도가 앨라배마 주 대학촌을 지나가며 그 여파가 우리가 사는 마을(Dogwood Hills)에까지 미쳤다. 언덕 아래에 있는 우리 집은 두어 집 차이로 안전하였다. 그날 밤 하필이면 필자는 밤일을 간사이었다. 식구들은 엄청난 굉음을 내는 바람 소리와 함께 창문이 흔들리는 진동으로 많이 놀랐으며, 두려웠다고 두고 두고 이야기하였다. 남편은 아이들과 함께 응접실 소파 뒤, 바닥에 엎드려 공포 속에 있을 때 함께하지 못한 것이 퍽 미안했다. 다음날 언덕으로 올라가 보니 어떤 집들은 창문과 지붕이 파괴되었고, 정원의 거목들이 바닥에 누워있는 집도 있었다. TV에서 토네이도의 피해지역을 자주 보아왔다. 직접 우리 마을이 그 영역에 속했었다고 생각하니 새삼 토네이도의 위력이 두려워졌다.

아이들은 크리스마스 때가 되면 TV에 눈썰매를 타고 산타클로스 할아버지가 등장하고 눈싸움하고 스키 타는 광경을 볼 때면 눈이 오기를 기다리기도 했다. 1977년 1월에 대학촌에 10cm가량의 싸락눈이 내렸다. 도시는 축제 분위기로 설레었고, 대학도 2일간 휴강을 했다. 온 동네의 어른-아이 할 것 없이, 집 밖으로 나와서 감탄사를 터뜨렸다. 초등학교는 기념으로 3일간 ≪백설방학≫을 가졌다. 눈을 처음 만난 아이들은 눈을 뭉쳐보기도 하고 조그맣게 눈을 뭉쳐 서로 때리기도 하며 즐겼다. 그 당시 한국에는 겨울에 집 처마 끝에 고드름이 달리고, 눈이 길길이 쌓여 산간의 작은 초가 마을은 눈에 파묻혀 어디가 마을인지도 가늠하기 어려울 정도였다. 그리고 모든 강과 호수는 겨우내 동결되어 동네 아이들의 스케이팅 놀이터였다.

시동생 부부의 도미 유학

그이가 미국 유학 올 때 시동생은 초등학생이었는데, 근 15년간이나 떨어져 살았던 막내동생 부부가 미국으로 유학(1975) 왔다. 서울대학교 생물학과를 졸업한 시동생은 형이 교수로 재직하고 있는 같은 대학 생화학과에서 석사학위과정을 밟았다. 일련의 일들이 꿈만 같았다. 삼촌과 숙모는 조카들과 곧 친숙해졌다. 삼촌은 조카들에게 노래를 가르쳐주기 위하여 한국제 기타를 하나 샀다. 삼촌이 학교에서 돌아오면 「나비야」 「학교종이 땡땡친다」 「나의 살던 고향은」 등의 노래를 기타에 맞추어 노래를 부르면 조카들은 둘러앉아 노래를 배웠다. 삼촌은 가사를 영어로 번역해주기도 하였다. 숙모님은 음대 작곡과 출신이며 피아노를 잘 쳤다. 조카 셋과 삼촌 숙모는 잘 어울리는 그룹이었다. 특히 기타에 맞추어 삼촌 숙모가 이중창 노래를 할 때면 하모니가 잘되는 환상적인 한 쌍이었다.

삼촌 숙모를 너무 좋아하며 따르는 조카들을 보며 3년 전 시부모님을 결혼 후 8년 만에 첫 상봉했을 때가 떠올랐다. 시부모님은 손주들과 빨리 가까워지고 싶었지만, 말이 통하지 않았다. 막내 녀석은 갓 한 살이어서 할아버지께는 안기는데, 할머니는 안아보려면 떠밀어내고 하는 바람에 이삼일 동안 섭섭해하셨다. 할머니는 막내가 귀엽다고 볼을 한 번 살짝 물었기 때문이다. 3살 난 아들은 퍽 활동적이었고 인정이 많았으며, 6살 된 딸은 상냥하고 애교스럽게 할아버지 할머니와 잘 놀았다.

1970년대 초에 미국 정부가 이민을 법적으로 엄격하게 규제했던 시기였다. 교육자이셨던 시아버님은 중고등학교 교육 시찰을 하기 위하여 이곳 시, 군 교육감과 중·고등학교 교장 등의 초청 비자로 오셨다. 부모님과 함께 시간을 보내며 여행을 하기 위하여 미국방문 한 달을 여름방학 때로 정했다. 그이는 10여 년 된 차를 처리하고, 4년 된 중고차 폰티액(Pontiac)을 샀다. 여행경비를 조달하기 위하여 여름학기 특강을 하였다. 강의가 끝나자 그이는 부모님을 모시고, 6살 된 딸을 데리고 워싱턴 DC, 뉴욕, 나이아가라 폭포 등 10여 일 미국 내 경승지를 여행했었다.

시동생은 형과 나이 차이가 13살이나 되다 보니 어린양도 하고 퍽 편한 관계였다. 숙모는 아주 여성스럽게 예뻤고, 고운 서울 말씨에 애교도 많았다. 경상도 토박이의 투박한 말씨에 직장일 갔다가 집에 오면 밀린 집안일 소처럼 하며, 틈나면 아이들에게 공부만 시키는, 필자의 재미없는 성격과는 너무나 대조적이었다. 시동생도 잘 웃고 농담을 많이 하며, 말에 재치가 있고 다정다감한 성품이었다. 대대 장손에 맏아들로서 권위주의적인 성격에 명령조인 형과는 대조적이었다.

여형제가 많은 집안이라 시동생은 한국에 있을 때부터 조카 10여 명을 다루는데 관록이 생긴 것 같았다. 과자 몇 개만 가지면 막내 녀석한테 뽀뽀를 몇 번씩 받고 난 후에 과자 한 개를 주었다. 막내아들 3살짜리는 의례 뽀뽀를 몇 번 하고 난 뒤에 본론으로 과자를 달라고 했다. 옆에 있던 숙모는 "이 녀석들이 과자만 있으면 숙모는 아주 무시해 버리는구만!" 했다. 그러나 딸은 숙모가 예쁘고 사근사근한 성품에 피아노까지 가르쳐주니 숙모를 더 따랐다. 과자가 없을 때는 아이들이 숙모를 더 좋아하는 것 같았다.

밤이면 삼촌 · 숙모와의 노래교실

시동생은 외국 학생 중에서 단연코 두각을 나타내며 공부하는데 신이 났다. 12월에 기말고사에 들어가자 형은 두 과목다 A학점 맞으면 $50 주기로 약속했다. 아직 학점은 안 나왔지만, 워낙 열심히 하니 X-Mas 때 쓰라고 미리 주었다. 시동생과 동서가 나에게 목걸이를 선물하였는데 마음에 드느냐고 묻기에 그렇다고 했더니, 옆에서 "형수님, 이번 X-Mas 때 나에게 무슨 선물을 줄래요?" 하였다. "한 식구끼리 뭐 주고받기없다 합시다." 했더니 그러면 울어버리겠다고 하였다. 이런식으로 늘 식구들을 웃겼다. "형수님, 일 가시는 동안 이 착하고 귀엽고 사랑스러운, 말 잘 듣고 인정 많은 시동생 보고 싶어 어찌 8시간 동안 일 하시느냐?" 했다.

아침에 일찍 학교 갈 때면 이제 미국 온 지 두 달 밖에 안되는 데 공부에 진절머리 난다고 했다. 형이 "너- 학교 가는 거너 자신을 위하여 하는 일이니 불평 말라."고 하면 "나요- 학교 가는 일은 형님 형수를 위하여 할 수 없이 가요."했다. 아침에 형이 차 안에서 동생이 나오도록 기다리다가 차를 뿡–뿡–몇 번씩 듣고도 일부러 사장 걸음걸이로 천천히 아주 뻐기면서 나오면 "너 그렇게 까불면, 두고 갈까 보다"하며 차를 움직이기 시작하면, 얼른 차에 올랐다. 참으로 웃기는 광경이었다. "자기가 아무리 뭐라 해도 내가 아직 안 나갔는데 형이 기다리지 별수 있나?" 했다.

저녁 식탁에 둘러앉으면, "야! 오늘 미국 여학생이 수영복 비슷하게 입고 학교 왔는데 그 아가씨가 공부시간에 날만 쳐다보는 것 같아서 마음 설레어 공부가 안되더라."며 슬며시 동서한테 농담을 건다. 동서는 "이제는 결혼했고 별 수 없으니 마음잡아 공부나 잘하라"고 했다. 대화가 이런 식이라 항상 배를 잡고 웃지 않을 수 없었다. 시동생은 문학적인 감성이 풍부하고, 또 학창시절에 시를 많이 외웠다고 했다. 그래서 때로는 자기의 문학관과 인생관에 대하여 가슴을 열 때도 있었다. 그리고 옛날에 외웠던 시라며, 감정을 살려서 주절주절 읊기도 하였다. 이럴 때면 평생 취미로 시를 읊어오던 필자와 통하는 면이 많아서 한국시와 시조를 주거니 받거니 읊기도 하며, 시간 가는 줄을 몰랐다.

응접실에서 가무(歌舞)공연과 티켓(Ticket) 발급

아이들은 방학 때나 추수감사절, 어린이 축제일 할로윈(Halloween)이나 크리스마스가 오면 저들 끼리 응접실에서 연극과 가무를 공연했다. 무대는 응접실, 장치는 나무의자 두세

개, 침대보로 막을 치고, 그 뒤에서 공연하려고 출연했다. 냉장고에 있는 오렌지 주스나 사이다를 종이컵에 담아 돌린 후, 티켓을 팔고 모자를 돌리며 돈을 요구했다. 보통 25센트, 그런데 몇 번 모자를 돌려 수금하다 보면 1인당 $1 정도는 주게 되었다. 관객은 아빠 엄마, 삼촌과 숙모 4명이었다. 연기가 별로일 때, 삼촌은 "어매! 내 돈 생각이 절로 나네!"하며 웃음꽃을 피웠다.

아들 둘은 가수 엘비스 프레슬리(Elvis Presley) 흉내를 잘 내곤 했다. 특히 꼬맹이 아들은 가슴을 풀어헤치고, 장난감 짙은 선글라스를 끼고, 장난감 기타를 들고, 다리를 떨며, 「Hound Dog」, 「Jailhouse Rock」, 「Love Me Tender」 등의 노래를 흉내 내곤 했다. 누나는 연극 각본과 무대 출연 등 남동생들을 총지휘 감독했다. 당시에 아이들의 나이는 4살, 6살, 9살이었다. 누나는 2 남동생들을 잘 조종하였고, 동생들은 고분고분했다.

숙모로부터 피아노도 배우는 겸 발드원(Baldwin)이란 피아노를 장만했다. 그리하여 밤이 되면 참으로 멋진 노래교실이 형성되었다. 어쩌다가 비번인 날, 필자가 피아노 앞에서 뚱땅하고 키를 눌려볼 때면, 시동생과 남편이 필자의 등 뒤에 몰려와서 '어매, 지금 그 나이에, 그 굳고 꾸부정한 손가락으로 도·레·미 배워서 무엇 하려느냐?'며 킬킬거리며 놀려대는 바람에, 부끄럽고 기가 죽어서 더는 피아노 건반을 두들겨볼 수 없었다. 필자가 무딘 손으로 건반을 치면 다들 주책이며 웃긴다고 생각했었다.

형제간에 부부팀 화투놀이

시동생은 대학원 장학생으로 연구비를 받아서 아침 9시부터 학교에서 석사학위 논문에 관한 연구를 시작하였다. 그리하여 방학이 되어도 실험은 계속되었고, 정한 시간에 가서 실험결과를 점검해야 했다. 때로는 자정이 넘어서 돌아올 때도 있었다. 수시로 집에 가서 점심을 먹고, 밤늦게라도 자유롭게 실험실에 왕래하기 위하여 학교 내에 있는 아파트로 이사하였다. 삼촌 숙모와 정이 들었던 조카들은 삼촌 숙모가 캠퍼스 내에 있는 아파트로 이사하자, 몹시 섭섭해하였다. 시동생은 전 과목 A학점으로 지도교수의 출중한 신뢰를 받았으며, '석사학위 우수논문'으로 선정되어 학교 측으로부터 장학금도 받았다. 그 후 박사학위를 마치고 하바드(Havard)대학에서 초빙강사를 역임한 후 모교 교수로 돌아왔다.

주말에 동생네가 오면 두 형제가 밤늦게까지 화투를 치곤했다. 한판에 동전 25씩 걸어놓고 부부가 편이 되어 치는데,

대부분 형네가 실력이 더 나은 편이었다. 처음에는 형과 동생이 화투를 치다가 시동생이 형한테 1달러 질 때면 "어디 내조의 공이 필요해?"하면서 동서가 소매를 걷는다. 편짜서 치는데 화투 판세가 동생들에게 불리하게 돌아가면 시동생은 "형수님은 밖에 나가 돈 벌고, 집에서는 화투 쳐서 돈을 버는데, 너는 괜히 화투 치자고 해놓고 돈만 잃고 있느냐고 공박했다.

밤이 깊어가고 출출할 때면 간식으로 돼지 발에 된장과 마늘 넣고 푹 삶은 것과 시가에서 보내준 오징어, 대구포 등을 먹으며 부모님으로 화제가 돌아가기도 했다. 집안에는 코리타분하고 비린내 나는 생선포 냄새가 풍기는데, 시동생이 고향 부모님의 특별한 말과 행동을 흉내 내며, 생활상을 재미있게 묘사하면 모두 배꼽을 잡고 웃었다.

"이제 대목도(크리스마스) 되었고, 돈도 필요할 때니"

미국대학에서의 겨울방학은 보통 20일 정도이다. 방학 때 동생네가 놀러오면 화투놀이가 벌어졌다. 시동생은 "이제 대목도 되었고, 돈 쓸 때도 있으니 형님 돈 좀 따가자!"했다. 그런데 부부가 편을 짜서 화투를 칠 때, 동생들은 무슨 암호를 주고받는 것 같았다. 이를테면 '2'하면 난초, '3'하면 비를 내놓고 했다. 눈치채고 암호를 사용하면 돈을 따도 무효로 한다고 형이 선언했다. 그랬더니 며칠 후에는 몸 제스처를 활용했다. 무엇을 던질까 고민하면서 신체의 어느 부분을 만진다든지, 눈짓을 한다든지 하며 동생들이 이렇게 웃기니 치는 둥 마는 둥, 깔깔대며 웃다가 시간을 보내곤 했었다.

삼촌은 집에 올 때마다 조카들 준다고 과자를 많이 사 왔다. 조카들이 신이 나서 체격이 비교적 여윈 삼촌의 팔뚝에 매달리며 귀찮게 놀 곤했다. 반갑다는 인사가 끝나면 책상에 둘러앉아 그림을 그리고, 가위로 오려내고 만들고 했다. 아이들은 학교에서 상장을 받아오면 삼촌과 숙모님께 보여주고, 칭찬을 받으면 기가 살아서 온통 집안이 요란하였다. 조카들은 틈만 나면 삼촌과 숙모를 불러오자고 졸라댔다. 당시 뒤뜰 텃밭에는 시부모님께서 보내주신 씨앗으로 상추, 오이, 들깨, 고추, 토마토 등이 자라고 있었다.

거칠고 외로운 학문의 길

작은아들이 뉴욕 주 시러큐스 대학 맥스웰 스쿨(Maxwell School)에서 정치학 공부를 하게 되었다. 자취하는데 필요한 살림을 차려주기 위해 그이와 필자는 1998년 6월에 시러큐스에 왔다. 시러큐스는 뉴욕시에서 서북쪽으로 400km이며 알바니와 버펄로 중간에 자리하고 있다. 온타리오 호 남쪽에 있는 오넌타 호 연안에 위치하는 지형이라 겨울엔 눈이 많이 온다. 1월의 평균기온은 -7도, 눈이 내리기 시작하면 삽이 없이는 주차장에서 차를 빼낼 수 없을 정도로 적설량이 많았다. 이곳의 여름 평균기온은 22도가량으로 무덥지 않아 쾌적하였다.

며칠간 대학 주변을 둘러보는데 물빛이 짙은 에메랄드 색깔의 호수이어서 신비로웠다. 필자의 고향, 유년의 강 마을에

밤이면 강변에 반딧불이 명멸했다. 이곳 시러큐스 여름밤 호숫가 숲에 반딧불(螢火, Fireflies)이 보석함 같이 반짝였는데 그렇게 많은 반딧불 군락을 보기는 처음이었다. 이곳에서 대학 신입생 환영회를 연다고 했다.

시러큐스에서 나이아가라 폭포(Niagara Falls)까지는 자동차로 2시간 거리였다. 어쩌면 세계적인 명승지를 보게 될지도 모른다는 기대감에 부풀었는데 마침 시러큐스 대학에 남편의 제자 한 분이 교수로 가르치고 있었다. 나이아가라 폭포는 여기서 가깝기도 하려니와 몇 차례 가보아서 지리도 익숙하다며 은사님을 직접 운전하여 모시겠다고 하였다. 날씨는 맑고 물 구경하기엔 더없이 아름다운 계절 6월에 우리 가족은 세계적인 명승지를 관광할 행운을 가졌다. 미국인들이 일생에 꼭 가보고 싶은 곳 세 군데가 있다면 그랜드 캐니언과 올랜도 디즈니 월드 그리고 나이아가라 폭포라고 하지 않았던가. 꿈은 현실이 되었다.

세계적인 경승지 나이아가라 폭포

아메리칸 인디언의 말로 나이아가라란 '천둥소리를 내는 물'이다. 이리(Erie)호수의 물이 온타리오(Ontario)호수로 흘러

들면서 절벽에 의해 생기는 낙차가 나이아가라 폭포다. 즉 이리호와 온타리호 사이 약 40㎞를 남북으로 흐르는 나이아가라 강 물줄기가 폭 1km, 분당 50만 톤의 물이 낙차 60m로 떨어지며 장관을 이룬다. 떨어지는 진동과 굉음은 지층을 울린다. 이 폭포가 매년 1,200만 명의 관광객을 부른다.

배를 타기 전에 폭포 옆 절벽에 우뚝 솟은 전망대에 올랐다. 미국 쪽의 폭포는 높이 56m, 폭이 320m, 캐나다 쪽의 폭포는 낙차 54m, 너비 675m이다. 나이아가라 건너편에 캐나다가 훤히 보인다. 다리만 건너면 캐나다이다. 고트섬(Goat Island)에서 물이 양 갈래로 갈라지는데 동쪽이 미국 폭포, 서쪽이 캐나다 폭포다. 이 물줄기가 바닥에 부딪혀 분말로 피어오르는 하얀 물안개가 대단하다. 햇살에 무지개가 군데군데 걸려있다.

배를 타기 위하여 전망대 아래쪽으로 내려갔다. 오래 줄 서 기다리는 지겨움이 없어서 좋았다. 모든 관광객에게 파란색 비닐 옷을 주었다. 우리는 머리에 물이 들어가지 않게 비옷 모자에 딸린 줄을 당겨 얼굴도 가능하면 가릴 만큼 가렸다. 배는 폭포에서 떨어지는 물줄기 가까이 지나간다. 옷을 여미며 관객들이 탄성을 올린다. 물방울 샤워를 하며 굉음이 천지를 울리고, 소용돌이 시퍼런 물굽이가 무섭다. 서로의 대화가 들리지 않는다. 이러다가 배라도 뒤집히지나 않나 가슴을 졸였다.

용소(龍沼)가 대단하다. 옥빛 물웅덩이에 떨어지는 물줄기가 순간적으로 날개 돋아 더러는 물안개로 튀어 오르고, 더러는 소용돌이치며 큰 물결로 번져간다. 사진 찍기가 몹시 어렵다. 워낙 물방울 안개가 심하여 한 치 앞을 볼 수도 없었다. 폭포의 굉음은 시간에 따라 달라지는데, 인디언은 신이 노한 소리인 줄 알고 매년 아름다운 처녀를 제물로 바쳤다고 한다. 전설이 '안개 속의 숙녀호(Maid of Mist)'란 이름이 된 것일까. 이곳에서는 배가 사방으로 쏟아져 내리는 물안개 속에 한참 정지된 상태로 서 있어서 흥분과 즐거움은 배가된다. 그리고 둥글게 쏟아져 내리는 물의 전 광경은 조금 폭포에서 벗어나야 전체를 감상할 수 있었다. 속도를 줄여 천천히 용소 부근을 벗어났다.

높은 산 절벽에서 몇 가닥 떨어지는 물줄기, 여산 폭포를 보고 중국의 시선 이백은 '하늘에서 은하수가 쏟아져 내리는가' 하고 감탄하였는데, 이 나이아가라 폭포 앞에 섰다면 도대체 어떤 시구가 쏟아져 나왔을까? 하지만, 인디언의 표현이 훨씬 더 실감을 불러일으킨다. 그렇다. '천둥소리를 내는 물'이다. 이 무시무시한 폭포의 쏟아져 내리는 광경은 나의 의식세계에 ≪나이아가라≫로 영원히 새겨질 것이리라. 명산대천도 인연이 맞아야 감상할 수 있다는데 실로 큰 행운이었다.

끈기와 노력 그리고 자기와의 투쟁인 학문의 길!

작은아들이 자취할 방에 책상과 냉장고 등 살림을 차려주고 떠나올 때 가족들의 눈시울은 모두 젖었다. 막내여서 더욱 애처로웠다. 하기야 1960년대 초에 그이와 필자는 가방 하나 달랑 들고 돈 50달러 지참하고 태평양을 건넜다. 낯선 땅! 친척도 아는 이도 없었다. 짧은 영어로 아르바이트하며 공부했다. 당시에 한국은 세계에서 가장 가난한 나라 중에 속했다. 가정집에 전화기가 없어서 전화도 제때 할 수 없었다. 막내아들로 보면 그 당시에 바로 위의 형이 펜실베이니아 주립대학에서 전기·전자공학과 박사과정을 밟고 있었고, 사위는 브라운 대학에서 국비 장학생으로 경제학 박사과정에 있었다. 어려움이 있으면 언제고 전화로 형과 매형을 접할 수 있었다. 그런 대도 대학촌에 막내를 홀로 두고 돌아서는 부모의 발걸음은 무거웠다.

옥편과 중국어 사전, 국어사전과 영어사전을
동시에 펼쳐놓고…

작은아들은 석사학위를 마친 후 귀국하여 결혼한 후, 부부가 함께 도미하였다. 당시에 우리나라는 IMF로 나라의 경제가 어려웠던 때, 무난히 학업을 계속할 수 있었던 것은 학교에서 주는 장학금 혜택이 컸었다. 미국에서 부부가 동시에 공부하기란 참으로 힘든 일이었다. 작은 며느리도 같은 대학에서 조교를 하며 장학금을 받아 피아노과에서 석사학위를 받았다. 그리고 뉴저지주 러트거스(Rutgers)대학 피아노과에서 박사학위를 했다. 미국에서 부부가 몇 년 동안 떨어져 생활하면서 공부하는 데는 시간적 경제적 어려움이 많았다.

맥스웰 스쿨 행정과학(Public Policy)대학은 행정학과 국제관계학을 접목한 미국 최초의 대학이며, 사회과학 분야는 미국에서 최고로 평가받는다. 작은아들은 맥스웰 스쿨에서 중국의 정치외교와 비교정치 등의 분야를 공부했는데 조교, 학생 면담지도, 연구조교를 하면서 석·박사 과정을 마쳤다.

작은아들이 「중국의 전자정부」에 대한 논문을 쓸 때에는 책상 한구석에 한문옥편과 중국어 사전 그리고 국어사전과 영어사전을 동시에 펼쳐놓고 있었는데 가끔은 도대체 자신이 무슨 연구를 하고 있는지 헷갈릴 때도 있다고 했었다. 그의 편지에 "어제는 미국시장에 갔는데, '복숭아'라는 단어가 중국어로는 생각나는데 영어(peach)가 생각나지를 않았습니다. 그런가 하면 한국어는 가면 갈수록 어눌해지는 것 같습니다."라고 하면서, 공부하는데 어려움을 토로할 때도 있었다. 영어와 중국어를 동시에 구사할 수 있어야 했다. 고진감래(苦盡甘來)란 말이 있듯이, 중국어로도 대화한다. 작은아들은 서울 K대학 정치외교학과에서 중국정치를 가르치고 있다.

젖먹이를 데리고 간 초빙강의

막내아들이 태어난 지 3개월쯤 되었을 때 앨라배마대학 학생들에게 「결혼상담」이란 과제를 두고 '모유(母乳)의 장점'에 대하여 특강을 해달라는 초청을 받았다. 강의 시간은 오전 10시였다. 그 시간에는 젖먹이가 목욕하고 아침 먹고 깊이 자는 시간이라 강의하는 데 지장은 없을 것 같았다. 「결혼상담」과목을 맡은 여교수는 그녀의 남편이 우리 집 그이와 같은 앨라배마대학 정치학과 교수여서 잘 알고 지냈다. 그녀는 필자가 아이들을 모두 모유를 먹였다는 것을 알고 있었다. 그날 아침에 L자로 생긴, 들고 다니는 유아용 의자 겸 침대에서 잠자는 아기를 안고 강의실로 들어섰을 때 학생들은 기립박수로 환영해 주었다. 필자는 전문서적에서 인용한 지식전달보다는 경험에서 오는 정신적 심리적 측면에서 모유에 대한 평가를 원하리라 생각했다. 생물학적, 모성 본능적 면에서 유아와 어머니 사이의 유대관계 강화와 새 생명의 출현으로 인하여 부부간의 조화와 갈등도 해소될 수 있으며, 아기가 사랑으로 이어주는 교량역할에 대하여 초점을 맞추었다. 요약하여, 모유를 먹이는 행위는 여인으로서 가장 자연스럽고 성스러운 일이며 아름다운 모습임에 틀림없다는 데 강조했다. 갓난아기의 가장 강한 본능은 먹는 본능과 입으로 빨고 싶어 하는 본능이다. 밤알만한 주먹을 바스라지게 쥐고 어머니의 품속을 파고드는 작은 입에 따뜻하고 부드러운 어머니의 젖꼭지를 물려주는 것은 여인으로서 가장 순수한 진실로 돌아가는 순간이라고 역설했다.

말실수와 학생들의 폭소

여름철에 자칫 부주의로 부패한 우유를 먹여 소화기 계통의 질병을 유발할 위험이 있다고 했을 때 학생들이 일시에 폭소를 터뜨렸다. 응급 결에 우유가 쉬었다는 말을 '부패한 우유(Corrupted Milk)'라고 말했다. 순간적으로 학생들이 '와아-'하고 폭소를 터트렸는데 필자는 그 이유를 모르고 어리둥절해

교수님이 맨 앞줄에 앉았다가 '사워밀크(Sour Milk, 쉰 우유)'라고 정정해 주자 또 한 번 학생들이 크게 웃었다. 집에 와서 'Corrupt'란 단어를 찾아보니 이 단어는 <타락한, 퇴폐한, 부정의, 뇌물로 매수하다, 부패하다, 변조하다>등의 정치적, 도덕적, 제도적 부패를 의미하는 용어였다. 40여명의 학생들이 떠들며 웃어도 아기는 평화스럽게 깊이 잠자고 있었다.

특강 후 일주일쯤 지났을 때 학생들과 교수님이 보낸 감사카드 뭉치를 받았다. 예쁜 감사카드와 함께 보낸 강의평가서 내용 중에는, 남학생들은 앞으로 결혼하게 되면 아내에게 꼭 모유를 먹이도록 권장하겠으며, 아들이 무척 건강하게 보여 강의내용을 뒷받침하는 훌륭한 증거였다고…. 여학생들은 유아와 어머니 사이의 심리적 관계묘사는 감동적이었으며 기회가 된다면 꼭 모유를 먹이겠다는 다짐과 약속이었다. 개중에는 강의 도중에 유머를 곁들여 더욱 재미있었다고 했다.

추억 속의 현장 미시간호숫가에서

딸애는 미국 시카고에서 북쪽으로 20km가량 떨어진 작은 마을, 에번스턴(Evanston)에 있는 노스웨스턴대학(Northwestern Univ.)에서 영문학을 공부했다. 미시간 호숫가 교정에서 열린, 졸업생과 그 가족들을 위해 마련한 캠퍼스 뷔페 파티와 졸업식(1994.5)에 참석하기 위하여 우리 부부는 이틀 전에 이곳에 왔다. 대학교정은 울타리가 없어서 미시간 호수와 맞닿아 있다. 호수 건너편에 보이는 전망이 바로 시카고의 스카이라인이다. 시카고는 1960년대 초에 우리 부부가 가난한 유학생으로 처음 만난 곳이며, 딸이 태어난 곳이기도 하다. 28년 동안 추억 속에 잠든 옛이야기를 일깨워주듯 당시에 고생했던 추억들이 작은 파도로 철썩인다.

우리는 큼지막한 접시에 욕심껏 음식을 담아 미시간 호수를 바라보며 나무 밑 잔디밭에 앉았다. 노스웨스턴 대학은 3학기제(quarter)라서 교과 진도가 빠르고 시험과 리포트 제출에 눈코 뜰 시간적 여유 없이 매달려야 했다. 조교를 할 때에는 학생면담을 신청한 학생들이 많아서 시간을 많이 빼앗긴다고 토로할 때도 있었다. 그토록 시간과의 전쟁이었다.

노스웨스턴 대학은 동문의 기부금이 많아서 대학의 총기금이 美 전 대학에서 10위권 내에 속한다. 켈로그(Kellogg) 경영대학원은 미국 내 순위 1위이다. 학생들은 가정형편에 따라서 대학이나 정부의 학자금 융자도 받을 수 있으며 졸업 후 원금을 갚으면 된다. 딸은 학교재단에서 학자금으로 얼마를 융자받았으며 졸업 후 대학에서 재직하며 갚아 나갔다.

호숫가의 잔물결 소리를 들으며 지난 몇 년 동안 태평양을 오갔던 텔레파시와 전화 목소리들이 떠올랐다. 태평양을 사이에 두고 있었건만 밤에 꿈자리가 몹시 험악할 때, 섬뜩하고 불길한 예감에 국제전화를 해보면 딸은 어김없이 몹시 앓고 있었다. 애타는 정서적 교감 이외에 과로로 지친 마음과 육체를 어루만져 줄 수 없어 안타까웠다. 와중에도 딸은 부모의 은혼식 결혼기념일이 가까워 오면 'I love dad' 'I love mom'이란 강철로 된 가벼운 글자장식품과 엄마가 좋아하는 갖가지 작은 향초 세트(Votive candles)를 보내주었다. 딸아이는 그렇게 부모의 가슴 속에 스며드는 애정의 결정체였다.

가든파티가 끝난 후 미시간 호수를 끼고 산책길을 걸었다. 주위 경관이 무척 아름답다고 느껴 딸에게 물었더니 딸은 여기에 산책길이 있는지조차 몰랐으며, 지금에서야 정원의 꽃이며 미시간 호수가 눈에 들어온다고 하였다. 그리고 캠퍼스의 코너에 학생들을 위한 무슨 시설이 있는지도 모르고 4년을 보냈다고 했다. 함께 사진을 찍으며 오가는 미소 속에는 말로서 표현할 수 없는 부녀간의 이해와 사랑이 수선화처럼 환하게 피어올랐다. 호숫가 바위엔 졸업생들이 떠나며 새겨놓은 암각화(岩刻畵) 도형, 무늬, 간단한 메시지와 작은 그림, 그리고 희망, 맹세, 사랑 고백, 그리고 슬픈 삶의 이야기 등이 빼곡했다.

다음날인 졸업식 날은 짙푸른 하늘 아래 미시간 호의 해풍은 잔잔하였다. 졸업식장은 1시간 전부터 졸업생과 참가자들로 자리를 메웠으나 분위기는 엄숙하였다. 단체로 일어섰다가 받는 학사학위와는 달리 박사학위는 일일이 총장과 악수하며 졸업장을 받았다. 자기의 존재를 남이 인정해 주길 바라듯이, 남이 단위에 오를 때, 열심히 축하해 주는 관중의 태도가 돋보였다.

딸애는 학위를 받은 해 서울 S대 영어영문학과에 취직되어 교직을 시작하였고, 같은 해 9월에 결혼식을 올렸다. 학위 받고 취직하고 결혼식을 올린 것이 5개월 이내에 이루어졌다.

에드거 앨런 포(Edgar Allan Poe)의 동상 앞에서

미국 여자골프 LPGA투어와 박세리 선수

버지니아 주 윌리엄스버그(Williamsburg)에서 열린 미국 여자골프 LPGA투어(2004.5) 최종 라운드에서 전날까지 3언더파로 6위였던 박세리(27) 선수가 6언더파 65타를 쳐서 합계 9언더파로 극적인 우승을 차지하였다는 딸의 가족편지를 한국에서 받았다. 꼬마 외손주들은 우승한 그날 박세리 선수와 함께 사진을 찍었고 리치먼드의 파라마운트 스튜디오에서 자동차를 타고 놀았다며 사진을 동봉해 왔었다. 사위가 당시 워싱턴 D.C. 세계은행에서 파견근무를 할 때였다.

미국이 영국의 식민지였던 시대에 윌리엄스버그에는 대서양을 건너온 영국인들이 맨 처음에 정착한 곳으로 그 당시의 제임스타운과 교회 그리고 버지니아 총독관저와 의회 건물이 보전되어 있다. 미국의 초대 대통령 조지 워싱턴과 제3대 대통령 토머스 제퍼슨이 함께 술을 마셨다는 술집(King's Inn)과 하버드 대학 다음으로 오래된 대학이자 제퍼슨 대통령이 공부했던 윌리엄 메리 대학(William Mary College)이 있는 역사적인 곳이다. 앞 장에서 언급했듯이 리치먼드는 필자가 1960년대 초 교환학생으로 와서 6개월간 교육을 받았던 곳이다.

필자는 손주들에게 보내는 답장에 김치가 먹고 싶어서 버스로 2시간 거리에 있는 워싱턴 D.C.에 김치를 사러 간 에피소드를 들려주었다. 그리고 리치먼드 시청 뜰에는 시인 에드거 앨런 포의 동(銅)으로 된 좌상이 있는데 시청 뜰을 산책하며 무릎 위에 원고지를 올려놓고 의자에 앉아있는 포의 동상 앞에서 고등학교 국어책에 소개된 「애너벨 리(Annabel Lee)」란 시를 외우기도 했다고 했다. 이 편지를 받고 사위가 장모님이 이곳에 오시면 꼭 추억의 현장에 모시겠다고 했다. 여름방학 때 당시 미국 대학에서 가르치고 있던 큰아들 집을 방문하는 겸 그이와 필자가 미국에 갔다. 우리 부부는 차를 대여하여 워싱턴 D.C.에 들렀다. 그때 사위가 운전하여 손주들과 함께 필자의 추억 속에 살아 있는 리치먼드를 40여 년 만에 찾아갔다.

'암흑 낭만주의(Dark Romanticism)' 사조의 대표적 시인

필자는 에드거 앨런 포의 동상 앞에 다시 섰다. 영문학을 전공한 딸이 「애너벨 리」의 시를 읊어달라고 하여 필자는 영문과 우리말로 번갈아 읊었다. 고등학교 때 「애너벨 리」란 시가 매우 슬프고 아름다우며 신비롭게 여겨져서 외웠다. 긴 시의 끝 연이다.

> 달빛이 비칠 때면 아름다운 애너벨 리의 꿈이 내게 찾아들고, 별들이 떠오르면 나는 애너벨 리의 빛나는 눈동자를 느낀답니다. 그러기에 이 한 밤을 누워봅니다. 나의 사랑, 나의 생명, 나의 신부 곁에, 거기 파도 소리 우렁찬 바닷가, 내 임의 무덤 속에.
> —「애너벨 리」의 끝부분

가족들은 신통하게 여기며 동상을 배경으로 모녀의 사진을 여러 장 찍어주었다. 에드거 앨런 포의 작품 속에 나오는 애너벨 리는 그의 아내이자 사촌 여동생인 버지니아 클레믄(Virginia Clemon 1823~1847)을 가리킨다. 포가 26세 때 볼티모어에 있는 고모 집에 있을 때 13세 된 사촌누이 버지니아를 사랑하여 결혼하였다. 병약한 버지니아는 24세의 나이로 요절했다. 포는 결혼 후 다니던 잡지사에서 술과 도박 때문에 직장에서 해고되는 등 사생활은 엉망이었다.

　시인 포는 보스턴의 영국계 연극배우 부부의 둘째 아들로 태어났으나, 한 살 때 아버지가 집을 나갔고 다음 해 어머니가 죽어서 고아가 되었다. 포를 양자로 삼은 사람이 이곳 리치먼드에 살았다. 포는 이곳 버지니아 대학교에 입학했으나 경제적인 이유로 한 학기 후 중퇴했다. 그러나 포는 독창적인 새로운 경지를 열었다. 천재적인 '암흑 낭만주의' 사조의 대표적 시인으로 세계문학에 영향을 끼쳤다. 사전에 암흑 낭만주의는 우울과 몽상, 정신병, 범죄, 그로테스크한 것에 매료되어 사탄, 악마, 유령, 흡혈귀 등을 의인화하여 인간의 본성을 상징하려 한다고 했다. 그래서일까 그의 시에는 어둡고 우울하며 기괴망측한 표현도 있다. 그의 생가는 박물관으로 지정 운영되고 있다.

　시청 뜰을 잠시 거닐다가 이곳에 있는 유명한 해산물 요리점에서 점심을 먹었다. 워싱턴 D.C.로 차를 모는 사위에게 특별히 기회를 마련하여 베풀어 준 정성과 인정에 고맙다고 하며 40여 년 만에 추억의 현장을 밟게 되어 만감이 교차한다고 했다. 손주들은 3개월 전에 박세리 누나와 기념사진을 찍었다

는 지난 이야기를 재잘재잘했다. 달리는 배의 꼬리에 일어나
는 하얀 물거품처럼 필자의 뇌리에는 오래 잠자던 기억과 추
억들이 오색 풍선을 달고 열심히 따라오고 있었다.

은퇴자 수칙 제1호

새벽부터 가는 눈송이가 짙은 안개처럼 자욱하다. 남녘에는 폭설이 내리고 있었다. 가끔 센 바람이 창문을 흔들고 가느다란 휘파람 소리를 낸다. 아침 식탁에서(2007.1) 그이는 빙긋이 웃으며 "아, 여기 당신이 읽으면 정말 좋아할 만한 글을 누가 썼네." 하며 한번 읽어보라고 했다. 다탁 위에 두시면 언제 읽겠다고 하였다. 그리고 저녁 식탁에 마주 앉자 또 남편이 "아, 이렇게 재미있는 글 특히 당신이 반길만한 내용이라고 했는데 어찌 아직 읽지 않았어" 하며 『매일경제신문』을 내 앞에 펼쳤다. '매경춘추'란에 「은퇴자 수칙 제1호」란 제목으로 한국건설산업 연구원장인 최대덕씨가 쓴 짧은 내용이었다. 내용인즉 은퇴자를 위한 건강 챙기기, 노후자금 준비하기, 취미 다양화하기 등 많은 방안이 제시되고 있지만 그중 제일 으뜸가는 대비책은 배우자와 좋은 관계를 유지하는 것이라고 했다.

이 글에는 미국의 존 F. 케네디의 대통령 취임식 때 연설한 문구와 남북전쟁 중 에이브러햄 링컨 대통령의 게티즈버그 연설문의 형태를 빌었다는 데 더욱 웃음을 자아내게 하였다. 필자는 우연의 일치로 이런 연설문을 영어로 한때 좔좔 외웠던 문장들이다. 황혼이혼이 급증하는 추세에 까딱 소홀히 하다가는 젊음과 직장뿐만 아니라 아내까지 잃어버린 초라한 은퇴자로 전락할 수 있으니 조심하라는 해학적인 글이었다. 젊은이에게 읽는 재미를 주기 위하여 아래에 영문 출처를 함께 적었다.

> "나는 마누라의 행복을 위하여 세상에 태어났다."는 각오를 다지면서 "마누라의, 마누라를 위한, 마누라에 의한 가정"이라는 현실을 직시하고, "마누라가 나를 위해 무엇을 해 줄 것인가가 아니라 내가 마누라를 위해 무엇을 해줄 수 있는가?"를 연구하는 자세로 최대한 자신을 낮추고 가정에 임해야 할 것이다.

> —ask not what your country can do for you, but ask what you can do for your country. (국가가 여러분을 위

하여 무엇을 해 줄 것인가를 묻지 마시고, 여러분이 국
가를 위하여 무엇을 할 수 있을 것인가를 물어보십시오.
<케네디>)

―and that government of the people, by the people,
for the people shall not perish from the earth. (그리고 국민
의, 국민에 의한, 국민을 위한 정치가 이 지구상에서 사라
지지 않을 것을 결심해야한다. <링컨>)

마누라에 대한 새로운 인식

백수시대에 마누라의 위력을 뼈에 사무치게 인식하게 될
즈음 혹시 이사라도 가게 되면 이삿짐의 운전석 옆자리에 강
아지를 안고 미리 타고 있어야만 동행을 윤허 받을 수 있을 정
도로 급격히 세가 위축된다며 처자식을 먹여 살리느라 엄청
난 고생을 했다는 전과를 내세웠다가는 회복하기 어려운 형
극의 길로 접어들 수 있다는 세태를 풍자한 내용이었다.

직장시대 때 남편이 잘 나갈 때는 부부간의 대화가 딱 세 마
디뿐이라고 한다. "나는?" "밥도!" "자자." 아내가 대화를 하려
고 하면 "시끄럽다"로 잘라버린다. 그랬다. 피할 수 없이 꼭 들
어줘야 할 때는 "용건만 간단히", "그래서 본론은?" 등의 투박
스런 대꾸로 응하지 않았던가. 대화의 창구는 아예 없었다. 옛

날 시골집 봉창처럼 손바닥만 한 크기로 뚫려 있었어도 숨통은 그토록 막히지 않았으리라.

필자의 경우에는 투박한 경상도 말씨에 횡설수설하며 짧은 몇 분 내에 나의 의견을 전하려고 했다가는 백중 아흔아홉 번은 말 벼락 맞기 일쑤였다. '용건만 간단히'란 강박관념 때문에 대화가 차분하게 진행되지 못하였다. 사정이 이렇다 보니 대화가 추상적으로 건너뛰고 비약하는 버릇이 생기고 말았다. 조리 정연한 대화는 더욱 어려워졌다. 나는 궁리 끝에 글을 써서 남편의 책상 서랍이나 들고 다니는 가방 속에 끼워두곤 했었다. 그 방법이 내가 터득한 가장 무난한 대화 방법이었다.

글을 통한 메시지 전달 방법은 필자의 단정하지 못한 몰골을 보이지 않아서 '눈'의 가시를 줄일 수 있었고, 투박하고 울퉁불퉁한 사투리가 아니어서 '귀'의 자극을 피할 수 있었다. 감정이 배제된 이성적인 글을 읽는 동안 그이도 자극 없이 문제를 생각해 볼 수 있는 여유를 가지게 되었으리라. 아내가 남편에게 바라는 것은 값비싼 선물이 아니라 순하고 다정한 말일 것이다. 아내의 일은 가정에서 돈으로 환산할 수 없는 그림자 노동이다. 노동의 대가가 '이것이다' 하고 내어 보일 수 있는 성질의 일이 아니다. 어쩌다가 아내가 한 며칠이라도 눕게 되면 집안은 말이 아니다. 아내는 지친 날개를 쉴 수 있는 둥지 속에서 맑고 잔잔한 웃음을 선사하는 제2의 누이요 어머니 같은 존재이기도 하다. 아내와 오순도순 대화할 줄 아는 남편만이 아내의 순종과 사랑을 받을 수 있을 것이다.

신문에서 읽은 통계에 의하면 은퇴자들(60·70세)은 수면시간을 제외하면 평균 하루 4시간 10분간 배우자와 함께 보낸다. 77%는 TV를 시청하고, 취미 생활로 함께 시간을 보내는 비율은 3%, 대화는 7.9%, 집안일 8.7%, 월평균 자식과 3회 만나 주로 외식은 82.2% 라고 했다. (『동아일보』 2016.1.13)

배우자가 없으면 남편의 사망률이 4배가 더 높다는 분석결과도 나왔다. 한국은 서구에 비하여 2배가 높은데 이는 결혼한 가족 중심 문화가 강한 탓이라고 지적했다. (한국인구학회지, 1990~2010) 필자는 읽고 말없이 남편을 쳐다보고 빙긋 웃었다. 순간적으로 많은 느낌이 오갔다.

새우를 핸드크림(Shea Butter)에 구웠다!

반찬으로 중간 사이즈의 새우 열댓 마리를 까서 대부분 멸치 다시마 우려낸 국물이나 아니면 청주나 요리맛술을 조금 넣은 끓는 물에 살짝 데쳐 간장 와사비를 곁들인다. 오늘(2016.1)은 좀 색다르게 버터에 굽기로 했다. 그이는 늘 담백한 음식을 좋아하는 편이다. 요즘 그이는 곧 출판하게 될 필자의 원고를 읽어주고 있다. 책을 한꺼번에 2권을 출판할 예정이라 원고 분량도 많다 보니 서재에 있는 시간이 많아졌다. 1월 말경 맹추위가 계속되고 있어서 야외운동량도 줄었고, 입맛도 없어 보였다. 그래서 같은 재료로 요리를 하더라도 좀 색다르게 하고 싶었다.

저녁상을 먼저 차려놓고 새우를 해피콜이란 팬에 「우유로 보

들보들 해」그 아래에는 붉은 글씨로 쉐어버터(Shea Butter) 라
고 써진 버터를 조금 짜서 펜 표면에 바른 후, 새우를 노르스름하
게 뒤집어 가면서 구웠다. 새우가 식기 전에 그이를 식탁으로 인
도했다. 그런데 남편이 맛있게 보이는 구운 새우를 맛보더니,
"아아. 새우 깔 때 화장기 있는 손으로 깠느냐? 왜 화장품 냄새가
이리 진하게 나냐?" 하였다.

  "아니요. 저는 요리할 때 절대로 화장품 만진 손으로 하지
않아요. 오늘 사용한 버터가 아주 고급브랜드라 특유한 향내
가 나나 봅니다," 했다. 그제야 새우를 굽는 동안에 좀 향기가
나는 것 같은 냄새가 코끝으로 스쳐간 것이 생각났다. 그제야
냉큼 일어나 냉장고에 있는 버터를 꺼내어 "이것으로 구웠어
요." 하면서 남편에게 건네주었다. 남편은 고개를 갸웃하며
버터가 들었던 커버에서 버터를 꺼내어 읽어 보드니 "아아.
이게 핸드크림이네" 하였다. "옛" 하며 순간적으로 너무 놀라
서 소리를 질렀다. 그랬다. 그것은 서울대병원 피부과 테스트
완료라고 표기된 핸드크림이었다.

  너무나 당황하여 몸 둘 바를 몰랐다. 미안하다고 연발하면
서 버터튜브를 받아서 자세히 <쉐어버터(Shea Butter)>라고
표기되어 있는 하얀 튜브 박스(가로4cm×세로 13.5cm 두께
3cm)를 서재에 있는 손잡이 달릴 확대경으로 읽어보았다. 쉐

어 버터라고 붉은 글씨로 영어와 한글로 병기되어 있었다. 그 아래에 회색으로 Hand Cream이라고 눈에 띄지 않는 글씨로 표기되어 있었다. 필자는 언제 이 제품을 구입하여 냉장고 속 치즈와 마가린 옆에 함께 두었는지 확실한 기억이 없다. 그렇다면 치매 증상일까? 평소에 성격이 치밀하다는 평을 받는 편인데?

밑반찬이 몇 개 있고, 김치도 서너 가지나 있어서 문제가 되지 않았지만 도대체 미안하여 할 말이 없었다. 남편은 웃으며, "음식 속에 독약을 넣어 남편을 죽이려면 냄새와 맛, 색깔이 없는 음식을 모르게 먹여야지, 이렇게 향내가 나는 음식을 먹이려면 탈로나지?"하면서 웃었다. 그러면서 입속에 남아있는 새우와 향내를 뱉어내었다.

그이에게 할 말이 궁색하여, 임금 상에 이런 음식을 진상했다면 오늘 장검의 휘두름을 면치 못했을 것이라며 혼잣말처럼 중얼거렸다. 질책이나 꾸지람이 없는 그이의 웃음 띤 얼굴이 성자(聖者)처럼 보였다. 공자는 '서(恕)'란 용서를 말함인데 인간의 덕목 중 최고로 쳤다. '서'는 다른 말로 바꾸면 큰 사랑이다. '서'가 얼마나 큰 인간의 미덕인가를 다시 한번 절실히 경험했다. 여기까지 읽은 독자가 계시다면, 이 글을 읽고 한번 크게 웃으시기를 바란다.

불평 없이 저녁을 먹고 난 후, 그이는 그 핸드크림을 자기의 손등에 좀 짜서 문지르고는 향내를 맡으며, "향기가 좋다"고 하였다. 그러면서 자기가 사용하겠다며 핸드크림을 들고 나갔다. 필자는 저녁 설거지를 끝내고 나의 서재에 앉자마자 잊기 전에 이 기가 막힌 해프닝을 컴퓨터로 두들기고 있다. 이 스토리는『글로 쓴 인생, 살아가는 독서』란 책의 한 페이지를 부끄럽게 자리할 것이다. 시간은 밤 11시 반을 가리킨다. 이때까지 짜서 사용하는(Tube) 버튼을 본 적이 없는데, 의심도 한번 해 보지 않고 버튼를 튜브에서 짜서 사용했을까? 살아가다가 큰 실수를 하는 것도 우리의 의도와는 정반대로 일어나는 수가 있는 것일까? '우연'도 나쁜 생활 습성에서 기인하는 것일까? 생각에 잠긴다.

퀴즈의 답을 맞히면

지난 천 년 동안 인류역사상 가장 공헌한 7명 이름?

아침 식탁에 앉으며 웃으며 그이는 말했다. '내가 지금 퀴즈를 하나 낼 터이니 일곱 개 답 중에서 하나만 맞혀도 상을 주겠다.' 하였다. 어쩐지 내가 맞출 수 없을 것 같다는 자신감을 가진 것 같아서 나는 퀴즈에 더욱 귀를 세웠다. 내심 나는 맞추고야 말겠다는 야릇한 흥분감에 얼른 식탁코너에 비치된 종이와 펜을 들었다. "지난 천년(1000) 동안 인류역사에 가장 공헌한 사람 7명의 이름을 대어 보라"고 하였다. 이중에 한사람이라도 맞추면 상을 준다고 한다. 필자는 금방 맞힐 것 같았다. 그이는 강조하길, 지난 백 년이 아닌, 지난 천 년 동안 전 세계에서 인류역사상에 가장 공헌을 많이 한 인물이라고 힘주어 말했다. 누워서

떡 먹기란 생각이 들었다. 필자는 언제나 하는 버릇으로 가볍게 생각하고 서슴없이 쏟아내기 시작했다. 생각 없이 말한다고 쓴 소리를 종종 들으면서도 굳어진 버릇을 버리지 못했다.

첫째 과학자일 것 같았다. 신이 나서 아인슈타인, 그렘 벨 (Graham Bell), 다윈, 발명왕 에디슨, 라이트(W. Wright)형제, X-Ray 큐리(Curie) 부부, 페니실린 발명가 플레밍(A. Fleming), 남편은 아무도 아니라고 했다. 이때부터 나는 이게 보통 어려운 문제가 아니로구나 하는 생각이 조금씩 들기 시작했다. 필자는 경솔하고 생각 없이 말하며 센스(sense)는 둔한 편이다.

둘째 종교 철학 계통의 석가, 예수, 공자, 플라톤, 프로이트, 니체, 소크라테스, 스피노자, 모택동…. 그이는 필자에게 '새 대가리(Bird Brain)'라고 놀리기 시작했다. '부디 생각한 뒤에 말해요' 하며 석가나 예수는 2000년 전 사람이라며, 지난 1000년이라고 주의를 환기시켰다. 나는 조금씩 흔들리기 시작했다.

셋째 정치가·역사가를 시대와 연대를 생각지도 않고 또 시부렁거렸다. 무시를 당하고, 놀림을 받아도 따발총처럼 또 쏟아냈다. 에이브러햄 링컨, 존 F.케네디, 윈스턴 처칠, 세종대왕…. 그이는 우리나라에서만이 아닌 세계 인류에 공헌한 인물이라는 것을 기억하고 답하라며 하나도 못 맞히는 나를 고소하게 생각하는 것 같았다. 그이의 반짝이는 눈동자와 미소가 더욱 나를 약 오르게 했다.

넷째 문학·예술분야로 옮겼다. 7명 중 한 명도 못 맞힌다면 정말 위신이 말이 아닐 것 같았다. 나는 이제 다급해졌다. 톨스토이, 셰익스피어, 이백, 두보, 도연명, 레오나르도 다빈치, 피카소…. 남편은 가끔, '응? 그래, 방금 말한 그 사람은 열 번째, 혹은 20등내에는 드는 인물이야!' 하는 정도로 불난 집에 부채질을 하였다. 나는 그 퀴즈가 오늘 아침 신문 어디에 난 줄 알고, 하필이면 오늘 아침에 시(詩)를 구상한다고 조간신문 읽는 것을 놓쳤더니 싶었다. 먼저 읽고 못 본 척 시치미를 떼고 답을 척척 맞힐걸! 하고 속으로 후회했다. 그때 그이는 "뭐? 셰익스피어라고 했어? 그래 맞았어!" 하며, 무척 반가워하였다. 남편은 그제야 그 퀴즈가 어제저녁 TV에 나왔다고 했다. 답은 이러했다.

1) 쿠텐베르크(Johannes Gutenberg: 1399~1468)독일의 금속 활자체 발명.

2) 아이작 뉴턴(Isaac Newton: 1642~1727) 영국의 물리학자

3) 마르틴 루터(Martin Luther: 1483~2546) 독일의 종교개혁가

4) 윌리엄 셰익스피어(William Shakespeare: 1564~1616)영국 의 극작가

5) 크리스토퍼 콜럼버스(Christophorus Columbus: 1451~1506) 이탈리아 탐험가, 신대륙 발견, 서회항로 발견

6) 카를 마르크스(Karl Max: 1818~1883) 독인의 철학자, 공산
   주의 유물론
7) 앨버트 아인슈타인(Albert Einstein: 1879~1955) 독일의 물
   리학자, 특수상대성 이론.

실은 아인슈타인과 셰익스피어 두 사람을 맞췄는데, 내가
워낙 따발총처럼 쏟아놓는 바람에 남편은 내가 처음에 말한
아인슈타인은 넘어가 버렸고, '셰익스피어는 말한 적이 없다.'
라고 했다. 정답을 밝히며 인류 역사에 공헌한 업적을 하나하
나 짚어보면서 지성의 등불을 밝혔다. 그이는 퀴즈 답 두 개를
맞혔으니 오후에 새로 단장한 종로 3가에 있는 ≪단성사≫ 영
화관으로 모신다고 농담조로 말하였다. 우리는 10·26 사건을
다룬 영화 『그때 그 사람들』 보았다. 찬 계절과 권력자의 말로
를 보며 등골이 오싹해오는 기분을 갈비탕으로 속을 데웠다.

아름답게 늙는 비결

그이는 신문에서 잘라낸 내용을 필자에게 건네주면서 언제 시간 나면 한번 읽어보라고 하였다. 칠십 줄에든 노부부가 다정하게 손잡고 풀밭에 앉자 활짝 웃는 사진과 함께 '우리 아름답게 늙어요!'란 내용의 글이 실려 있었다. 여러 번 들어왔던 내용이지만 또 읽을 가치가 있는 지혜로운 말이었다. 나는 속으로 '이 양반 정말로 늙어가는구나!' 싶었다. 어쩌다가 우리 나이가 이토록 높아졌을까 생각하니 서글퍼졌다. 신문에 게재된 내용이다.

늙은이가 되면 미운소리, 우는소리, 헐뜯는 소리 그리고 군소릴랑 하지도 말고 조심조심 일러주며 설치지 마소. 이기려하지 말고 져 주시구려. 많은 돈 남겨 자식들 싸움하게 만들지 말고 살아 있는 동안 많이 뿌려서 산더미 같은 덕을 쌓으시구려. 그리고 정말로 돈을 놓치지 말고 죽을 때까지 꼭 잡아야 하오. 옛 친구 만나거든 술 한 잔 사주고 손주 보면 용돈 한 푼 줄 돈 있어야 늘그막에 내 몸 돌보고 모두가 받들어 준다나?

나의 자녀 나의 손자 그리고 이웃 누구에게든지 좋게 뵈는 늙은이로 사시구려. 자식은 노후보험이 아니라오. 해주길 바라지 마소. 아프면 안 되오. 멍청해도 안 되오. 늙었지만 바둑도 배우고 기체조도 하시구려. 속옷일랑 매일 갈아입고 날마다 샤워하시구려. 한 살 더 먹으면 밥 한 숟갈 줄이고, 적게 먹고 많이 움직이시구려. 듣기는 많이 하고 말은 적게 하소. 어차피 삶은 환상이라지만 그래도 오래오래 사시구려.

젊었을 때 필자는 노인들은 삶의 의욕도 흥미도 없으며 허구한 날 지루하게만 보였다. 그런데 막상 나 자신이 노인이 되고 보니 하루가 어찌나 빨리 지나가는지 모르겠다. 삶의 좌판을 정리하며 거두어야 하는 시기라 계획을 세워 시간을 경영해도 쫓김을 느낀다. 필자가 젊었을 때 읽었던 독일의 아동문학가 미하엘 엔데(Michael Ende)의 동화소설 『모모』가 떠오른다. 소설 속에는 시간을 아끼면 아낄수록 시간 도둑이 시간을 훔쳐가는 판타지 소설(Fantasy Fiction)이다. 18세기 이후 산업사회에서 인간들이 시간에 쫓기며 대량생산을 해왔어도 물질적 풍요가 결코 인간의 행복이나 자유나 평등사회를 가져다 주지 않았음을 절감한 것이다. 그런데도 그 사설에서 벗어나지 못하고 인간은 더욱 바쁘게 시간의 굴레에 휘둘리고만 있다. 그렇다면 산업화 이전 시대 사람들이 더 마음의 여유를 가지고 삶을 즐겼다는 것일까? 필자는 그렇다고 생각한다.

'7 Up' 아름답게 늙는 비결 (2006.12. 연말 파티 때)

그이는 어느 송년 모임에서 돌아와 아름답게 늙는 비결로 '7 Up' 이란 말을 들었다며 재미있게 설명해 주었다. 듣고 보니 말의 유희(Pun)를 이용한 위트가 풍겼다. 며칠 지나자 그이의 친구 두세 명이 전화하여 우리 집 그이에게 물었다. "자네 그 내용을 다 적었는가? 나는 기억이 몇 개 밖에 안 나네그려." 하는 소리를 들었다. 남편은 일일이 일러주었다. 나는 속으로 우습기도 하지만 한편 어쩌다가 우리가 벌써 이 나이가 되어 버렸나 하는 물빛 슬픔에 젖었다. 나이 들어서 존경받는 길이라고 하니 금과옥조로 여기며 실천하도록 노력해야 할까보다. (2000.12.14『중앙일보』)

* 옷을 단정하게 입어라(Dress-up).
* 노인 냄새가 나지 않게 목욕을 자주하라(Clean-up).

* 공짜를 좋아하지 말고 선뜻 지불하라(Pay-up, 혹은 지갑을 자주 열어라(open-up).
* 입을 다물어라, 잔소리 삼가라(Shut-up).
* 집착하지 말고 욕심을 포기하라(Give-up).
* 모임에 적극적으로 참가하며, 더 많은 사람을 만나라 (Show-up).
* 명랑하라, 더 잘 어울려 주어라(Cheer-up) 이었다.

'노인 냄새'를 의식한 사람이라면 필자는 우리 집 그이를 말하고 싶다. 그이는 평소에 향수를 즐겨 사용하는 편이다. 늙은 사람에게는 아무리 속옷을 자주 갈아입어도 노인 냄새가 난다며, 필자에게 늙어가면서 이제는 향수를 사용하라며 누누이 말해왔다. "자식들이 사다 준 향수도 있는 줄 아는데 좀 사용하지 그래!" 하곤 한다.

지난번에 국제학술회의차 다녀오면서 결혼45주년 기념 선물이라며 향수 '샤넬 No 5'를 사다 주었다. 인공향수 중에는 '샤넬 No 5'를 좋아하지만 자주 사용하는 편은 아니다. 자연의 꽃향기와 누군가 향수를 뿌린 사람이 가까이 살짝 스쳐가며 풍기는 향내는 좋아하지만, 어떤 인공향수가 진하게 풍길 때면 머리가 아프다. 특히 여름에 엘리베이터 같은 좁은 공간에서 무겁고 짙은 향이 코를 콕 찌를 때는 불쾌하기까지 하다.

고대에는 향수가 너무 비싸고 구할 수 없어서 왕족이나 귀족들의 전유물이었다. 향수는 산업혁명 이후, 19세기에 화학공업의 발달과 더불어 대중화되었다. 나의 방에서 노인 냄새가 나지 않게 하려고 그리고 그이의 정성 어린 선물이니 앞으로 가끔 향수를 사용하려고 한다.

필자는 몇 년 전에 일본작가 소노 아야코(曾野綾子)가 쓴『아름답게 늙는 지혜』를 흥미 있게 읽은 적이 있다. 그가 내린 '노인'의 정의는 퍽 재미있다. 연금을 받는 시기부터라든가, 정년퇴직하는 해부터란 말은 전혀 합당하지 않다고 했다. 인간의 노화 정도는 사람에 따라 가지각색이기 때문에 남이 무엇인가 해주기를 바라게 된 사람을 몇 살이 되었든 노년이라고 생각한다고 했다. 그러면 젊어서부터 남의 시중을 받을 수밖에 없는 사람은? 만약 그 사람이 최소한 감사하는 마음이 있으면 그는 간호하는 사람들에게 즐거움을 줌으로 훌륭한 성인이라는 것이다.

노인을 구별하는 방법은 육체적 연령에 관계없이 줄(give) 줄 아는 사람, 베풀 수 있는 사람이라고 했다. 받는 것만 요구하는 사람은 아무리 젊어도 노인이다. 곰곰이 생각해 볼수록 수긍이 갔다. 그러나 어떠한 형편과 처지로 우리의 의지와는 무관하게 자식들을 괴롭히는 존재로 전락할지는 모를 일이다

오늘은 선물 「Today is the Gift」

오늘은 선물이란 말을 들으면 「톨스토이의 3가지 질문」이 란 제목이 떠오른다. 그이가 3가지 질문이란? 첫째 이 세상에 서 가장 중요한 시간은? 현재(present)이고, 둘째 가장 중요한 사람은? 지금 내가 대하고 있는 사람이며, 셋째 가장 중요한 일은? 지금 내 곁에 있는 사람에게 선을 행하는 일이라고 했 다. 오늘 즉 현재를 강조한 말이다.

2007년 2월, 아침 식탁에서 그이는 "이 책을 사봐야겠다. 꼭 나에게 일러주는 말 같기도 하고….."하며 신문광고란의 새로 출간한 법정스님의 『잠언집』에 있는 문구를 읽어주었다. 「살 아 있는 것은 다 행복하다」중에서

어떤 사람이 불안과 슬픔에 빠져 있다면
그는 이미 지나가 버린 과거의 시간에
아직도 매달려 있는 것이다.

또 누가 미래를 두려워하면서 잠 못 이룬다면
그는 아직 오지도 않은 시간을
가불해서 쓰고 있는 것이다.

과거나 미래 쪽에 한눈을 팔면
현재의 삶이 소멸해 버린다.
지금 이 자리에서 최선을 다해 최대한으로 살 수 있다면

여기에는 삶과 죽음의 두려움도 발붙일 수 없다.

저마다 서 있는 자리에서 자기 자신답게 살라.

필자는 모처럼 남편의 말에 사근사근하게 대답했다. "그래요, 맞아요. 우리 오늘을 행복하게 살아가요"라고 말했다.
　아래의 시는 프랭클린 루스벨트 대통령의 부인 엘리노 루스벨트의 시다.

Yesterday is history
Tomorrow is mystery

Today is the gift
That is why
We call it the present.

위의 시와 그의 비슷한 내용이다. Spencer Johnson의 시이다.

세상에서 가장 소중한 선물은 과거도 아니고 미래도 아
니다.
세상에서 가장 소중한 선물은 바로 현재의 순간이다.

위의 시 3수는 그이의 서재 벽에 붙어있는 시다. 명예교수
로 퇴직한 다음에 그이는 지난날을 돌아보는 시간이 많아졌
고, 그럴 때면 중요한 시기를 너무 학교 보직에 시간을 소비해
버린 것 같다며 회한에 젖기도 한다. 그렇게 오래 가르치면서
7년마다 오는 안식년 한 번 가지지 못했다고 후회했다. "자식
들이 많은데 그들을 위하여 경제적인 면으로 생각도 좀 하고
어디 투자할만한 곳도 살펴보고 해야 했는데"라는 생각이 든
다고 하였다. 필자는 투박한 경상도 말투로 우리는 열심히 살
아왔고 앞으로도 자식들 지켜보며 느긋하게 생활하면 문제없
다는 식으로 경박스럽게 대답했다. 그러나 나 자신을 속이고
한 말이었다. 필자의 부정적인 반응 속에는 나 자신의 후회와

아픔도 깔려있기 때문이었다. 인간은 자기의 결점과 잘못을 반성할 때면 괴로워서 스스로 변명을 찾아내기에 바쁘다.

아이들 셋이 모두 외국에서 공부할 때는 필자도 증권회사에서 신종기업을 상장할 때 얼마의 수입을 가지기 위해 드나들었다. 그이의 투명한 월급봉투에 얼마라도 보태기 위해서였다. 그러나 필자는 취미로 그림과 시(詩)를 공부한다고 꾀 많은 시간을 소비했다. 문인화(文人畵) 개인전 후, 자식들 집을 장식하고 있는 그림 몇 점과 문학 작품집 몇 권이 있지만 후회될 때도 있다. 남들은 가진 재산을 갖가지 방법으로 굴려서 많은 재물을 이루었는데 배금주의적인 면을 찬양해서가 아니라 경제적 여유가 없으면 의리와 정(情)도 제대로 표출할 수 없는 것이 현대인의 삶이다. 자식에게 큰 부를 물려주는 건 젊은이의 열망과 열정을 고갈시킨다고 하지만, 원만한 생활을 할 만큼은 물려주고 싶은 것이 솔직한 심정이다.

주위의 아는 분 중에는 이곳저곳 이사를 옮겨 다니고, 도시 변두리와 시골에 땅을 사서 재산을 늘리고, 기업도 경영하여 부자가 된 사람들도 있다. 필자는 40여 년간 한 번도 이사한 적이 없다. 편하게는 살았지만, 이재(理財)에 어두웠다는 말도 된다. 인간은 자기를 성찰하고 후회할 때 괴로워서 오래 머물지 못한다. 자기보호 본능일까. 미상불 법정스님의 말이 그이와 필자에게 위로가 되었다.

그이는 외강내유의 성격이다. 겉으로의 말씨는 날카롭고 차갑고 거칠어도 내심은 부드럽고 따스하다. 교수 월급으로 딸, 아들 둘, 거기다가 막내며느리까지 석·박을 시켰다. "자식들을 외국에서 최고학부까지 공부시켰으면 됐지 또 무슨 회한이 남아있어요. 하나님은 다는 주시지는 않아요." 하는 식으로 투박스러운 경상도 억양으로 멋없이 대응했다. 성격상 허물을 고치지 못하는 필자는 여성으로서, 아내로서 대우를 받지 못할 때가 많다. 서울 말씨에 좀 애교스러운 성격이었다면 얼마나 가정 분위기가 부드러웠으랴! 반성하지만 작심 3시간뿐이다.

언제나 모과처럼 투박하고, 좀 뗇은 말투다. 모과는 투박한 겉보기보다는 참으로 멋진 향을 품고 있지만, 필자는 이도 저도 아니다. 센스가 느린 편이라 언제나 버스 지나간 후 손 흔드는 격이다. 제때 못한 말, 천 마디인들 무슨 소용이 있을까? 삶을 열심히 살아왔다고 생각하지만, 내용보다는 겉 포장이 중요할 때도 있다. 평생에 그 흔한 머리 염색 한 번 하지 않았으니 여성으로서의 매력은 낙제 점수였을 것이다. 남편은 멋과 향수 그리고 의상과 외모에 관심이 많은 편이다.

믿음과 사랑의 뿌리

린케인의 작 『과부(Widow)』란 책에 나오는 말이다. "얼마나 자주 나는 남편을 과소평가했던가? 남편이 우리 모두를 고생시키지 않기 위해 엄청난 노력을 한 것을 결코 높이 평가하지 않았다. 때로는 남편을 미워하기까지 했다. 가장 훌륭한 사랑의 선물이란 아마도 이처럼 수혜자(受惠者)들의 노력과 인생의 감미로운 활력의 값어치에 대해, 아무런 이해심도 생각도 없이 받아들이는 것이다. 혼자된 후, 그제야 내가 단순히 남편의 후광 속에 비치는 그림자와 같은 존재로서만 살아왔다는 것을 후회했다. …여자에게서 남편이란 믿음과 사랑의 뿌리이며, 없어서는 안 될 존재이다."라고 했다.

부부가 함께 생활할 때는 든든한 버팀목이란 것을 자칫 잊기 쉽다. 그러나 영원히 돌아오지 못할 길을 떠난 후에야 비로소 빈자리가 얼마나 크고 황량한지 알게 될 것이다. 공기와 물이 항상 있을 때는 그 소중함을 모르듯이….

아버지란 존재

어제 낮에 남편은 "여기 한번 읽어볼 만한 글이 있는데…" 하며 지나가는 말투로 프린트된 종이 몇 장을 들고 다녔다. 어제저녁에는 부부동반 송년 모임이 있었고, 밀린 집안일로 오늘도 나는 미처 읽지 못했다. 그이는 그 프린트된 종이를 다시 저녁 식탁에 들고 와 언제 시간 있으면 읽어보라 하였다. "아, 아버지…"란 제목의 『동아일보』에 작자 미상의 글이 소개된 후 독자들의 반응이 뜨거웠다는 오태진 논설위원의 간략한 해명과 함께 그 글에서 발췌한 아버지에 관한 내용이었다. 이렇게 아버지의 마음을 꿰뚫은 글을 나는 이때까지 읽어본 기억이 없다. 하도 내용이 진솔하고 심금을 울리기에 통째로 옮겨본다.

「아버지란 기분이 좋을 때 헛기침하고, 겁이 날 때 너털웃음을 웃는 사람이다. 아버지란 자기가 기대한 만큼 아들, 딸의 학교성적이 좋지 않을 때 겉으로는 "괜찮아,

괜찮아" 하지만 속으로는 몹시 화가 나는 사람이다. 아버지의 마음은 먹칠한 유리로 되어있다. 그래서 잘 깨지기도 하지만, 속은 잘 보이지 않는다.

아버지란 울 장소가 없기에 슬픈 사람이다. 아버지가 아침 식탁에서 성급하게 일어나서 나가는 장소(그곳을 직장이라 한다)는, 즐거운 일만 기다리고 있는 곳은 아니다. 아버지는 머리가 셋 달린 용(龍)과 싸우러 나간다. 그것은 피로와, 끝없는 일과, 직장 상사에게서 받는 스트레스다. (생략)

아버지의 최고의 자랑은 자식들이 남의 칭찬을 받을 때이다. 아버지가 가장 꺼림칙하게 생각하는 속담이 있다. 그것은 '가장 좋은 교훈은 손수 모범을 보이는 것이다'라는 속담이다. 아버지는 자식들에게 그럴듯한 교훈을 하면서도 실제 자신이 모범을 보이지 못하기 때문에 이 점에 있어서는 미안하게 생각도 하고 남모르는 콤플렉스도 가지고 있다.

아버지는 이중적인 태도도 곧잘 취한다. 그 이유는 '아들, 딸들이 나를 닮아 주었으면'하고 생각하면서도, '나를 닮지 않아 주었으면'하는 생각을 동시에 하기 때문이다. ─(생략) 아들, 딸들은 아버지의 수입이 적은 것이나, 아버지의 지위가 높지 못한 것에 대해 불만이 있지만, 아버지는 그런 마음에 속으로만 운다. …아버지! 뒷동산의 바위 같은 이름이다. 시골마을의 느티나무 같은 크나큰 이름이다.」

—『동아일보』(2002.9.14.)

2000년대 초부터 우리나라에 조기영어교육 열풍이 불러온 사회적인 병폐로 아이들을 영어로 말하는 나라로 조기유학 보내고, 유학비를 벌기 위해서 아빠는 한국에 남아서 갖은 고생을 하며 홀로 지낸다는 이야기가 우리를 슬프게 한다. 이 시점에서 아빠란 제목의 심정 토로는 울림이 더욱 크다.

근래 어느 기관에서든가 가장 아름다운 말에 관한 설문조사를 했는데 엄마(mom)가 1위였다고 한다. 어머니는 고향이나 조국이란 은유로 쓰이기도 한다. 필자가 생각하기에는 '엄마'는 과대평가 된 것 같고 '아빠'는 과소평가 되지 않았나 여겨진다. 미국의 시인이요 사상가인 에머슨은 '사람은 그 어머니가 만든 대로다.'라고 했다. 독일의 괴테는 '젖먹이를 안고 있는 어머니같이 보기에 사랑스러운 것은 없다. 아이들에게 둘러싸인 어머니같이 경애한 마음을 느끼게 하는 것은 없다.'라고 했다.

지난날을 돌아볼 때 필자는 자식들을 인격체로 대해주지 못한 것 같다. 그들의 뜻을 존중해 줄 줄 몰랐다. 엄마의 방식대로 공부하기를 강요하며 화를 낸 기억밖에는 별로 떠오르는 것이 없다. 따뜻한 정서적 교감이 학습능력의 심리적 기초가 된다는 사실을 몰랐다. 일회성으로 지나가 버린 어머니의 역할을 돌아보며 부족함과 부끄러움을 느낀다.

자식들로부터 배운다

나이 들어가면서 효성이 지극한 자식들을 보며 필자는 배우고 반성한다. 그이가 명예교수로 퇴직한지도 십여 년이 지났을 때다. 대학에 명예교수님들이 사용하는 교수실과 책상이 정해져 있다. 가끔 우편물을 가지고 오기 위해 학교에 들를 뿐, 별로 사용하지는 않았다. 새로 퇴임하는 명예교수를 위해 책상을 비워주기로 했다. 퇴임할 때 책의 일부는 집으로 가져오고 대부분 대학도서실에 기부했다. 그날 구태여 필자가 학교에 갈 필요가 없다고 생각하여 같은 학교에서 가르치고 있는 큰아들에게 엄마는 갈 필요가 없는 것 같다고 가볍게 말했다.

그때 큰아들은 아버지가 1957년부터 다녔던 모교이고 또 30여 년간 가르쳤던 학교인데 막상 명예교수실 책상을 비울 때는 아빠께서 섭섭해 하실 것이라고 했다. 듣고 보니 과연 그러했다. 순간 큰아들의 아버지에 대한 존경심과 배려에 가슴이 찡해왔다. 아버지의 심정을 정확히 파악한 큰아들의 배려와 효성에 깊이 감동하였다. 그리고 아내 된 자가 남편의 기분을 읽지 못한 점이 미안했다. 그날 함께 가서 잡지와 책들을 몇 박스 담아서 청소부에게 치워달라는 메모를 남기고, 책상을 깨끗이 닦은 후 문을 닫았다.

우리는 오는 길에 연세대 백양로 지하에 자리한 음식점에서 분수대를 바라보며 점심을 먹었다. 가슴에 전해오는 큰아들의 말이 둔탁한 필자의 감성을 자꾸 건드린다. '나는 과연 남편이 가족과 가정을 위하여 헌신해온 일생의 노력에 관하여 단 한 번이라도 감사하다고 말해 본 적이 있는가?' 언제나 당연한 것처럼 여겨왔지 않았든가. 가훈인 노력, 사랑, 감사의 실천을 마음의 거울에 비쳐 보면서 고개를 떨구었다. 입은 가볍고 실천은 이토록 먼 거리에 있는 것일까? 그이에게 오늘밤엔 꼭 감사하다고 말해보리라 다짐했다.

국제학술대회에서 한국교수란 명찰을 달고…

우리말에 팔불출(八不出)이나 팔불용(八不用)이란 말은 덜 떨어진 사람의 어리석은 행동을 가리키는 말이다. 자기 자신과 마누라나 자식에 대한 자랑, 형제와 친구 그리고 집안 조상이나 출신 등에 관하여 자랑하는 사람을 일컬었다. 이왕 가족

이야기가 나왔으니 옛 교훈을 상기하면서도 국제학술 무대에서 한국 교수란 명찰을 단 큰아들의 이야기를 여기 달아본다.

한때 자식들이 모두 미국에서 공부하든지 아니면 대학에서 가르치고 있어서 자식들과 손주들을 보려고 여름방학 때는 우리 부부가 미국으로 갔다. 2003년 여름방학 때 큰아들이 가르치고 있는 오클라호마 주립대학교 공과대학 연구실을 둘러볼 때였다. 오클라호마 주립대학교(OSU) 공학관 건물에 들어서자 넓은 현관 홀 입구, 오른쪽 벽에 가로 70cm, 세로 1m 정도 되는 액자 속에 큰아들과 인도 교수의 독사진 2개가 걸려 있었다. 큰아들이 부모에게 말한 적이 없어서 뜻밖이라 영문을 물었더니, 오클라호마 주립 대학교에 교수로 가르치게 된 첫해(2000.6)에 시카고에서 열린 국제전기전자공학회(IEEE)의 전자정보통신학술회, 국제학술대회에서 최우수 논문상을 받았고 큰아들이 지도한 전기-전자-컴퓨터 공학 대학원생이 졸업식 때 최고 연구상(2003)을 탔으며, 지난해(2002)에도 큰아들이 지도했던 연구프로젝트가 졸업식 초청장 겉 커버를 장식했었다고 했다. 바로 얼마 전에도 OSU 대학으로부터 우수 교수상(Distinguished Faculty Award)을 받았다.

순간 기쁘다는 생각보다는 지난날 잠이 부족하여 토끼처럼 붉은 눈으로 연구실에서 새벽 2~3시에 귀가하여 몇 시간 눈을 붙이고, 아침에 강의하려 대학에 다시 출근했던 고된 일상이 떠올랐다. 동양인 교수로서 특별한 인정을 받기까지 얼마나 많은 땀을 흘렸을까? 영광스럽다는 말보다는 고생했다는 애처로움이 뇌리를 압도했다. 노부모는 한참 사진을 쳐다보며 할 말을 잊었다.

연구실 자체가 소규모 연구단지 같았는데 대학원생들을 연구 분야에 따라서 여러 그룹으로 지도하다 보니 연구 기계·기구설치와 교수와 학생용 책상과 책장, 컴퓨터, 이동성 칸막이와 흑판, 소단위 연구발표를 위한 테이블과 의자, 한 학기 계획안과 한주 계획표, 냉장고 등등 실로 어리둥절할 정도로 조직적으로 많은 장비와 물품들이 들어서 있었다. 연구업적 따라서 연구비를 외부 기업에서 많이 따오기 때문에 설비와 물품에 구애됨이 없이 연구생들에게 많은 혜택이 돌아간다고 하였다. 상승 연구 분위기 조성으로 대학원생들도 가장 우수한 학생들이 대거 몰려오며, 또 논문으로 업적을 올리려고 다투어 열심히 연구한다고 했다.

큰아들은 몇 년 후, 서울 모교인 Y대학에 돌아와 가르치고 있다. 노부모가 삶을 돌아볼 때 '헛되이 살지 않았구나.' 하고 느낄 때가 있다면 아마도 팔불출이란 소리를 듣더라도 자식 자랑을 할 때가 아닐까 생각한다.

치아 3개를 임플란트(Dental Implant)한 날

고희를 넘은 시아버지가 치아 3개를 임플란트한 날은 바람 불고 몹시 추운 겨울날이었다. 오후 4시가 좀 지나서 아파트 대문에서 누군가 초인종을 울렸다. '어머니 저예요' 몇 번씩 되풀이하여도 귀가 어두워 필자는 못 알아듣고 나는 여러 번 되풀이 하여 물었다. 구정 명절이 가까워 택배인지, 집을 잘 못 찾은 사람인지 확인하기 위하여…. 현관문을 열었더니, 큰 며느리가 따끈따끈한 전복죽을 한 솥, 분홍색 보자기에 싸 들고 혼자 운전하여 왔었다. 곧 손녀가 학교에서 돌아오는 시간이라, 몸도 녹이지 못하고 시아버지께 병문안 메시지와 전복죽을 한 냄비를 들여준 후 현관문에서 바로 돌아갔다.

큰며느리는 과묵한 편이지만 행동은 세심하고 시부모를 위한 효성이 지극하다. 전복죽 한 냄비가 대단해서가 아니라 그의 정성과 배려가 마음을 뭉클하게 했다. 그날 밤 필자는 큰며느리에게 e-mail로 감사의 메시지를 보냈다. '너의 정성과 효성이 스며있어서일까? 시아버지께서 "맛있다, 맛있다" 하며 잘 잡수셨다. 고맙다. 참으로 고맙다. 힘들었어도 애써 섬긴 일은 너의 가슴에 오래 남아있으며 너를 흐뭇하게 해 줄 것이다. 반대로 우리가 살아가면서 마음에 찜찜한 일을 하고 나면 그 어둡고 칙칙한 기억이 오래 마음에 남아서 우리를 괴롭힌다. 기억은 결코 우리를 떠나지 않는 법이다. 시아버지는 잘 견디신다. 다들 감기 조심하여라.' 간단한 메시지로 고마움을 전했지만, 속으로 '큰며느리야, 정말 고맙다.'를 여러 번 되뇌었다.

필자는 그 전날 저녁에 찹쌀 닭죽을 한 솥 끓여 두었고 병원에서 수술 하고 난 후 귀가하면서 병원음식점에서 그이가 좋아하는 해물죽과 단호박죽을 또 사왔었다. 싫증나지 않게 메뉴를 바꾸려고 준비하였다. 그래도 큰며느리의 정성이 담긴 고급 전복죽과는 비교가 되지 않으리라. 필자는 나의 시부모님께 이렇게 진심으로 극진히 모셔보지 못했다. 큰며느리이기 때문에 지워진 책무라 믿고 불평 없이 어려움을 참고 억척같이 일한 것 같다.

우리 큰며느리처럼 강요되지 않은 일을 만들어 기쁨으로 실천해본 적은 없었다. 필자의 생일이 7월 중순이라 삼복더위 때이다. 큰며느리는 갈비찜, 미역-오이 냉채 국, 과일바구니, 꽃화분 등을 준비하여 혼자서 운전해 찾아온다. 필자는 큰며느리를 위해 특별히 베푼 것이 없다. 큰며느리의 효성이 시어머니의 삶을 조용히 관조하게 한다. 자식들로부터 사랑의 실천 방법을 칠십이 넘어서 배운다면 독자들은 어떻게 생각할까?

부부간의 상반된 취향과 조화

부부는 옷으로 말하면 기성복이지 맞춤옷은 아니다. 서로의 성격이나 취향이 잘 어울리고 화기애애하게 보이는 부부도 실제로 가정생활은 예상외로 불협화음과 껄끄러움이 있음을 알 수 있다. 소설이나 문학작품에 이성을 첫눈에 홀딱 반하여 결혼한 부부치고 백년해로하는 부부는 많지 않다. 부부는 성격과 생활습관 등을 그대로 드러낸다. 불평과 불만을 서로 토로하며, 어울리지 않는 짝이라고 중얼거리면서 일생을 살아간다. 오랜 물결에 뾰쪽 돌이 조약돌이 되듯이 개성과 단점들의 모서리가 서로 부딪혀 깎이며 둥그러지는 과정이 부부생활이다.

그이는 직언과 쓴소리를 잘 하는 편이다. 그러나 실생활은 섬세하고 인정이 많은 편이다. 구족화가(口足畵家)가 그린카드를 매년 구입하고 교회에서 주일 오후에 외국 노동자를 위해 무료로 진료하는 단체에 적은 액수이지만 꾸준히 지원한다. 겨울에 길가 작은 판잣집 가게에서 뭐 좀 사주려고 의식적으로 노력한다. 아파트 정문 교통차량 경비실 아저씨에게 봄 가을로 과일을 사주고, 경비실과 청소부 아주머니께도 명절 때마다 '감사합니다,' 라고 봉투에 쓰고 얼마를 넣어 건네준다. 삼복더위 때는 '집에 가실 때 수박이라도 한 통'하며 얼마를 준다. 아파트 단지 내 바닥에 날카로운 물체나 휴지조각, 버려진 과자 비닐 껍질을 보면 아이들이 미끄러지고 다친다며 손으로 줍고 치운다. 필자는 그 손을 당장 어디서 씻을 수도 없을 때 특히 외출 중이라면 못마땅한 표정을 지을 때가 있다.

그이는 향과 향수 그리고 방향제나 향초를 좋아한다. 모과가 익는 계절이 오면 모과를 사서 자동차와 집안 구석구석에 놓아둔다. 감귤이나 한라봉 같은 과일 껍질을 담아 서재나 테이블에 둔다. 심지어 향수를 다 쓰고 남은 빈 병은 버리지 않고 뚜껑을 연 채로 서재와 화장실에 놓아둔다. 아파트 내 정원 길에, 봄에 라일락이 바람에 일렁일 때, 손이 닿는 곳에 하늘거리는 가지를 꺾는 버릇이 있다. '아파트 주민이 당신처럼 정원의 꽃을 꺾는다면' 하며 만류해도 소용없다. 골프를 하고 올 때도 가끔 꽃을 꺾어 가방 속에 넣어올 때가 있다. 자기의 서재에는 꽃이 사철 꽂혀 있다. 가을이면 열매 달린 나뭇가지도 빈 병에 꽂아두고 본다.

　우리 집 아파트 베란다에도 남편이 취미로 키우는 꽃식물 화분이 30개 정도는 된다. 그러나 꽃나무가 생명을 다하면 화분이 2층 3층으로 포개어져도 자기 손으로 화분과 흙을 내다 버리지는 않는다. 처리하고 청소하는 작업은 다 필자의 몫이다.

　그이는 대학에서 가르칠 때 제자들이 외국 유학하러 갈 때 추천장 써주고, 취직시키기 위하여 팔방으로 대학교와 대기업을 찾아다녔다. 제자들이 결혼할 때 지방까지 달려가 결혼식 주례를 해주곤 했었다. 이리하여 스승의 날이면 참으로 많은 꽃 선물이 들어왔다. 스승의 날이 하필이면 그이의 생일날이다. 게다가 5월 8일이 어버이날이다 보니 자식들이 화분이나 꽃바구니를 보낸다. 자식들에게는 무거운 화분보다는 꽃바구니를 보내라고 남편 몰래 귀띔한다. 그이는 영문도 모르고 기껏 며칠 만에 다 시들어 버리는데 이 돈으로 조그만 화분을 보내주면 좋으련만 한다. 한 집에 자식들을 조정하는 범인이 있는 줄 그이는 눈치 채지 못한다. 필자는 속으로 뜨끔하지만 함구무언이다.

그이는 독서를 하지 않는 이상 집안에서 클래식이나 라디오 음악, TV를 켠다. 필자는 취미로 글을 쓰다 보니 나는 방문을 닫는다. 자투리 시간을 활용하기 위해 틈틈이 집안일하고, 가사 도우미를 부르지 않는다.

우리는 아파트 11층에 사는데 창을 내려다보면 큰 정원의 수목이 한눈에 보인다. 40여 년 된 아파트 정원에 봄꽃이 만발할 때나, 늦가을 만추 때는 유난히 아름답다. 조금 과장하면, 꽃 나들이나 단풍 구경을 가지 않아도 될 만큼 아름답다. 아파트에서 내려다보며 찍은 정원의 풍경 사진을 응접실 유리창에 그리고 자기 서재에 붙여둔다. 필자는 젊었을 때, 취미로 화조화(花鳥畵)와 문인화(文人畵)를 이십여 년 간 그렸다. 풀과 꽃을 감상하는 것은 즐겨도 꽃꽂이나 화초 가꾸기를 취미로 삼지는 못했다. 모든 면에서 그이의 성격이 더 아기자기하고 감성적이며 낭만적이라고 생각한다. 그이는 우리집에 여인이 있으나 워낙 못났고 예쁘지 않으니 꽃을 가꾸며 위로를 받는다고 한다. 귀에 거슬리는 말이지만 사실이라서 반박은 할 수 없다.

필자는 학창시절부터 시(詩) 외우기를 취미로 했기에 비교적 많은 시를 외우는 편이다. 중국 한시나 우리나라의 명시 그리고 세계명시 등을 가족 축제나 지기들과 어울릴 때면 주책 없이 줄줄 외우는 편이다. 그이와 사귀든 젊은 시절에 필자가 툭하면 시를 읊었는데 그이는 시문학을 특별히 좋아하는 편은 아니지만 참고 들어준 것 같다.

남편의 작은 서재에는 손주들을 포함하여 수십 장의 가족 사진들이 벽면마다 덕지덕지 붙었고, 어떤 사진은 반쯤 포개어져 붙어 있다. 과장 없이 백 장 정도가 벽에 붙어있고 책상 위에 꽂혀 있다. 그이의 방은 책상 위를 청소할 수도 없다. 응접실 벽에도 돌아가신 시부모님들의 독사진 액자와 자식 셋의 결혼사진 액자와 그 결혼사진 액자 아래에는 그들의 자식들의 작은 사진들을 꽂아두었다. 가족 행사 때마다 찍은 대형 기념사진 액자들이 응접실 벽과 장식장 위에 가득하다. 기념 행사만 있으면 그이는 가족사진을 찍기를 원한다. 이제는 액자를 걸 벽이 없다.

대형사진 액자 아래의 작은 사진들은 세월의 때를 입어 색깔이 변했다. 실내공기 환기 때 미풍이라도 불어오면 작은 사진들이 한두 장씩, 때로는 뭉텅이 사진들이 통째로 바닥에 떨어지기도 한다. 사진이 떨어지면 가구 뒤로 넘어갔기 때문에 꺼내기도 어렵다. 해서 남편이 외출하고 집을 비울 때면 그 작은 사진들을 가구 뒤에서 땀을 흘리며 긴 자나 효자손 혹은 골프채 등을 사용하여 꺼낸다. 봉투에 넣어 자기 서재의 책상 위에 올려놓고 메모지에 '앞으로는 대형사진 액자에 작은 사진들, 덕지덕지 꼽지 마세요.'하고 메모해 둔다. 며칠 있다가 보면 꼭 나를 시험하듯 작은 사진 몇 장을 몰래 꽂아두었다. 어김없이 뽑아서 나는 똑같은 메모를 남긴다. 그이의 이 습관은 이제는 고쳐졌다.

깜찍하고 이색적인 것이 있으면 응접실 가구 위에 올려놓는다. 돌멩이에서부터 손주들이 만들어준 작은 액세서리 선물, 그 외 온갖 잡동사니 등을 아기자기하게 진열하기를 좋아한다. 그런데 필자는 응접실에 필요한 가구와 책장, TV, 가족의 기념사진 몇 점 외에는 빈 벽을 선호하는 편이다. 빈 벽에는 그림 한 점 정도 걸어두기를 바란다. 문인화를 20여 년간 그린 필자는 개인전하고 난 대형(100호짜리), 소형(5호~10호) 작품들이 골방 가득 쌓여있다. 그런데 조그만 그림 한 장이 현관 쪽에 한 점 걸려있고 부엌에 작품이 하나 걸려있다. 그 외의 모든 벽은 사진액자로 덮여 있다. 응접실 분위기도 남편 위주이다 보니 실내 분위기 조성을 필자가 원하는 대로 꾸미기는 바늘구멍에 낙타가 지나가기만큼 어렵다.

필자는 생활에 꼭 필요하지 않으면 TV나 신문에서 선전하는 건강 체조기구나 각종 부업요리 기구 그리고 가정용 신제품 등을 선뜻 구입하지 않는다. 좀 비효율적이라도 사용해오던 물건이 있으면 옛것을 이용하는 편이다. 그이는 TV 광고나 선전에서 좋을 듯하면 주문하는 편이다.

남성과 여성은 친구 사귀는 방법도 판이하다.

친구 사이라도 남성들의 세계에는 용건 위주의 대화가 많고 친하게 지내는 사이여도 사적인 가정생활 이야기나 자식에 관한 일도 마음을 터놓지 않는 것 같다. 심리학자나 관계전문가에 의하면 남성은 독립과 통제의 욕구로 이러한 정보를 공유하기를 원치 않는다고 했다. 반대로 여성들 사이에는 감정의 주고받음이 이루어진다. 가정에 속이 상하는 일이 있으면 가까운 친구에게 털어놓아야 응어리가 풀린다. 내가 이상하고 유별난 것이 아니란 확신을 얻고 싶은 것이다. 상대방의 감정을 이해해주고 거기에 합당하는 위로를 받음으로써 우정이 두터워지는 것이다. 그래서 통화를 했다 하면 오래 걸리는 편이다. 남편 측에서는 하릴없어 불필요한 수다를 떤다고 생각한다.

심리학자 테넌(Tennen)의 말을 이용하면, 여성은 도움 받는 것을 상대방의 관대함과 배려로 본다고 했다. 여성이 사과를 잘 하는 것도 잘못을 인정하는 것이 아니라 상대방이 겪은 곤경에 대해 미안하게 생각한 감정을 나타내는 표현이다. 반대로 남성이 사과하는 것은 어렵다고 했다. 이유는 미안하다는 말은 자신의 잘못을 인정하는 것이고 체면을 잃거나 패배한 것으로 인정하기 때문이라고 했다. 자존심 강한 남자는 대화하는 것도 상대방과 경쟁하는 기회로 여긴다고 했다. 자신이 가지고 있는 지식과 기술을 보여주며 자신을 나타내기 위한 것이라고 했다. 그런 특성을 이해하면 부부간의 대화에도 이해의 폭이 넓어지리라 생각하고 여기 옮겨보았다.

결혼한 지 반세기가 훨씬 지났지만 필자는 아직도 그이의 심중을 파악하기 어려울 때가 있다. 그이 역시 필자의 기분을 못 읽을 때가 있다. 부부란 서로 가까이 다가서려고 노력하는 과정이란 말이 옳다고 생각한다. 그런 의미에서 가장 어려운 대화의 상대는 부부간이 아닐까 생각된다. 젊었을 때는 노인이 되면 부부간의 대화가 부드러워지리라 생각했다. 막상 노인이 되고 보니 오히려 관용과 배려가 줄어들고 성격이 더 급해졌으며 감정의 기복이 심해진 것 같다. 인내성도 줄었고 판단능력도 떨어졌음을 실감한다. 부부간에도 서로 반쯤 눈을 감고 생활하는 것이 바람직하지만 실제로는 불필요하게 서로

간섭한다. 상대방의 의견을 거부할 수는 있어도 금지할 권리
는 없다. 하지만 실제는 그렇지 않다.

「가지 않은 길(The Road Not Taken)」에 관한 미련

　살아온 인생을 돌아볼 시기가 되어 지나온 결혼생활을 돌
아보면 자기가 선택한 길에 대해 후회를 하기도 하리라. 놓쳐
버린 물고기가 더 커 보이고 결혼하지 못한 여인이 가장 아름
답게 보인다는 말이 있다. 이런 고뇌를 잘 표출한 시가 있다.
세계의 명시로 알려진 로버트 프로스트의 「가지 않은 길」이
란 시다. "한 몸으로 두 길을 다 가볼 수 없기에…, 어쩌면 더
나을 성싶었던 그 길을 택했지요. 오랜 세월이 흐른 그 어느
훗날, 나는 한숨 지으며 이야기하겠지요. 두 갈래 길이 숲속으
로 나 있었는데 나는 사람 발길이 드문 길을 택했고, 그것이
내 운명을 바꾸어 놓았답니다."라고. 평생의 길동무가 좋으면
어떤 길도 멀지 않다고 했다. 여러모로 갖추지 못한 여인을 짝으
로 만나 가르치고 깨우쳐주며 반세기 이상 이끌어준 그이에게
고마운 마음이다.

　공자는 모든 행동의 근본이 참을 인(忍)이라 하였다. 부부가
참으면 일생을 해로(偕老)하고 자신이 참으면 재앙이 없을 것
이라고 했다. 그런데 왠지 늙어갈수록 참을성이 없어져 그이

에게 대들 때가 있다. 단둘이 사는 노부부생활! 작심 10분, 슬그머니 멋쩍게 말을 걸고 또 일상대화로 복귀한다.

포장마차(布帳馬車)의 초대

한국전쟁 이후 길거리나 공터에서 술안주와 더불어 소주나 막걸리를 한잔할 수 있었던 이동식 간이주점이 포장마차였다. 낮에 겪은 온갖 서러움을 홀로 달랠 수 있는 작은 공간 포장마차! 거칠고 가파른 삶에 지친 서민들의 고충을 달래주던 곳이었다. 그곳을 지날 때면 언젠가 한 번은 들어가 보고 싶은 생각을 했었다. 추운 겨울, 그 앞을 지날 때면 맛있는 어묵 냄새가 좋았다. 오늘은 마침내 기회가 왔다.

남편과 신문 구독을 두고 말다툼을 했다. 오후 네댓 시에 모 일간 신문 팔이 여인이 현관에서 집요하게 구독해 주시라고 달라붙자 남편은 슬그머니 또 받아줄 참이었다. 그때 필자가 가로막았다. 『조선일보』, 『동아일보』, 수많은 정치 분야 월간잡지, Y대에서 오는 월간 주간 간행물, 친구 학자들과 제자학자들의 연구 서적 출판물, 각종 사회 저명인사들의 서적 출간 정정판, 그리고 필자의 문학잡지 등 칠십 대 두 노인이 사는 집의 재활용 종이 분량은 과장 없이 파묻힐 지경이었다. 일주

일이나 열흘에 한 번씩 묶어 처리할 때 필자는 몸살을 앓는다.

명예교수로 퇴직한 지도 10년이 넘었다. 그런데 오늘 또 다른 신문도 받겠다는 것이다. 지금 배달되는 신문과 책들도 다 훑어보지도 못한 채, 어떤 것은 봉투를 열지도 않고 그냥 버려지는 것도 더러 있다. 그런데 또? 말다툼이 일자 부추기던 여인은 가버렸고 남편은 화가 나서 밖으로 나가버렸다.

한 시간쯤 뒤에 그이가 전화로 "조여사, 여기 포장마차로 나오시오. 내가 술 한 잔 사드리겠소"라고 했다. 우리 아파트는 여의도 MBC에서 가까이에 있고 포장마차는 바로 그 인근에 있었다. 그때는 여의도 MBC가 상암동으로 이사 가기 전이었다. 남편이 집을 나가서 걱정이었는데 먼저 화해를 걸어오니 속으로 '아! 살았다' 싶었다. 필자는 기다렸다는 듯이 서둘러 포장마차로 갔다.

포장마차 안에는 긴 나무의자 2개와 소주병과 음주 병이 많았다. 솥에는 각종 어묵이 끓고 있었고, 두루마리 화장지가 곳곳에 비치되어 있었다. 필자는 그이가 시키는 안주를 맛있게 먹었다. 얼마 전에 다투었던 문제에 대해서는 말도 꺼내지 않았다. 그리고 남편이 시켜준 소주도 함께 마셨다. 이내 나의 정신은 알알해졌고, 기분이 좋았다. 아직 저녁 늦은 시간이 아니어서 우리 둘 외에는 손님이 없었다.

그 당시에 필자는 술 마시는 실력이 없었다. 술맛도 몰랐고, 맛의 구별도 솔직히 모르고 있었다. 지금은 꽤나 실력이 늘었다. 남편과 함께 소주 2병 정도를 마셨다. 집에 오려고 일어서는데 다리에 힘이 없었다. 허둥대며 남편의 부축으로 겨우 한 5분 걸어온 기억밖에 아무것도 없다. 한 가지 기억에 뚜렷한 것은 왜 그렇게 실성한 사람처럼 자꾸만 웃음이 나왔던지 도저히 이해할 수가 없었다. 술에 취하면 어떤 사람은 노래를 부르고 또는 울며 소리 지르고 하는데 필자는 속없이 자꾸 웃는 편이다. 희한한 경험을 했다.

어느 스님의 결혼 주례사

부부는 가정 천국을 만드는 예술가

그이의 대학 동기생의 따님이 강원도 양평의 어느 야외 정원에서 스님의 주례로 전통혼례식을 올렸다. 그때 ≪가정천국의 원리≫를 재미있게 들려주었다. 인생은 예술이다. 예술은 자연에 인공을 가미한 것이다. 즉 자연에 인간의 지혜를 더하여 예술 작품을 구현하는 것이다. '내가 가정을 천국으로 만드는 예술가가 되리라' 하는 마음가짐을 명세(明細)라고 하였다.

어머니가 인간들에게 절대적인 존재가 된 그 속에는 원리가 있다. '무조건 네 편이다(I am your side.)'라는 원리가 있다.

가정 행복의 열쇠는 '나는 무조건 당신 편이다.'라는 것이다. 남편이 "1+1은 3이다. 혹은 5이다." 하더라도 꼭지가 딱 떨어진 사람은 "그래요 당신 말이 다 옳아요 'Yes'"라고 한다. "틀렸다. 1+1은 2이다. 3이다." 하고 따지는 사람은 덜떨어진 사람이다. 무조건 "영감님 말씀이 다 옳아요. 해야 한다."라고 했을 때 하객들은 모두 크게 웃었다. 그러기 위해서는 3가지 법칙이 있다. 첫째는 '메아리 법칙'이고, 둘째는 '고객의 법칙'이며, 셋째는 '배추의 법칙'이다. 원리와 법칙은 8만 4천 가지가 있으나 그중에서 서너 가지만 손에 쥐면 충분하다고 강조하였다.

첫째 메아리 법칙은 인과법칙(因果法則)이다. 산에서 '아아~' 소리치면 메아리로 '아아~' 하고 돌아오고 화가 나서 욕을 하면 꼭 그대로 돌아온다. 상대방에서 사랑, 감사, 인정을 받으려면 내가 먼저 사랑해 주어라.

둘째 고객의 법칙은 역지사지(易地思之)의 법칙이다. 처지를 바꾸어 생각하는 것이다. 사업하는 사람들이 '고객은 왕이다' 하고 중요하게 모셔야 한다. 고객의 취향과 원하는 바를 잘 살피고 친절하게 모셔야 하듯이 서로의 입장에서 이해하도록 해야 한다.

셋째는 배추의 법칙이다. 배추의 운명을 생각해 보면 된다.

씨앗이 뿌려지고, 뽑으면 뽑히고, 소금에 절이면 절여지고, 양
념에 덕지덕지 버무려지고, 그냥 수용해 준다. 반항이나 거부
의 몸짓이 없다. 자아(自我)가 무아(無我)로 된다. 사랑하는 한
사람을 위해서는 그냥 수용해 주어라는 내용이었다.

　스님은 세 가지 법칙에 조그만 알파가 있다고 하였다. 가정
천국의 원리를 손에 쥐고, 한 가지 생활하실 일은 부모님께 용
돈을 조금씩 드리라는 당부였다. 하객들은 넓은 정원 가득히
웃음꽃을 피웠다. 꼭 돈이 없어서라기보다는 늙은 부모는 마
음이 여리다. 자식에서 받은 몇 푼이 노부모님을 그렇게 흐뭇
하고 행복하게 만든다고 하였다. 주례사가 끝나자 큰 박수로
공감대를 이룩하였다. 강원도 양평의 유유히 흐르는 남한강
은 북한강과 합류하여 한강으로 흘러든다. 부부의 삶의 물결
도 먼 길을 합류하여 유유히 평화롭게 흘러가야 함을 일깨워
주었다. (2007.8)

3.

마누라에게 공짜로 강의하려니

일본에 재벌가가 많은 이유

일본의 도쿄 탑과 황궁을 관광(2003.8.1)한 후, 그이와 필자는 도쿄 긴자(銀座)거리로 향했다. 긴자거리는 동경에서 가장 유명한 고급 쇼핑, 백화점, 갤러리, 고급음식점과 카페 등이 있는 서울의 명동거리 같은 곳이다. 날씨는 맑고 무더운 일요일, 긴자거리는 붐비지 않았다. 특히 주말인 토요일과 일요일 오후 몇 시간 동안에는 중앙교통을 통제하여 넓은 보행자 구역이 생기기 때문에 구경하기는 편리했다.

1904년에 설립되었다는 일본 최초의 백화점 미츠코시(三越, Mitsukoshi)는 1906년 서울 충무로에 최초의 백화점 미츠코시 지점을 열었다. 그이는 일본에서 열린 국제학술회의에서 논문을 발표한 학자들에게 지급하는 학자 예우금을 받으면 꼬마 녀석들의 장난감을 사기 위해 이 미츠코시 백화점을 드나들었다며 지난날을 회상했다. 우리는 백화점 창가에 앉아 차를 마시며 가장 번화한 거리의 풍광을 보았다. 그이에게 "일본에는 왜 유명한 재벌가가 많아요?"라고 물었다. 질문에 답해주기 전에 일본의 역사를 조금은 알아야 한다고 했다.

다이묘(大名: 영주)와 인질 정책

도요토미(豊臣秀吉)를 몰아내고 전국시대를 마감한 도쿠가와 이에야스가 1600년에 막부(무사 정권)시대를 열었다. 무사 정권에는 52명의 영주(領主, 일반 장군들)가 국토를 250개로 바둑판처럼 나누어 다스렸다. 쇼군 정권은 땅 차지를 위해 영주들의 처자식을 인질로 삼아서 도쿄에 살게 하였으며, 영주는 자신의 영지와 도쿄 사이를 1년 간격으로 번갈아 오가며 살아야 했다고 했다. 일본 사회에는 사농·공·상(士農工商)의 4계급이 있는데 5~6%에 속하는 왕족과 무인계급인 장군 사무라이가 80% 이상의 농·공·상을 지배했다. 1603년 도쿠가와가 일본을 통일한 후, 4계급이 대대로 내려올 뿐 계급을 돈이 있다고 하여 바꿀 수는 없었다고 했다. 한마디로 변통 없는 정치적·사회적 구조가 일본에 큰 기업을 생기게 했다고 했다.

상인은 그 계급을 벗어날 수 없었다. 즉 일본은 100% 장자상속 제도였으며 돈으로 신분을 바꿀 수 없었기 때문에 대대로 400~500년 간 장사를 하였고 오랜 세월 동안 상인은 자본가가 되었다. 재벌(財閥)이란 용어도 일본에서 만들어진 학술적인 용어라고 했다. 각 영주의 차남부터는 경제적 어려움에서 벗어나기 위해 상인들의 딸과 결혼하였다. 사무라이 무관 집안에서는 계급을 이용하고 상인의 계급에서는 경제적 부를 제공함으로써 자연히 사회의 계급이 섞이게 되었고 경제적 부의 분배도 이루어졌다고 했다.

필자가 동양화 개인전을 앞두고, 문인화(文人畵)를 집중적으로 그릴 때 그이는 일본학회에 참석하고 올 때면 잊지 않고 좋아했던 고매먹(古梅墨)을 사다주곤 했었다. '교토의 고매원'은 1577년에 창업하여 400여 년간 대대로 내려오고 있다. 고매원을 탐방했을 때, 나무문을 열고 들어가면 먹의 향기가 은은하게 풍겼다고 했다. 가장 좋은 먹은 <칠묵>으로 소나무의 송진을 태워 그 그을음으로 만든 입자가 아주 작은 먹이다. 고급 먹은 수백 년, 천년이 지나도 먹이 지워지지 않으며, 부패하지 않고, 잘 갈리며, 먹빛이 아주 곱다.

명치유신(明治維新, 1837)과 과학기술 우선 정책

일본은 미·일 화친조약(1854)을 맺었고, 1858년에 미국, 영국, 러시아, 네덜란드, 프랑스와 통상조약을 체결하였다. 1860년대 명치유신 때, 일본이 개혁과 개방을 하려고 한 적절한 시기에 사쓰마 번과 조슈 번에서 사무라이 출신 영웅들이 많이 배출되어 나라의 힘을 모았으며, 각 분야에서 서구의 선진과학기술을 최우선적으로 받아들였다고 했다. '명치유신' 때의 이야기만 나오면 그이는 열변을 토했다. 대화라기보다는 완전히 일방통행의 강의식이다. 필자는 눈만 깜빡이며 숨을 죽이고 열심히 들었다. 그 이유는 다음과 같다.

세상에! 바로 그 시기에 우리나라는 상노 제도로 과학기술과 기능공을 쌍놈으로 취급하여 천대하며 노예로 전락시켰다. 즉 기술을 가진 인재를 '쟁이'라 하여 천민으로 여겼다고 개탄했다. 그래서 장인정신(匠人精神)이 없다. 무형문화재 보유자라도 자기의 자식에게는 자신이 걸어온 가난하고 고생된 삶을 물려주고 싶지 않았다. 무형문화재 기능보유자라 할지라도 3~4대 이어가는 가업이 없었다. 이는 공·상 사회제도 때문이라고 개탄했다. 그이는 이런 내용을 말할 때는 때로는 울분했다.

조선의 양반계급과 당파싸움

조선에서 관료와 양반계급은 선진문물을 배척하며, 당파싸움(노론·소론, 남인·북인)에 전념하던 바로 그 시기에, 우리나라는 일본에 나라를 빼앗겼다. 급속도로 발전한 일본은 1885년에 조선을 쳐들어왔고, 1894년에 청·일 전쟁을 일으켰으며, 1904년에 러·일 전쟁을 일으켰다. 1930년 태평양 전쟁 때 항공모함을 만들어 진주만 공격을 감행했다. 일본이 침략을 잘 했다는 말이 아니라, 일본이 그토록 앞서갈 때 우리나라에서는 대원군이 전국에 수만 개의 척화비를 세우며 쇄국 정치를 하였다며 개탄하였다. 이런 대화를 할 때면, 그이는 크게 발전한 나라들은 적재적소에 훌륭한 인재들이 나왔다며 부러워하곤 했다. 바로 그 시기에 일본은 눈부신 발전을 했다고 역설했다.

연세대 학생기자단 일본방문

'아아. 일본사람들은 무서운 데가 있다!

1983년 그이가 연세대학교『연세춘추』,『영자신문』, 연세방송 편집인으로 있을 때 일본의 외무성 초청으로 기자단 80여 명을 통솔하여 일본에 간 적이 있었다. 당시에 연세대 정외과 대학원에서 석사학위를 한 제자 한 명이 일본의 총리실 비서실에서 일하고 있어서 기회를 주선했다고 한다. 그이는 돌아와서 '아아. 일본사람들은 무서운 데가 있다'라고 감탄했었다.

갈 때 그이는 일본 말을 잘 하지 못했으며, 우리 학생들도 영어로 대화를 할 만한 수준은 못 되었다. '세미나를 어떻게 진행할 것인가?'에 대하여 내심 걱정을 하였다고 했다. 그런데 막상 일본에 가보니 외무성 한국 담당관들은 모두 한국말을 유창하게 구사하더라고 하였다. 모두 연세대 어학당을 수료했다고 했다. 지금으로부터 35년 전만 하더라도(1983년 기준) 대학에서 외국인을 받아 한국어를 가르치는 곳은 우리나라에서 연세대 어학원뿐이었다.

일본에서는 외무성에 입성하면 아무 부담 없이 자기가 일할 나라, 장소에 가서 3년이고 5년이고 그 나라 언어와 관습 그리고 문화에 익숙할 때까지 실제로 생활하게 했다. 그 기간에 일본은 외무성에서 모든 경비를 다 대어준다고 한다. 그러기에 일본 외무성 한국 담당관들은 하나같이 한국어를 유창하게 구사더라고 하였다. '일본 외무성 직원의 트레이닝'에 관한 예를 경험하고, 이것이 바로 일본의 저력이요 국력이라며 그이는 몹시 부러워했으며, 또한 두려워했다. 적을 가볍게 얕잡아보면 반드시 패한다는, 경적필패란(輕敵必敗) 교훈이 있는데, 참으로 놀라운 경험을 했다고 힘주어 말했다. 개중에는 한국의 이화여대 출신과 결혼한 직원들도 많았다고 했을 때 필자는 귀를 바짝 세웠다.

그이는 "세계에서 일본을 제일 우습게 보는 나라가 어느 나란지 알아요?" 하고 물었다. 방금 대답을 들었기에 멀뚱히 쳐다보며 웃었더니 한국이라고 했다. 지하철을 타면 일본인들 대부분은 독서를 하는데, 「인터넷 뉴스 조선」에 의하면 2005

년도 국제여론조사 기관에서 실시한 선진국 30개국 3만 명을 상대로 한 조사에서 한국인의 독서율은 '꼴찌'였다고 했다. 순간 우리 부부가 1996년에 뉴질랜드를 여행했을 때 가이드가 한 말이 문득 떠올랐다. 뉴질랜드의 원주민 마오리족은 요즘도 매일 마오리 말로 '영국의 식민지 정책에서 벗어나려면 다음 세대를 위해 하루에 두 시간씩 책을 읽어라'라고 방송을 한다고 했다.

근래『조선일보』(2017.1.18)에서 역사 인식에 관한 내용을 읽었는데 '어리석은 나라는 분노하기 위해 현명한 나라는 강해지기 위해 역사를 이용한다.'라는 내용이었다. 그러면서『징비록(懲毖錄)』과『간양록(看羊錄)』이 오히려 일본에서 베스트셀러가 되었다는 지적이었다. 이런 면에서 우리 국민은 자성해야 한다고 생각했다.

훈도시(Fundoshi) 찬 쪽바리 야만인들!

우리 국민이 '아무리 훈도시(일본의 전통적 남성용 속옷)만 차고 다니는 쪽바리 야만인들'이라고 비하했지만, 1850년대 국내적으로는 동요하지 않게 제재하면서, 일본은 1000명~3000명을 유럽을 중심으로 외국에 보내어 조건 없이 산업, 의

학, 총포기술 등 선진 문명을 배우고 오라고, 엄청난 후원금을 주면서 내보냈다.

'쪽바리'란 어원은 발이 하나만 달린 물건 또는 발굽이 둘로 된 짐승의 발을 가리켰다. 그런데 일본인들이 나막신을 신으면 발가락이 두 쪽으로 갈라진 데서 나온 말이다. 아무리 나막신을 신고 딸각거리며 다녀도 서구 문명을 받아들이는 열린 마음은 다른 나라가 따라가지 못할 만큼 과감하게 추진하였다고 한다.

일본인은 국가를 위해 자기를 희생하며 자기가 소속해 있던 조직을 배반하는 일이 거의 없다. 과거 우리나라 조상들이 대문을 걸어 잠그고 집안 당파싸움에 열중하고 척화비를 전국에 세우고 쇄국 정치를 하며 관념적인 학설과 이념싸움으로 서로 간에 살육(殺戮)을 저지를 때, 일본은 문호를 개방하고 서구의 과학문명을 열심히 도입했다. 엄청난 군단을 외국에 파견하여 앞선 기술을 배워오게 하였으며 실용주의 정책을 폈다. 우리가 일본을 미워할수록 우리는 옷깃을 여미고 우리가 배울 점은 배우는 자세가 필요하다고 깊이 생각하였다. 국가가 지도자를 잘못만나면 그 국민은 고스란히 그 대가를 치러야 한다고 그이는 또다시 강조했다. "그런 지도자가 정말 부럽지 않아요?" 필자는 지체하지 않고 그렇다고 고개를 끄덕였다.

자본주의의 장단점과 사회주의 비판

폴란드·헝가리를 여행했을 때(1980년대)

점심을 가볍게 먹기로 하고 필자는 치즈 샌드위치를 만들었다. 그이는 치즈와 포도주의 대표국가인 프랑스와 이탈리아에 관한 이야기를 하다가 1980년대 중반에 국제학술대회 차 Y대 교수님들과 공산국가인 소련과 폴란드 등에 여행했을 때를 회상하였다. 1980년대 중반에 느낀 점은 공산주의 국가는 망하게 돼 있었다고 했다.

폴란드의 수도 바르샤바에 갔던 경험담이다. 폴란드 바르샤바의 호텔은 국영으로 동시에 3천 명에서 4천 명을 수용할 수 있었는데 건물만 어마어마한 규모였지, 생활필수품은 태

부족이었다고 했다. 호텔 식당도 이삼천 명을 동시에 수용할 수 있는 크기였으며 모든 기관이 국영이라 규모만 클 뿐이라고 했다. 지하철역 역시 규모가 대단하며 예술성은 잘 모르겠으나 궁전처럼 꾸며 놓았더라고 기억을 되살렸다.

그이는 잘 아는 제자가 바르샤바에 둘이나 있었으나 전화통화가 불가능하여 연락도 할 수도 없었다고 했다. 공산주의 국가이지만 통제해서가 아니라 기계의 기능이 형편없어서 전화조차 할 수 없었단다. 그 큰 호텔에 화장지가 없어서 외국 여행객들의 필수 소지품이 화장지라고 했다. 최고 각광 받는 선물은 시계, 담배, 여자용 스타킹이었단다. 목욕탕은 크고 튼튼하게 지어졌으나 목욕탕을 막는 고무마개가 없어서 목욕을 할 수 없었다고 한다. 해서 그 나라에 여행하려면 목욕탕 고무마개를 구하여 가지고 갔다고 했다. 호텔에서 서비스해주는 여인들도 군복 같은 복장을 하고 있었다고 한다.

1980년대 중반에 우리나라에서 4~5백 명 규모의 학술회의를 개최하려면 여러 호텔에 분산해서 수용한다손 치더라도 이 규모를 수용할 수 있는 도시는 서울, 설악산, 부산, 제주도뿐이었다고 한다. 그런데 폴란드는 작은 규모가 2천 명 이상이었다고 한다. 그 나라를 여행하는 동안 음식 메뉴에는 여러 가지 소시지(Sausage)가 끼니마다 나왔는데 아주 맛있었다고 했다.

한국 사람들은 여행하면서 밥통과 쌀, 그리고 패키지 김치와 고추장 김 등을 가지고 다녔다고 했다. 워낙 식당이 크기 때문에 전기 코드가 있는 쪽으로 모여 앉아서 밥을 지어먹었다고 했다. 남편은 동료들에게 외국에 왔으면 좀 입맛에 맞지 않는다손 치더라도 그 나라의 음식을 먹어봐야지 허구한 날 먹는 우리 음식만 찾느냐고 하여도 통하지 않았다고 했다. 이야기를 들으며 필자는 우리나라가 얼마나 선진국 대열에 섰는지를 새삼 가늠해 볼 수 있었다.

80년대 부다페스트의 제일 유명한 대학의 도서관 운영

칼 마르크스주의가 이론적으로는 평등한 배분과 인권존중에 바탕을 두고 있는 기독교 사상과 비슷한 점이 많지만, 공산주의가 말하는 마르크스의 이론과 현실 사이에 좁힐 수 없는 큰 문제가 있다고 지적하였다. 1980년대 중반에 헝가리 부다페스트를 여행했을 때 부다페스트의 제일 유명한 대학의 도서관 운영을 예로 들었다. 아침 8시에 문을 열고, 오후 4시 30분에 도서관 문을 닫는다는 알림 벨과 함께 칼같이 문을 닫더라는 것이다. 국가 공무원이 국가 체제에 따라 기계적으로 운영하는 것이기 때문이라고 했다.

실은 헝가리, 제일 유명한 대학에서 학생들이 강의를 듣고 참고서적을 찾을 즈음에는 정작 도서관 문은 이미 닫힌 후라고 하였다. 남편은 그때 그 광경을 목격하고 크게 충격을 받았다고 하였다. 공산주의 체제하의 국가관리 제도란 일률적으로 원리원칙만 내세울 뿐, 형편과 처지에 따른 변통성이란 생각할 수도 없는 일이라고 말했다. 역시 국가관리 보다는 자유롭게 운영할 수 있는 개인 기관에 맡겨야 함을 절실히 느꼈다고 하였다.

자본주의의 장점은 경쟁이 있기에 항상 새롭다!

자본주의의 장점은 사유재산을 인정하에 부(富)의 축적을 위해 절약하고 근면하며 성실하게 상품을 생산하게 된다. 그러나 자본주의의 단점은 빈익빈 부익부의 차가 커지는 데 있다. 자본주의 경제는 불안전성이 그 단점의 한 가지이다. 반면에 불평등은 혁신과 변화에 동기를 부여함과 동시에 개인의 능력에 따르는 보상과 인정은 건전한 요소로 작용하기에 발전하게 된다고 했다.

필자는 사회주의에서는 경쟁이 없기에 의욕이 생길 수 없다고 맞장구를 쳤다. 꼭 같이 월급을 주는데 누가 땀 흘리며, 소매 걷고 나서서 열심히 일하겠느냐고 했을 때 그이는 바로 그 점이라고 강조했다. 해서 사회주의에서는 변하지 않는다. 모든 생산 수단을 공동소유화 하고 분배를 평등하게 하며 중앙집권적 계획경제가 특징이다. 소련식 경제개발이 그 모델이다.

그런데 대학생들은 '왜 사회주의 이론에 매력을 느끼는가?' 하고 물었다. 그이는 초기 그리스도교 사상이라던가 고대 그리스의 철학자 플라톤의 『국가(Republic)』의 이상주의, 그리고 영국의 사상가 토마스 모어(Sir Thomas More)가 말한 『유토피아』에서 나오는 사상과 일맥상통하는 데가 있기 때문이라고 했다. 그래서 학생들이 마르크스 사상을 읽고 심취하게 된다고 했다.

중국의 정치지도자들

주은래(周恩來), 등소평(鄧小平), 모택동(毛澤東)

필자는 중국 근현대 역사상 훌륭한 인물이 누구라고 생각하느냐고 물었다. 그이는 혁명가 모택동, 외교가 주은래, 그리고 정치가 등소평을 들었다. 그러면서 슬쩍, 옛날에 자기가 말해주었던 질문을 던졌다. "등소평이가 끝까지 양도하지 않고 유지했던 권력은?" 하였다. 필자는 큰 소리로 '국군통수권(군사 지휘권)'하고 대답했다. "어!. 기억하고 있네!" 하였다. "그럼요, 한 번 가르쳐주면 모름지기 기억하고 있어야지, 그래야 가르쳐준 보람을 느낄 게 아니요?" 하며 함께 웃었다. 필자는 늙어가면서 뻔지(뻔뻔하다의 사투리)가 늘어서 한 수 더 뜬다.

55년간 가르쳐 주었으니 당신의 수제자가 되었다고 할 때도 있다. 그이는 같잖아서 웃고 만다.

1990년대에 중국에선 도광양회(韜光養晦), 화평굴기(和平崛起)란 말을 많이 했다. 뜻은 칼날의 빛을 칼집에 감추고, 어둠 속에서 힘을 기른다는 뜻이다. 자신의 능력을 밖으로 드러내지 않고 인내하면서 기다린다는 뜻이다. 그런데 실제로 한 예를 들면 중국에선 지도자를 키우고 또 적재적소에 훌륭한 인물이 나온다고 하면서 전임자들이 훌륭한 인재를 발굴하여 키운다고 했다. 참으로 부럽다고 그이는 힘주어 말했다.

주은래는 중국공산당 국가의 총리였는데 인격이나 리더십을 보더라도 존경할만하다고 했다. 또한 생의 마지막 순간까지 소신과 의리를 지켰다고 했다. 그는 정치가이자 혁명가였으며 부유한 집안의 태생이었지만 그가 남긴 재산은 없었다. 그는 중국의 건국투쟁사에서 모택동을 보좌한 혁명 1세대 지도자로 활약한 핵심인물이었는데 죽기 전에 등소평(鄧小平)을 지지하고 자신이 못다 이룬 꿈을 실현시켜 줄 것을 당부하기도 했다.

필자는 "아아. 아름답다!" 하고 감탄사를 연발했다. 미국 같은 나라도 전직 대통령 한 분이 서거하자 현존하고 있는 역대 대통령들이 모두 한자리에 모여 화기애애하며 서로 악수하고 껴안고 다정하게 대화하는 장면을 TV에서 볼 때마다 만감이 교차했다. '어째서 우리나라만?' 권좌에서 내려오면 기다렸다는 듯이 적폐청산이라 하여 전직 대통령을 모두 감옥으로 보내야 하는지? 참으로 수치스럽게 느낀 적이 한두 번이 아니었다. 외국인들은 우리나라와 우리 국민성을 어떤 생각을 하며 저 장면을 볼까 생각할 때도 많았다.

등소평은 국가부주석과 중앙군사위원회 주석을 역임했다고 했다. 권력자가 자만심을 버리고 자기 절제를 한다는 것은 참으로 어려운 과제란 것을 우리는 역사를 통해 배웠다. 지난 15년 동안 중국에서 연평균 경제성장 10%를 기록했는데, 국정 운영에 공무원은 줄이고 이공계 출신의 정치지도자가 많아졌다고 했다. 필자는 "흑묘백묘론(黑猫·白猫論)으로 유명한 등소평을 키운 사람이 바로 주은래였군요?" 하며 좀 아는 척하고 남편을 쳐다보았다. 그이는 빙긋이 웃으며 '아쭈'하며 반겼다.

그이는 말을 받아 등소평은 중국경제개혁의 총설계자라고 했다. 인민공사를 해체하고, 개인 기업을 허용했으며 재집권(1979)하면서 미국과 국교를 수립하고 개혁 개방을 선언했다. 사회주의 시장경제를 수립한 실용주의 철학의 소유자라고 했다. 등소평은 실전에서 강한 인제를 국정운영의 요직에 등용시켰다. 지구촌의 세계경제의 흐름을 파악하고 과학기술에 대한 지식 없이는 정치지도자로서 나라를 이끌 수 없다는 것이다. "방안이 더우면 창문을 열어야 하고, 창문을 열면 시원한 바람과 함께 해충도 들어오는 법이다"라며 보수파들을 제압하고 개혁 개방을 밀어붙였다고 했다. 등소평의 말은 유명하여 지구촌에 널리 알려지기도 했었다.

필자는 중국 역사상 크게 변화시킨 사건이 무엇이냐고 물었더니, 그이는 ≪모택동의 대장정(Long March)≫을 들었다. 그이는 제1차 국공합작(국민당과 공산당의 연합전선)과 제2차 국공합작을 말할 때 필자는 ≪서안사건≫의 역사현장을 떠올렸다. 중국 서안 관광 때, 국민당 총재 장개석이 감금되었던 화청궁(당나라 현종과 양귀비가 살았던 궁)의 오간가(五間家)에 당시의 총 자국이 있는 문을 그대로 보존하고 있었다.

공산당 군이 2만5천 리를 치고 올라온 대장정(大長征)

국토면적 크기로 말하면 중국은 세계 3위이다. 수도 북경의 한복판에 자리한 천안문 광장, 자금성 성문 위에 국장으로 장식된 아래 걸린 모택동 주석의 대형사진, 그는 1949년에 중화

인민공화국을 세운 주인공이다. 모택동의 공산당 군세는 장개석이 지휘하는 국민당 군세와는 비교도 안 될 만큼 숫자나 힘으로 열세였다. 해서 모택동은 게릴라 전법(戰法)을 썼다. 그이는 국·공 합작에 대하여 알아듣기 쉽게 설명해 주었다.

공산당 군대가 2만 5천 리를 이동할 때 각 지방의 국민 정서를 자극하지 않았고, 오히려 화합하여 도움을 받았다고 강조했다. 특히 제2차 국공합작 때는 중·일 전쟁 기간이었는데 모택동은 소모적인 내전을 중지하고 일본침략에 통일전선을 만들어 일본에 선(先)저항 후 통일을 주장했고 장개석은 선 통일 후 저항을 주장했는데 이때 국민은 일본침략에 먼저 투항하자는 모택동의 공산당을 지지했다. 만주에서 일본군에 쫓겨온 동북군(東北軍) 사령관 장쉐량은 처음에 국민당에 합류했지만 장개석을 설득시킬 수 없어서 공산당과 합작하여 장개석을 감금했다. 이 사건이 '서안사변(西安事變: 1936.12.12.)'이다. 중·일 전쟁에 승리를 거둔 모택동 군에 쫓겨(1945.9) 장개석 정부는 결국 대만으로 갔다고 쉽게 설명해주었다.

대약진운동과 문화혁명

"하지만 모택동 주석이 주도한 농민을 공업화에 동원한 대약진운동(1958~1961)과 문화대혁명 때는 농민, 노동자, 민중, 학생을 동원한 폭력으로 정치, 사회, 문화, 사상, 문화개혁 운동(1966~1976)을 일으켰을 때, 사망자 수가 2000만을 넘었잖아요? 특히 문화대혁명은 지옥을 연상케 한다고 공산당 내부에서까지 국가적 재난이라고 했었는데…" 하며 연달아 질문했다.

그이는 "그래, 그랬었지. 그러나 중국은 1840년대부터 서구 열강들의 침입으로 여러 번 식민지화 되어갔고 오랜 내전으로 나라가 위기에 처했었지. 모택동 군대는 장개석 군대에 쫓겨 긴 피난민 생활을 하면서도 농민의 지지 기반으로 중국을 통일하였지. 아마 중국인들에게 역사상 가장 위대한 인물을 말하라면 아마도 모택동이라고 말할걸."이라고 했다. 필자는 고개를 끄덕이며 이해하겠다고 했다.

가장술(假裝術)과 통치법

근대정치학의 아버지 마키아벨리(Niccol Machiavelli)

지중해 몇 나라를 여행(2003.7)다닐 당시에 르네상스의 발상지인 이탈리아 피렌체를 관광했고 예술의 거장들과 위대한 문인들과 정치사상가 마키아벨리(1469~1527)에 관하여 읽고 대화하고 했다. 그 후로 필자가 정치사상가나 궤변가를 말할 때 '권모술수의 대가 마키아벨리'라고 하면 그이는 웃으며 수박 겉핥기식으로 어디 인용해 놓은 몇 문장을 읽고 편견을 가지게 된 잘못된 지식이라고 교정해 주었다. 정곡을 찌른 말이었다. 좀 부끄러웠지만 태연했다. 정치학을 공부한 사람치고 정치철학자 마키아벨리를 모르는 사람은 없다고 했다. 그의 저서 『군주론』에는 정치적인 문제를 현실로 구체화했기 때문에 근대정치학의 아버지라고 부르기도 한다고 했다. 그의 글에는 깊은 정치철학이 깔려있다고 역설했다.

"그런 대단한 책이 왜 당대에는 금서였나요?" 하고 되물었다. 그이는 껄껄 웃으며, 마키아벨리 시대에는 교황(敎皇)이 군주였다. 르네상스 시대에 도시국가, 밀라노, 피렌체, 피사, 남부의 나폴리 왕국, 중부엔 교황청 국가 등이 패권을 다투던 시기였는데 당시 군주들이 이런 내용을 읽었을 때 당혹스러워하지 않겠느냐고 필자에게 되물었다. 하기야 왕도(王道)에도 거짓말을 할 줄 아는 사람이 나라를 다스린다고 했던가.『군주론』 중에는 이런 내용도 담겨있다.

'군주는 짐승의 방법을 교묘히 사용할 필요가 있으며 야수 중에서도 여우와 사자의 본을 따야한다. 그것은 사자는 올가미를 눈치채지 못하고 여우는 늑대로부터 자리를 지키지 못하기 때문이다. 따라서 올가미를 알아차리기 위해서는 여우일 필요가 있고 늑대를 놀라게 하기 위해서는 사자일 필요가 있다.'라고 했다. 이런 내용도 담겨있다고 했다. '특히 식민지 지배에 있어서 인간이란 아주 부드럽게 대해주거나, 아니면 아주 강하게 짓눌려야 한다. 가벼운 상처를 입히면 복수하지만 아주 혹독한 상처를 입히면 복수할 엄두를 내지 못하기 때문이다.' 도덕론을 앞세우는 권력자에게 『군주론』은 혐오감을 불러일으켰으나 도시국가들 사이에서 국가보존을 위해 강한 리더십이 필요했다고 하였다. 필자는 설명을 듣고 나니 의문이 풀렸고 마키아벨리의 비유가 퍽 재미있다고 하였다.

대중영합주의 정책 포퓰리즘(Populism)

우리는 대중영합주의 정책 포퓰리즘에 대해서도 대화를 하였다. 그이는 지도자로서 인기 위주로 우선에 국민의 입에 달고, 귀를 즐겁게 하는 정책을 해서는 안 된다고 했다. 훌륭한 지도자는 국민을 설득시켜 땀과 눈물을 흘려야만 원하는 목표를 달성할 수 있음을 인식시켜야 한다고 했다. 순간 필자는 불현듯 생각나는 말이 있었다. 존 F. 케네디의 대통령 취임식 때 "국가가 너(국민)를 위해 무엇을 해 줄 것인가를 묻지 말고, 네가 국가를 위하여 무엇을 할 수 있는가를 물어라,"는 대목이었다.

그이는 우리가 함께 본 뮤지컬 영화 『에비타(Evita: Don't Cry for Me Argentina)』아르헨티나를 예로 들었다. 이 영화는 아르헨티나의 페론 대통령의 둘째 부인, 미모의 젊은 부인 에비타가 33세의 젊은 나이에 타계하게 되자 아르헨티나 국민들은 심히 애도했다. 그녀는 시골 빈민층의 사생아였지만 에비타는 국모로 추앙받았다. 그 부인이 직접 주연으로 영화에 등장했기에 더욱 인기가 높았다. 1945년에 민중혁명으로 대통령에 오른 페론의 인기는 대단했다. 그러나 페론 대통령 집권 30년 만에 부국이었던 아르헨티나가 경제파탄을 몰고 왔다. 저소득층의 임금을 올려주고 과다한 복지정책과 분배정책으로 막대한 재정적자를 불러왔으며 인플레이션이 높았다.

저 남미 대륙에 땅도 넓고, 지하자원도 풍부한 브라질의 경제는 어떠한가? TV에서 세계 3대 미항이란 리우데자네이루의 예수상과 삼바, 보사노바 쇼 같은 음악과 춤을 떠올린다. 2016년 하계올림픽(8.5~21)이 열릴 때 우리는 매일 브라질의 여러 곳을 보았다. 당시에 박인비 선수가 금메달을 목에 걸었을 때 우리는 열광했었다. 지구촌의 허파로 불리는 아마존 열대우림지역은 몇 나라에 걸쳐있지만, 세계여행기에서 자주 등장하는 곳이다. 브라질은 농업국가로서 농산물과 철광석 같은 원자재를 수출하여 나라 살림을 해나간다. 그러나 부패와 정치적 혼란이 경제위기를 불러왔다. 국가의 리더십과 정책결정이 얼마나 중요한지를 쉽게 가늠할 수 있다고 그이는 힘주어 말했다.

그이는 '고대 그리스의 영광을 되살리겠다.'라고 2004년

≪아테네 올림픽≫ 때 경기장 건설 등 엄청난 재정을 쏟아부었지만 경기 후 올림픽 시설물은 애물단지로 남았고 빚더미에 올라앉았다. 게다가 퍼주기 식 복지정책은 세계제일의 관광·해운의 대국 그리스를 국가 부도로 전락했다고 지적했다. 북유럽식 복지정책을 본보기로 우리나라도 흥청망청 쓰고 있지만 적기에 산업과 경제의 구조조정 없이 제조업을 위한 인프라 구축도 없는 살림살이가 가면 얼마나 더 가겠느냐? 라고 했다.

고르바초프와 베를린장벽(Berlin Wall)

동독과 서독의 귤밭 이야기

아침 식사 후 식탁에서 귤을 까며 필자는 '같은 귤인데도 어떤 것은 노랗고 당분이 많고, 어떤 것은 누러 팅팅하고 맛이 덤덤한데, 노랗고 단 귤은 햇볕에 익은 것이고 희뿌연 것은 응달에서 큰 것일까?' 하며 필자는 혼자 중얼거렸다. 그이는 나의 말을 받아 동독과 서독 간의 베를린 장벽이 무너지기 바로 직전에 Y 대학교 대학생 대표들 30여 명을 인솔하여 프랑크푸르트, 부다페스트, 하이델베르크, 서베를린, 영국을 거쳐 왔었는데 그때 본 서독과 동독의 귤 밭 이야기를 해주었다. (2006.11.1.수)

베를린 장벽을 사이로 서독의 귤 밭은 귤나무의 키가 작고 가지가 찢어지게 펼쳐져 샛노랗게 귤이 달렸는데 장벽을 넘어서자 같은 귤 밭인데도 동독의 귤나무는 몇 미터 높이로 키가 크고 영양부족의 귤이 듬성듬성 달렸더라고 했다. 너무나 대조적이라 정말 놀랐다고 했다. 이토록 민주주의와 공산주의의 사회가 극명하게 다르더라고 기억을 더듬었다.

자기의 소유물이 아닌 단체의 것에는 경작하는데도 애착과 의욕이 개인 소유만큼 강할 수 없음을 재인식하였다. 공익을 위한다는 명목은 있지만, 나의 재산이나 소유물이 아닐진대 정성과 땀이 자연적으로 우러날 리 없다. '내 것'과 '우리 것'의 차이이다. 해서 개인 소유가 아닌 단체의 소유로 경영해서는 경제발전에 큰 기대를 바라기는 어려울 것이란 생각이 들었다. 이 예는 바로 위에서 말한 자본주의와 사회주의의 장단점 비교와도 맥을 같이한다고 했다.

냉전 종식은 고르비와 레이건의 공동작품

아침 식탁에서 그이는 '베를린 장벽(1961~1989)'이 무너진 지(1989.11.9) 오늘로써 20년이 되었다며 조간신문을 뒤적였다. 그때 소련군이 주둔해 있었으나 고르바초프는 아무런 군사적 조치를 명령하지 않았다. 해서 아무 저항 없이 무너졌다고 하였다. 그 당시에 독일은 미국, 소련, 영국, 프랑스에 의해서 4분 되어있었는데 독일을 통일시키면 또 전쟁을 일으킨다며 영국의 대처수상은 '베를린 장벽'을 허무는데 강력하게 반대하였다. 美·蘇 정상회담(1985.11.19) 때 최연소(54세) 소련의 지도자와 노련한 레이건(74세)이 처음 만났고, 1987년 12월, 미·소 정상회담에서 냉전을 종식시켰다.

고르바초프는 경제개혁 정책(Perestroika)과 정치개방 정책(Glasnost)을 과감하게 펼쳤다. 사유재산과 종교 활동을 허용하고 국제간 경제협력을 추진함과 동시에 핵 감축(START)을 추진했으며, 아프가니스탄 전쟁에서 소련군 철수를 표명(1986.7)했다. 중거리 핵전력 50% 감축에 기본적인 합의가 이루어졌다. 1987년 12월, 중거리 핵전력 전폐 조약(INF)이 이루어졌다. 1989년을 정점으로 하여 중앙 유럽엔 혁명이 일어났는데 독일의 콜 총리(Helmut Kohl, 1989.11.9) 때 베를린 장벽이 무너졌고, 20여 일 후에 독일은 통일되었으며 러시아 연방 내 소수민족은 연이어 독립했다. 냉전의 종식은 베를린 장벽이 무너짐과 동시에 왔다는 일련의 세계사를 알아듣기 쉽게 정리해주었다.

필자는 그이의 설명을 귀담아들은 후, 훌렁 벗겨진 대머리에 붉은 세계지도 반점을 가진 고르바초프가 멋있어 보였고,

영화배우 출신의 레이건 대통령도 시원한 인상에 명연설 역시 감동적이었다며 대화 내용과는 빗나간 엉뚱한 말로 받았다. 늘 이런 식으로 핵심에서 벗어난 말을 하다가 말 벼락을 맞아도 결혼한 지 반세기가 훨씬 넘어도 필자의 대화 기술에는 발전이 없다. 하기야 또 '땅 쳤다'라는 별명도 이런 경우를 가리켜 자식들이 붙여준 것이리라.

중국의 정치체제와 소련의 정치체제의 차이점?

중국은 정치체제를 그대로 유지하면서 경제만 시장경제로 개방하였다. 반면 소련은 미처 준비된 상태도 아닌데 정치체제와 경제를 한꺼번에 열어버렸다고 그이는 지적하였다. 그것이 고르바초프의 정치적 생명력을 단축하는 결과를 초래하였다고 했다. 그리하여 소련은 해체되었고, 옐친이 정권을 이어받았는데, 옐친은 더 급진적이었다고 했다.

고르바초프의 개혁·개방의 원 목적이 무엇이냐? 고 물었을 때, 상당히 수준 있는 질문을 한다며 놀렸다. 그리고 "무식하고 못생긴 마누라한테 무료 강의하려니 재미없다"라고 하였다. 내가 또 상투적인 말을 하려 하자 "아, 알았다, 알았어!" 하며 말을 이었다.

소련은 1980년대 들어서 자본주의에 밀려 크게 뒤떨어져 있었다. 고르바초프는 1985년에 소련의 서기장에 취임하여 개혁·개방을 추진하였는데, 목적은 "사회주의 연방공화국"을 만들려고 하였다. 공산주의를 유지하면서 공산주의의 단점과 모순을 제거하려 하였으나, 개혁·개방의 빠른 물결에 적응하지 못했다. 결국, 사회주의의 종주국인 구소련의 실체는 1991년 12월 말에 15개의 민족주의 공화국으로 분리되었다.

월급은 주지사 로널드 레이건의 이름으로

그이는 레이건 대통령에 대한 재미있는 이야기를 들려주었다. "내가 학위 받고 첫해에 미국 캘리포니아 주립대학에서 국제정치학을 가르쳤을 때 캘리포니아 주립대학의 월급은 주지사 로널드 레이건의 이름으로 지급되었다. 캘리포니아 33대 주지사(1967~1975)가 전직 이류 배우였다고 하며, 별로 자랑스럽게 여기지 않았다고 했다. 그러나 정치적 연륜을 쌓아 레이건 주지사는 미국의 40대 대통령에 당선되었고, 미남에 세련된 언행과 온유하면서도 탁월한 리더십으로 가장 존경받는 미국 대통령 중의 한사람으로서 재선까지 되었다. 레이건 대통령의 1987년 6월 12일, 서독 브란덴부르크문 앞에서 한 설문은 세계의 여론을 집중시켰고, 젊은이들에게 널리 회자 되었다. 이 노파도 덩달아 연설문을 외웠다.

> 고르바초프 서기장, 평화를 원한다면 소련과 동유럽을 위한 번영을 원한다면 개방을 원한다면 이 문으로 오십시오! 고르바초프 씨, 이 문을 여십시오! 고르바초프 씨, 이 벽을 무너뜨리십시오.
>
> General secretary Gorbachev, if you seek peace, If you seek prosperity for the Soviet Union and Eastern Europe, If you seek liberalization: Come here to this gate! Mr. Gorbachev, open this gate! Mr. Gorbachev, tear down this wall!

레이건 대통령은 또 1950년대에 후르시초프 서기장은 '우리가 당신들을 매장시킬 것입니다'라고 예언했지만, 40년이 지난 오늘날 서방의 자유세계는 인류역사상 유래 없는 번영을 해왔다고 지적했다. 동시에 공산주의 세계는 여러 면으로 퇴보했으며, 심지어 극심한 식량난을 겪고 있지않느냐며, 자유야말로 승자라고 외쳤다. 그리고 '우리는 소련의 변화와 개방을 환영한다,'고 설득력 있게 역설했다. 냉전의 종식은 고르비와 레이건의 공동작품이었고, 고르비는 노벨평화상을 수상했다.

믿을만한 우방국

저녁 식탁에서 필자는 '이명박 대통령이 미국 부시 대통령과 다정한 포즈를 취하는(2008.4.15) 것이 왠지 마음이 든든해지더라,'고 하였다. 우리나라 좌경세력들이 뭐라고 하든지 간에 제가 생각하기로는 미국은 우리의 가장 믿을 만한 우방국이라고 하자 그이는 필자의 말에 긍정하였다. 국가 간 신뢰는 오랜 시간을 통해 협정에서 정해진 의무를 존중하고, 지키는 선린관계에서 생긴다. 미국은 독일이나, 일본, 스페인, 네덜란드 등의 다른 침략 국가와는 다르다고 하였다. 침략과 착취는 어쩌면 동전(銅錢)의 양면인지도 모르겠지만, 미국은 워낙 나라 자체가 크고 신흥국가라 다른 나라의 영토를 탐낸다든지 수탈해가며, 강압하려 하지는 않았다고 했다.

우리 역사와 연계하여 돌아보는 미국의 대통령

세계사적 맥락에서 돌아보면 미국의 우드로 윌슨(Woodrow Wilson) 대통령이 파리강화 회의(1919. 1. 18) 때 '각 민족은 자신의 정치적 운명을 스스로 결정할 권리가 있다.'란 민족자결주의 원칙을 천명했을 때 우리나라에선 1919년 3·1운동이 일어났다.

프랭클린 D. 루스벨트(Franklin D. Roosevelt, 재임 기간 1933~1945) 대통령의 4대 자유 선언(1941.1.6 언론의 자유·신앙의 자유·공포에서의 자유· 결핍에서의 자유)은 세계의 인권선언(1948.12.10, UN 총회 체결) 채택에도 반영되었다. 루스벨트 대통령의 카이로 선언(1943.11.27 미국–영국–중국 연합국 대표)에서 '한국을 자유 독립 국가로 승인할 것과 일본은 폭력과 탐욕으로 약탈한 일체의 지역으로부터 구축될 것'임을 결의했다. 미국의 참전으로 제2차 세계대전 때 일본제국을 상대로 승리를 이끌었고, 우리나라는 독립되었다. 프랭클린 D. 루스벨트 대통령의 공로는 국제연합결성(UN)으로 이어졌고, UN군은 창설 후, 세계 최초로 한국전쟁에 참여하였다. 우리나라가 풍전등화와 같았을 때, 우리나라를 공산주의 세력으로부터 구해준 배경에는 이러한 연관 관계가 있었다.

제2차 세계대전이 끝났을 때 미국과 소련은 북위 38도 선을 경계로 한반도를 임시 분할했다가 곧 통일시키기로 합의했다. 그러나 6·25 때 북한은 선전포고도 없이 남침했다. 미국의 트루먼 대통령은 UN 창설의 지도적인 역할과 가맹국들의 영속적 자유와 독립을 하도록 원조했다고 했다. 북한의 남침에 강경하게 대응하였고, 2차 세계대전 때 태평양지역 UN 연합군을 지휘했던 맥아더 장군을 임명했다. 미군과 UN군이 한국을 수호하지 않았더라면, 한반도는 적화통일이 되었을 것이다. 우리나라는 미국의 핵우산 아래 자유와 번영을 누릴 수 있었고, 무상원조로 경제적 도움은 받았으나, 주권을 훼손당한 적은 없었다. 우리는 민주주의를 배웠고, 시장경제를 정착시켰다고 했다.

6·25 때 UN군과 국군이 인민군을 압록강 국경까지 몰아냈을 때, 중공군이 한국전에 참전하였다. UN군과 국군은 다시 38선 이남으로 후퇴했고, 전쟁은 교착상태에 빠졌을 때 맥아더 장군과 트루먼 대통령 사이에 불협화음이 생겼다. 맥아더 장군은 UN군이 핵무기라도 사용하여 중국의 공격을 막아야 한다고 주장했고, 트루먼 대통령은 제3차 세계대전이라도 날까 두려워했다. 그리하여 38선을 회복하여 정전협정을 하길 원했다. 이때 맥아더 장군이 자신의 명령에 불복종한다고 생

각한 트루먼 대통령은 맥아더 장군을 UN군 총사령관 자리에서 해임(1951.4.11)시켰다.

　인천 자유공원의 맥아더장군 동상은 인천시민들이 자발적으로 세운 것이었다. 평화와 자유를 지켜준 상징적 기념물을 극렬 반미운동권 세력에 의한 철거는 배은망덕한 행태였다. 냉전시대의 산물이니, 제국주의 상징물이니 하지만, 한국전쟁 때 중공군의 참전으로 국운이 풍전등화와 같을 때 미국은 우리의 평화와 자유를 지켜 준 혈맹 국이었음을 알아듣기 쉽게 상기시켜주었다.

한·미동맹과 핵우산(核雨傘:Nuclear Umbrella)

　이승만 대통령은 한·미동맹 상호방위조약체결만이 공산세력과 일본의 재침략을 막는 유일한 방패라고 보았다. 그리하여 이승만 대통령은 아이젠하워 대통령께 친서를 보내 한미동맹을 맺으면 휴전에 동의하겠다고 했다. 당시 미국에선 한국은 가치 없는 나라로 여겼으며, 한국과의 동맹은 불필요하다는 견해가 다수였다고 했다. 이승만은 '한-미 동맹 없이 휴전되는 것은 한국에 대한 사형 집행'이라고 했다. 이승만은 미국 특사에게 한·일합방과 한반도분단에 대한 빚을 갚으라고 요구했다. 1953년 7월 27일, 휴전협정이 체결됐고, 8월 8일에는 서울에서 한-미 외교장관이 동맹조약에 서명했다. '한강의 기적'은 한미동맹 없이는 불가능했다. 우리나라 지도자는 「한-미 동맹 사」를 읽고 또 읽어야 할 것이다. 우리 국민이 꼭 알아야 할 역사이기에 필자는 부분적으로 여기 다시 게재했다.

제2차 세계대전과 6·25 전쟁 이후, 휴전협정을 맺을 때 이승만 대통령은 미국의 아이젠하워 대통령과의 벼랑 끝 외교로 공산세력이 한반도를 다시 침략하지 못하게 ≪한미상호방위 조약≫을 1953년 10월 1일에 체결했다. 그리고 주한미군 2개 사단 배치를 약속받았으며, 국군 20사단을 유지할 수 있는 군사원조를 얻어냈다. 이때 미국은 공산세력이 한반도에서 다시 전쟁을 일으킬 때 핵무기를 사용하여 대량보복을 가하겠다는 핵우산을 보장받았다. 이는 동북아 지역의 안정에 크게 기여했으며 우리나라는 경제개발정책에 전념할 수 있었다.

미국의 노벨 문학 작가 윌리엄 포크너(William Faulkner)가 일본 청년에게 한 연설에서 "자유 안에서만 인간의 희망은 존재할 수 있다."라고 했다. 그는 자유는 인간에게 무상으로 주어지는 것이 아니라, 그것을 받을 만한 공로와 자격이 있어야 한다고 했다. 세계대전을 2번이나 겪은 전 영국의 윈스턴 처칠 총리는 인류의 역사는 전쟁이다. 짧고 위태한 막간을 빼고는 세계에 평화가 있어 본 적이 없다고 했다. 잠깐 살다가는 인생, 평화로운 시대에 살다가 생을 떠난다는 축복은 누군가 가 희생적으로 평화를 위하여 노력했다는 말이다. 오늘 새벽 에 필자는 다시 우리의 역사를 돌아보게 되었고, 이승만 초대 대통령에게 고마운 마음이 솟구쳤다. (2017.7)

미국의 한국제품 사 주기(Buy Korea) 정책

1953년에 한국전쟁 휴전 후 130억 달러의 미국의 경제 원 조를 받아서 전후복구와 재건을 할 수 있었다. 한국전쟁과 보 릿고개로 허덕일 때 우리나라 국산품의 50% 이상을 미국에 수출하였으며, 미국은 우리에게 소비재 원조를 무상으로 해 주었다. 1960년대 초부터 미국의 대형 마트(Mart)나 백화점엘 가면 값싼 물품은 대부분 'Made in Korea' 브랜드였다. 우리나 라가 어려웠을 때 미국은 우리의 우방국으로써 크게 도와준 나라이다.

한국의 월남 파병은 우리나라 기업을 세계로 진출할 수 있 게 했고, 한강의 기적을 이룰 수 있게 했다. OECD 경제 대열 에 서게 한 것도 월남 파병으로 희생된 국군장병들의 공헌이 큰 것이다. 베트남 전쟁(1960~1973) 중에 1966년 파월장병의 국내 송금액은 1억 7830만 달러, 월남 파병으로 1968년 우리나라 총수출의 36%에 달했다. 즉 베트남에 수출, 군납, 용역 및 건설로 국내에 송금한 액수는 6억 9420만 달러였다. 기록에 의하면 한국이 월남특수(越南特需)로부터 얻은 경제적 이익은 50억 달러로 추정된다고 한다.

미국이 베트남에서 쓰다 남은 군 장비며 파손된 군함과 배 등을 통째로 우리나라에 실어오게 허락해 주었다. 그 규모는 엄청났으며 우리 경제에 많은 도움을 주었다. '월남특수'를 얻어 재벌로 성장한 기업이 많이 있었으며, 이 기업들은 한국산업 발전에 기여한 바가 크다. 1964년 대미 수출액은 3600만 달러, 1973년에는 10억 2120만 달러였다. 북한에 뒤졌던 남한의 1인당 GNP는 1975년에 북한의 1.4배로 남한이 앞서게 되었다.

차관으로 박대통령은 경부고속도로, 댐, 발전소, 제철공장을 세웠다. 1960년대 중반부터 <아시아의 네 마리 용(龍) 혹은 호랑이: (Four Asian Dragons or Asian Tigers)>이란 말이 생겼다. 이는 제2차 세계대전 이후 일본의 급속한 경제성장에 뒤이어 대한민국, 대만, 싱가포르를 신흥 경제 지역이라 일컫는 데서 생긴 말이다.

언론을 이긴 대통령은 없다!

주요 언론매체를 가짜뉴스라고 매도?

그이는 아침 식탁에서 조간신문(2006.12.29) 사설을 읽다가 껄껄 웃으면서 동서양을 막론하고 '언론을 이긴 대통령은 없다.'라고 하였다. 근래 대통령이 검찰·경제계·언론을 특권집단이라며 강하게 비난했다. 또 얼마 전 국무회의에서 '이제까지 참아왔는데 앞으로는 할 말 하고, 하나하나 대응하겠다,'고 한 데 대한 매스컴의 날카로운 비판의 내용이 있었다.

언론에 당한 후, 얼마나 분하면 이런 말이 나왔을까? 일단 잘 못 알려졌다면 그 파급 효과가 너무나 크기 때문에 힘이 약한 개인이나 기업은 재기할 수 없을 정도로 큰 타격을 받을 수도 있다. 그리고 만약에 언론이 사실을 왜곡하거나 조작할 때면 통제할 길이 없다. 같은 길을 걷는 언론기관에서는 침묵의 카르텔(Cartel)을 형성하기 때문에, 악영향은 야화처럼 번지고 오래간다. 오보를 지적하면 언론의 탄압으로 매도해 버리기 쉽다. 이토록 언론의 힘은 막강한 것이어서 오늘날 입법부, 사법부, 행정부에 이어 제4부 권력이라고도 한다. 그러기에 권력자도 언론의 눈치를 살피는 경향이 강하다고 한다.

또 한편 이렇게도 생각해 볼 수 있다. 언론을 무서워할 줄 아는 지도자는 서민의 소리에 귀를 기울이는 지도자요, 국민의 의사를 존중할 줄 안다는 말일 것이다. 여론을 읽을 수 있는 지도자면 분명히 독단과 독선은 피하리라. 대부분 경우에 언론과 권력은 공생의 관계에 있다고 그이는 말했다.

옛 원고를 정리하다 보니, 요즘 주요 언론매체를 싸잡아 가짜뉴스라고 매도하는 미국의 트럼프 대통령이 떠오른다. "나는 언론과 전쟁을 벌여왔다,"라고 했고, '이때까지 이렇게 정직하지 못한 언론은 본 적이 없다.'하며 트럼프 대통령은 '가짜뉴스'라고 일갈했다. 친 트럼프 성향(보수성향의 친 공화당)의 폭스뉴스(FOX News Channel)를 제외한 주요 언론기관인 CNN, NYT, WP, NBC, ABC 등을 포함하여. 이에 언론은 '트럼프 대통령의 언론 비난이 통제불능 상태,'라고 했고, 대통령의 비난이 미디어를 해치고 있으며, 고교 시절에 언론자유와 언론기관 역할 등에 대하여 제대로 공부하지 못한 것 같다고 혹평했다. '언론을 이긴 대통령은 없다.'라는 말이 있기에 더욱 트럼프 대통령의 거친 언행이 세계인의 관심을 끌고 있다. 특히 우리나라의 안보와 경제에 막강한 영향을 끼치는 미국의 트럼프 대통령의 돌발적이고도, 강력한 언행이 TV나 신문에 너무 자주 등장하고 있다.

국가 사이에 전쟁을 일으키는 것이나 우호를 다짐할 수 있는 것도 다 지도자의 말에 달렸다. 트럼프 대통령은 말하는 분위기도 어수선하고, 자신만만하여 자화자찬이 많으며, 무엇보다도 주요 언론기관들과 반목하는 기사가 이색적이다. "우리 정부는 잘 조율된 기계처럼, 돌아가고 있으며, 놀라운 성과를 만들어 냈다. 어떤 대통령도 우리가 한 것처럼, 짧은 시간 내에 많은 성과를 내지 못했다."고 했다. 트럼프 대통령은 외교 관계와 동맹국 간에도 거래하는 식으로 청구액을 스스럼없이 요청해 놓고 상대국의 대응을 주시하는 것 같다. 기업가의 기질일까? 트럼프 대통령이 주관하는 정책의 밑바닥에는 집요하게 상거래처럼 돈 문제가 깔려있다고 우리나라 언론에서는 가끔 언급할 때도 있다. 남의 나라 대통령에 관하여 왈가왈부할 성질의 내용이 아닌 줄 안다. 하지만 우리나라의 정치,

경제, 외교에 막강한 영향력을 미치는 상황이라, 자연히 관심이 간다.

> 근래 한·일간에 일제 강점기의 강제 징용문제와 군사 정보협정(GSOMIA)문제를 두고 외교 관계가 최악으로 치닫고 있다. 일본 아사히 신문에 "처음부터 비난 의도가 담긴 글은 건설적 논평으로 이어지지 않는다. 출판물 판매 및 시청률을 목적으로 비난하는 기사를 보도하는 언론은 공기(公器)로서 자질이 의심된다,"고 일본 아사히 신문이 자성하는 뜻에서 한 말이 보도되었다. 외교에 대하여 여러 각도에서 문제를 제기하는 것이 언론의 역할인데, 서로 공격만 하고, 선린관계를 지향하는 원칙을 말하지 않는다고 지적했다.
>
> —『조선일보』2019.9.16.

신문의 중요성을 강조한 명언으로 미국의 토머스 제퍼슨 대통령 이 한 말은 자주 인용된다. 신문을 어떻게 생각하느냐의 질문에, "내가 밥을 먹는 것과 신문을 읽는 것 중 한 가지를 끊어라, 하면 나는 밥을 끊겠다,"고 했다. 제퍼슨은 "언론이 자유롭고, 국민이 모두 글을 읽을 줄 아는 나라에서라면 만사가 안전할 것이다,"라고 했다. 미국의 국회의사당 제퍼슨의 기념비에는 "나는 하나님의 제단 앞에서 국민들의 마음을 지배하는 모든 형태의 전제정치에 대항해 영원히 투쟁할 것을 맹세하노라,"라고 새겨져 있다.

그 외에도 제퍼슨 대통령에 관한 명언은 여러 곳에서 발견할 수 있는데, 다음 문구는 제퍼슨이 자신의 묘비에 선택한 비문이다. 여기에 토머스 제퍼슨이 안장되어 있다. 미국독립선언서의 기초자이며, 버지니아 종교자유 법안의 기초자이고, 또 버지니아 대학의 건립자이다, 라고. 미국의 대통령이었다는 말은 없다고 한다. 많은 생각을 안겨주기에 주제와 빗나갔지만 적어보았다.

기여입학 제도와 기부문화

대학입시 3불 정책(三不政策)

그이와 필자는 '대학입시 3불 정책(三不政策)'과 '기여입학 제도'에 대하여 대화를 하였다. 그이는 미국에서 학위하고 10년간 대학에서 가르치다가 모교로 돌아와 26년간 보직교수를 두루 역임했다. '대학입시 3불 원칙'이란 본고사, 기여 입학제, 그리고 고교 등급제의 금지를 말한다. 대학입시는 그 대학의 특성에 맞게 자율화·다양화가 주어져야 하는데, 국제경쟁 시대에 천편일률적으로 국가정책으로 대학입시 제도를 규제하다니 어불성설이다. 로봇도 아닌 인재 선발을 국가가 지정해 준 기준에 의하여 선발하다니 전근대적인 정책이라고 지적했다. 이를테면, 시골 출신 고등학생의 성적이 서울 명문 고등학교 학생성적과 같다면 시골학생이 더 가산점을 받는 것이 합당하며, 경쟁이 심한 고등학교의 B등급 학생은 변두리 고교의 A등급 학생에 비하여 실력이 뒤지지 않을 것이다. 아울러 리더십이 있어 보이고, 학과성적 외에도 특기나 과외활동이나 꾸준한 봉사활동 등은 고려해야 한다고 했다. 인재를 다각적으로 고려하려면, 소수점 이하 숫자까지 성적순으로만 선발한다는 것은 시대에 뒤진 발상이라고 했다.

기여 입학제

'기여 입학제'란 특정 학교에 무상으로 물질을 기부하여 재정에 큰 공로가 있는 경우, 대학의 설립 또는 발전에 비물질적으로 크게 기여하는 경우, 공로가 있는 직계자손에게 대학 입학에 특례를 인정하는 제도이다. '기여입학은 정원 외'이기 때문에 그 숫자만큼 누군가 밀려나는 것이 아니다. 기여입학 때문에 모집정원이 줄어들지 않는다. 교육의 평등권이랄까 기회를 박탈하는 것이 아니다. 이점을 명확히 이해해야 대화가 가능해진다고 설명했다.

필자는 왜 한국에는 기여 입학제도가 없느냐? 고 물었다. 그이는 미상불 '기여 입학제'에 관하여 주위 사람들을 자주 설득시킨다고 했다. 우리 사회에는 교육열이 너무 강하여 '기여입학'이라면 그 제도가 주는 혜택을 심도 있게 따져보고 다각적으로 장단점을 고려해 보기도 전에 반대한다. 국민 정서상 재고의 가치도 없다고 결단을 내리기 때문이라고 했다. 고교졸업생의 83%가량이 대학에 진학하는 현실이라, 그 열기는 뜨겁다. 해서 기여 입학제 대상이 아무리 입학 정원 외 소수라고 하여도 이미 반기(反旗)는 하늘에 치솟아 있다고 했다. 어느 정치인의 말처럼, 돈 있는 집 자식은 대학 가고, 돈 없는 집 자식은 못 간다는 선입견과 피해의식 때문에 이성적으로 사고할 수도 없게 된다고 안타까워했다.

사립대학의 재원과 장학금, 그리고 경쟁력 확보

원하는 대학에 입학은 되었으나 당장 입학금과 등록금을 마련할 수 없는 학생들에게 등록금 감면과 장학금을 주려면 대학 측에 재원이 필요하다. 그리고 도서관을 짓는다거나, 실험실의 기계기구 마련과, 연구동을 증축하려면 재원이 필요하다. 좋은 교육환경을 조성하기 위하여 막강한 재정적 지원이 필요하다. 세계는 경쟁의 각축장이다. 사회는 한 분야에 철저한 전문성을 요구한다. 최첨단 기계기구가 있어야 실험결과도 정확하다. 경쟁에 이기기 위하여 교육환경의 이런 제반 문제를 해결하고, 경쟁력을 확보하기 위하여 사립대학은 학생들의 등록금을 인상하는 것밖에 다른 방도가 없다.

한국에는 법적으로 기부문화가 장려될 수 없으며, 환영받지도 못한다. 장학금을 위하여 주식을 기부하면 세금폭탄을 맞으며, 죄인이 되는 이상한 법이 있다. 주식 219억 어치를 기부하면 세금으로 225억을 얻어맞는 황필상 전 수원교차로 대표 사례이다. 훈장은 못 줄망정 죄인 취급을 해서야 말이 되는가? 한때 매스컴에서 뜨겁게 이슈화했다. 5%이상 주식 기부 때 증여세를 매기는 낡은 상속 증여세법을 적용하기 때문이다. 잘못된 규제와 법을 고치려고 총대를 메면 거기에 따르는 책임을 떠안아야 하기에 자연히 몸을 사리게 된다. 또 한 가지 기형 현상은 자기의 공직 동안에 실적을 올리는 데 집착하기 때문에 앞을 내다보는 큰 정책을 세우지 못한다고 하였다. 4차 산업혁명 시대에 훌륭한 인재양성을 위하여 대학은 과거 어느 때보다도 투자해야 한다. 사학재단이 자금을 마련할 수 있게 우리나라도 기부제도 방안을 적극적으로 추진해야 한다고 했다.

<H·I·T> 이름도 멋있지 않니?

호암 이병철 선생 탄생 100주년에 그이는 지난 이야기를 들려주었다. 한 30여 년 전 그이는 삼성재단 사람들과 허심탄회하게 만나는 장소에서 '용인지역에 몇 천만 평 부지를 가졌는데, 그중에서 100만 평만 떼어 호암 교육·연구기관 ≪HIT: Hoam Institute of Technology)≫를 세우고, 한 달에 500억 정도를 투자하면 금방 미국의 MIT 같은 대학이 될 텐데…, 세계 최고의 과학자들을 초청해 연구를 하게 하면 국사에 빛나는 연구기관이 될 것이다. 만일 그 기관에서 우리나라 최초의 노벨과학 수상자라도 나오면 얼마나 보람 있고, 국가를 위해서도 공헌하는 길이 되겠느냐며 수차례 말하였다고 했다.

그이는 아이디어가 있는 사람은 돈이 없고, 돈이 있는 사람은 아이디어가 없다. ≪H·I·T≫ 이름까지 지어 주고, 방법까지 말해주어도 소용없더라고 하였다. 참모들이 윗사람에게 간관 노릇을 하는 사람이 있어야 하는데, 역린(逆鱗)에 걸릴까 몸을 도사리기 때문이라고 하였다. 그이는 ≪H·I·T≫ 이름도 멋있지 않니? 하면서 필자를 쳐다보기에 정말 멋있는 이름이라고 고개를 끄덕였다.

아침 식탁에서 그이는 어젯밤 늦게 TV에서 본 '얼굴 없는 기부 천사'의 실제 삶을 다큐멘터리식으로 추적하여 보여주었다며 이야기를 해 줄 때가 있다. 필자는 일찍 자고 일찍 일어나는 새벽형이다. 그이는 얼마나 결심을 다졌으면 일생을 바쳐 이룩한 재산을 사회에 조건 없이 환원할 수 있단 말인가? 참으로 그 큰 대인의 마음을 소인으로서는 이해할 수 없다고 하였다. 세상이 각박해졌다고 하지만, 우리 주위에는 참으로 아름답고도 따뜻한 마음의 소유자가 있다고 하였다. 기부자는 아직도 검소하게 생활하면서 구멍가게에서 번 돈을 몽땅 사회의 그늘진 곳으로 보내는, 그것도 '익명'이라는 조건 아래 보내는 사람들, 이러한 분들은 현대판 천사들이라고 감탄하곤 한다.

부러운 미국의 기부문화 풍토

미국의 기부문화 풍토에 대하여 부러움을 말한 내용은 이미 앞 장에서, 캘리포니아주에 있는 스탠퍼드 대학의 설립배경에서도 말한 바 있다. 카네기 재단, 존 D. 록펠러재단 등은 기부문화의 대명사처럼 일컬어진다. 미국의 유명 사립대학은 거의 전부 이런 재단에 의해 설립되었다. 미국이나 영국, 세계 선진국들에는 기여 입학제도가 있다. 미국의 명문 사립대의 특례자가 10~15％나 된다. 그렇다고 하여 우리도 꼭 따라 해야 한다는 말은 아니지만, 기여 입학제도가 어려운 학생들에게 경제적 도움을 줄 수 있다면 입학제를 굳이 반대할 이유가 없지 않을까. 대학 측에서도 학생의 어려운 가정형편에 관계없이 우수한 인재를 선발할 수 있을 것이다.

미국에서는 기여입학 특례를 받을 때도 학생은 일정 수준의 고교성적과 수능성적을 갖추어야 한다. 특례 대상자는 10% 가산점을 인정받는 데, 학교와 사회발전에 크게 이바지한 가문의 후손이라든가, 학교에 많은 돈을 기부한 동문 자녀들에게 입학을 우대해준다.

미국에서 입학우대 제도를 제일 먼저 시행한 대학은 예일대학으로 1920년부터 실시하였다. 무이자로 돈을 빌려주고, 졸업 후 직장을 잡아 얼마씩 갚아준다. 대학과정을 밟는 중에 부모의 사업이 갑자기 도산하여 학업을 중단해야 할 경우, 학교에 재원이 있으면 학생에게 무이자로 돈을 빌려주고, 졸업 후 직장을 잡아 경제적 능력이 생길 때 얼마씩 갚아가는 제도도 외국에는 있다. 우리 집 딸애도 미국에서 박사과정을 밟을 때 무이자 학자금을 빌렸다. 졸업 후 수년 동안 대학에서 가르치면서 얼마씩 갚아갔다. 이러한 경우처럼, 많은 어려운 학생들에게 도움을 줄 수 있다면 기여 입학제를 긍정적으로 고려해 볼 필요가 있다.

다시 말하지만, 기여입학은 정원이외입학이다. 그이는 미국의 기부문화 풍토가 부럽다며 같은 내용을 반복하였다.

철강왕 앤드류 카네기(Andrew Carnegie)는 영국 스코틀랜드 출생으로 가난에서 탈출하기 위하여 14세 때(1848) 가족이 미국 펜실베이니아 피츠버그로 이주했다. 1853년에 철도회사에 취직하였고, 근무하는 동안 침대차회사에 투자하여 크게 성공했다. 얼마 후, 자신이 소유한 농장에서 엄청난 석유(油井)가 터져 나와 벼락부자가 되었다. 이 재산을 철강에 투자하여「카네기 제철」을 세워 막대한 부를 축적했다.

카네기는 철도회사를 1972년에 시작하여 1892년에 철강회사(Carnegie Steel)를 설립했으며 미국 철강(US Steel~1901) 회사를 탄생시켜 미국 철강시장의 65%를 지배했다. 재산을 모으는 과정에서 독점과 노동자들의 임금착취 탄압이 있었다고 한다.

카네기는 1902년에 '워싱턴 카네기협회'를 만들어 공공도서관 건립을 지원하였는데, 미국 전역에「카네기 도서관」2500여 개를 각 도시에 설립했으며, 카네기 홀(뉴욕 맨해튼 소재 음악전용 극장), 카네기 공과 대학(피츠버그, Carnegie Institute of Technology, 1912), 카네기 교육진흥재단(1905) 등을 건립하여 교육 문화부분에 3억 달러 이상을 기증했다고 한다. (출

처: 위키 백과) 그는 '통장에 많은 돈을 남기고 죽는 사람처럼 치욕적인 인생은 없다,'는 말을 남겼다고 하니, 그가 일생 모은 재산을 거의 전부 사회에 환원하였음을 짐작할 수 있다.

석유왕 존 D. 록펠러 1세는 시카고 대학에 공수표를 던지며, 얼마든지 필요한 경비를 대겠으니 3가지 조건을 들어달라고 요구하였다. 시카고 대학 한가운데 채플(Chapel: 기독교의 경당)을 세워 달라. 가장 빠른 시일내에 가장 좋은 대학을 세워 달라. 록펠러 가족 친척, 관계인은 절대로 아무도 관여하지 않겠다고 했다 한다. 지면 관계로 한가지 예만 들었지만, 록펠러재단의 사회 기아근절을 위한 공헌은 참으로 크다.

「북한 정치학」 청강

　그이가 정년퇴임한 다음 해에 필자는 북한에 대해 알고 싶은 점이 많아서 남편이 명예교수로 강의하는 Y대에서 「북한 정치학」을 한 학기 청강하였다. 「북한 정치학」과목이 대학원 과정이라 학생 중에는 현직 고위공직자도 있고, 한국 민간인 단체대표로 북한을 몇 차례 다녀온 분들도 있어서 북한의 실상을 어느 정도 파악하고 있는 것 같았다.

　그이가 응접실에서 TV를 볼 때나 식탁에서 북한의 외교 문제와 외교정책에 관하여 자주 질문하자, 일일이 답해주기가 귀찮았던지, 그러면 대학원 과목인데 조용히 교실 한 코너에서 북한의 외교정책 과목을 청강하라고 허락해 주었다. 수업이 끝난 후 '사모님, 참 열심히 공부하시네요.' 하면서 학생들은 미소를 짓기도 했다. 강의가 끝나면 조용히 고개 숙이고 교실을 빠져나가 약속한 장소에서 그이를 만나서 그날 강의에 관하여 대화하기도 하고, 교정을 산책하기도 했다.

강대국 틈바구니에 끼어있는 작은 우리나라, 세계에서 유일한 분단국으로 중무장을 하고, 반세기가 넘도록 서로 총부리를 겨누고 있는 단일민족, 참으로 기구한 운명을 지니고 태어난 슬픈 민족임에 틀림이 없다. 사실 사회과학대학 전체 강의 중에서 「북한 정치학」보다 더 중요한 과제는 없다고 해도 크게 빗나간 말은 아닐 것이다.

필자는 세계사나 국제정치 사상의 흐름 등에 관하여 호기심이 많은 편이다. 궁금증이 있으면 북한, 중국, 소련의 삼각관계와 비교 국제정치학을 전공한 그이에게 귀찮을 정도로 질문을 많이 하는 편이다. 그이의 박사학위 논문(1968)은 북한, 중국, 소련의 삼각관계에 관한 연구였다. 그 후 10년 동안 미국대학에서 가르쳤다. 1978년에 앨라배마 대학출판사에서 『Pyongyang between Poking and Moscow』를 출간했다. 냉전(1947~1991)은 2차 대전 이후 미국과 소비에트 연방을 비롯한 양측 동맹국 사이에서의 갈등과 긴장 그리고 경쟁상태가 대립상태를 이루었던 시기였다. 냉전이 고조되었던 1958년에서 1975년 사이에, 북한이 중·소 분쟁 사이에서의 외교와 국제관계를 집중 조명한 것이다. 필자는 짧은 영어 실력으로 이 책의 3차 교정까지 2년여 동안 자투리 시간에 영한사전과 함께했다. 이 책은 당시에 미국 정치학회와 동북아 정치학자들 사이에서 크게 반향을 불러일으켰다. 이 책은 일본어로, 한국어로 번역 출판되었다.

언제부터인가 세계사나 역사적인 인물들에 대하여 읽으면 읽을수록 흥미를 느끼게 된다. 그런데 의미 있는 똑똑한 질문을 하면 그이는 별로 응답이 없는데, 좀 삐딱하고, 엉뚱하며, 엉터리 질문을 하면, 늙은 마누라가 어디 가서 떠벌리다가 실수라도 할까 겁나는지, 얼른 틀렸다고 지적해 주며, 설명해 준다. 필자는 이점을 이용하는 것이다.

지난날 햇볕정책의 일환으로 북한에 일방적으로 퍼주기도 하였지만, 북한은 정치적으로나 경제적으로 변화발전의 기미는커녕 미사일과 핵을 앞세워 남한을 위협하고 있다. 오늘날, 미사일과 핵으로 체제유지에 대한 보장을 받기 위해 북한 주민들의 굶주림을 외면하고 있다. 강대국들이 다투어 핵무장을 하고 있지만, 핵전쟁의 독이 지구 전체를 오염시키고, 바람, 물, 농사지을 씨앗, 아직 태어나지 않은 세대에까지 영향을 미친다니, 핵전쟁은 이기든 지든 무의미한 것이며, 핵을 만들지만, 실은 전면전에 쓸 수도 없다.

미 국무장관 '딘 G. 애치슨'이 워싱턴 프레스 클럽에서 한 연설인 「애치슨라인(Acheson Line, 1950.1.12)」과 북한의 남한 침공 관계, 북한의 남침을 소련에 의한 대리전으로 판단하고 국제연합(UN)군을 참전시킨 점, 미국이 태평양에서 영향력을 유지하려면 일본의 존재가 절대적으로 필요하였다고 했다. 일본 또한 자국의 생존을 위해 미국이 절대적으로 필요하였고, 미·일 동맹이 중요한 만큼 일본의 안보를 위해 불가피한 것이었음을 알았다. 몇 시간만 들어도 동북아 국제관계에 얽힌 문제를 이해하는 데 많은 도움이 되었다.

38선이 왜 생겼나? 그이는 거두절미하고 '한반도가 분단되어야 할 이유가 하나도 없다.'라고 하였다. 그렇다면 왜 38선이 생겼나? 한국전쟁 때 소련이 선전포고를 하고 막 바로 한반도를 쳐내려오자 이러다가 일본이 위험에 노출될 것 같으니까 위험을 느낀 미국이 일본을 보호하기 위하여 소련을 한반도 38선에서 머물게 했다고 하였다. 이것은 일본도 보호하고 한반도도 지키기 위한 불가피한 선택이었다.

북한정권 수립과정에서 소련이 김일성을 선택한 이유는 김일성은 책략가였고, 전략가였다는 점이다. 그리고 김일성이 권력을 장악할 수 있었던 요인으로는 적절한 시기에 효과적인 소련의 후원이 있었기 때문이라고 했다. 김일성은 1950년

3월에 스탈린의 최종승인을 받았고, 모택동과의 비밀회담 때 중국의 지원을 약속을 받았으며, 5월에 모택동의 동의를 통해 전쟁(6·25)를 개시하였다. 휴전회담을 2년 넘게 한끝에 1953년 7월 27일에 휴전협정을 체결하였다. 국제안정보장 이사회에서 UN 국제군(國際軍)을 만들어 침략국에 공동 대응한 것은 한국전쟁이 첫 번째였다.

4. 권력의 속성과 중독성

권력은 생명력을 가지고 자꾸 커진다!

　그이는 아침 식탁에서 혼자 말처럼 '권력은 가만있지 못한다. 생물체처럼 생명력을 가지고 자꾸 커진다,'고 했다. 권력에 대하여 아무리 고뇌하고 개선하려고 해도 답과 개선책이 없다. 권력이란 언제나 투쟁의 연속이다. 가진 자는 놓치지 않으려고 하고, 주위에서는 뺏으려고 하고, 조용한 날이 없다. 권력이란 탈이 나게 돼 있고, 문제가 드러나기 시작했을 때는 이미 너무 늦었다고 했다. 권력을 가지면 본인도 괴롭다. 옛날에 고개 빳빳하고 못 본체하던 인간들도 찾아와 무릎 꿇고, 돈을 손에 넣어주며 상석에 모신다. 그러니 권력을 가지면 자기도 모르게 활용하게 된다고 했다.

　왕권을 세습하던 시절에 형제는 장자 이외에는 아들을 출가시켜 승려로 만드는 전통이 있었다. 승려가 되는 전통이 끊어졌을 때 조선시대에는 왕자들끼리 혈투가 벌어졌다. 권력은 양면으로 칼날이 달린 검과 같아서 가까이 있으면 베인다고 했다. 최고의 권력은 나누어 가질 수 없으며, 제2인자를 허용하지 않는다. '부자지간과 형제간에도 권력을 두고는 적이다.' 이 말은 역사드라마를 통하여 자주 생각하게 되는 명제이기도 하다. 권력을 형성하는 과정에서는 서로 역할을 분담하여 긴밀히 협조하며 뭉쳐지지만, 일단 권력을 거머쥐고 난 후에는 일등공신도 숙청되고 만다. 고사성어에, 나는 새를 다 잡으면 좋은 활은 곳간에 버려지고, 교활한 토끼를 잡고 나면 사냥개는 삶아진다. 비조진 양궁장(飛鳥盡良弓藏), 교토사 양구팽(狡兎死良狗烹)이라 했다. 일단 권력을 쥐고 나면, 앞으로 걸림돌이 될 만한, 경쟁이 될만한 인물은 가차 없이 잘라버린다.

어떤 놀이든지 이겼을 때 그만두는 것이 좋지만 맘대로 안된다. 권력자를 중심으로 옹호하고 있는 자들이 빌붙어서 권세를 누리고 있기에, 당신 아니면 통치할 인물이 없다는 식으로 아부하기에 중독된다. 강을 건너가다가 중도에서 말을 바꿀 수 없듯이, 기호지세(騎虎之勢)라, 이미 호랑이 등에 올라탄 형세여서, 자리에서 내려오면 언제 적의 밥이 될지 모르기 때문에라도 붙들고 가는 것이라고 했다.

필자는 요즘 법정에 서로 다투는 부모 형제를 보면 부(富)도

권력처럼, 아니 오히려 더 강하게 '적'으로 변하는 것 같다고 보았다. 형제들이 가난할 때는 서로 도움을 주고받으며 화기애애하지만, 반대로 잘되면 재물을 탐내는 존재로 원수가 된다고 했다. 크게 가진 것이 없어서 쉽게 할 수 있는 소리일까? 적당히 가지되 넘치지 않으면 부모 형제간에도 인정을 베풀고 도리를 지킬 수 있고, 너무 가난하지만 않으면 삶이 원만하고 아름다우리라. 이는 평범한 시민에게만 주어진 마음의 평화요 축복이라고 생각했다.

진시황(秦始皇)은 기껏 향년 49세!

만리장성과 <경·항 대운하(京·杭 運河)>

근래 그이는 중국이 너무 빠르게 발전하는 것에 대해 우려스럽게 여기고 있다. 신문에도 '중국의 굴기(崛起)'를 특별히 보도하곤 한다. 대화 끝에 확인이라도 하듯, 진시황제(BC259~210)는 기껏해야 향년 49세밖에 살지 못했다. 그리고 진시황이 죽고 3년인가 지나서 곧 망해버렸어! 하였다. 글쎄요. 불로초와 불로장생의 비법에 그토록 관심이 많았던 독재자가 기껏 49세에 전국을 순행하다가 한여름에 객지에서 병사하고 말았으니 말입니다. 그이의 대학 동기생 부부와 함께 서안의 진시황릉과 병마용, 만리장성을 둘러보았고, 영화 불멸의 『진시황제』도 보았다. 2010년에 필자는 『재미있고 신비로운 아시아 여행기』도 출간하였다.

전국칠웅(戰國七雄-한·위·조·진·초·연·제)과 전쟁을 치러 진(秦)나라가 중국을 통일(BC 221)하고, 전국시대(BC403~221)를 마감한 중국 최초의 황제, 그가 죽을 때 환관 조고만 믿고 유언을 남긴 것이 큰 실수였다.

백성들을 가혹한 강제노동과 극도의 법치주의(法治主義)를 강행했던 진시황제! 수양제(隋煬帝)와 더불어 중국 역사상 최대의 폭군이란 비판과 국민의 원성을 받았다. 진시황제가 죽자, 한나라 유방과 초나라 항우가 병력을 일으켰으며, 전국에서 반란이 일어났다. 통일제국을 이룩한 지 기껏 15년, 그가 죽고 난 후 4년 후에 진나라는 멸망(BC 206)하였다.

중국 수나라(隋-AD 581~619) 황제 수양제가 세계에서 가장 먼저, 가장 긴 인공물길인 양쯔강과 황하강을 가로지르는, 북경에서 황주에 이르는 「경·항 대운하(京·杭 運河 1800km, AD 605~611)」를 만들었다. 이 물길은 중국의 경제적 통일을 이룬 결과를 가져왔지만, 초기 목적은 고구려를 침략하기 위해서라고 했다. 대 토목공사에 1억 5천만 명이 동원되었으며, 6년간 수많은 백성이 목숨을 잃었고, 폭정과 국가재정 궁핍으로 수나라는 곧 망했다. 중국 여행 때, 항주에서 본 경·항 운하의 기점인 항주만 하구에 세워진 육화탑(六和塔)이 떠올랐다.

중화사상(Sinocentrism)의 형성 시기?

중국의 강력한 민족주의 사상은 언제 형성되었는지 물었다. 그이는 진(秦)-한(漢)때 벌써 중화사상(Sinocentrism)은 싹이 텄다고 했다. 대화 도중에 필자가 흥분하여 아무리 사상(思想)의 통일을 위하여, 분서갱유(焚書坑儒)를 했다고는 하지만, 어떻게 그 많은 유학자를 생매장하느냐고 학살자라고 열을 올렸다. 그이는 인의(仁義)를 펼치지 못한 것은 사실이지만, 진시황은 도량형과 화폐를 통일하였고, 전국에 2대의 마차가 동시에 지나갈 수 있도록 도로(7500km)를 만들었다. 그리고 중앙집권제를 실행했는데, 이 제도는 향후 2000년간 계속되었다고 했다. 대화 중에 그이는 우리나라 조선 5백여 년 역사에 26명의 왕이 있었건만, 일제 강점기에 일본에 의하여 도로와 철도를 만들 때까지 길을 만들지 않았다. 길을 만들면 외국 놈이 침입한다고 생각한, 원시적인 민족이었다고 했다.

외국 여행을 해보면 미개하고 가난한 나라들도 옛날에 지은 석축 건물이 웅장하고, 나무로 지었더라도 규모가 크고 시원하게 지었음을 볼 수 있었다. 그런데 우리나라는 흙과 짚을 이겨 벽을 만들고, 볏짚으로 지붕을 덮었으며, 꼬부리고 드나들 수 있게 움막처럼 초가를 지어 살았다. 우리나라는 국토 70% 이상이 산이라 바위와 돌은 지천으로 많고, 산림도 풍부한데 웅장한 건물이 없다고 했다. 우리 부부는 노년에 외국에 좀 여행을 한 편인데, 정말 우리나라의 건축문화가 빈약했다고 생각되었다.

필자는 잔혹한 독재라면 독일의 히틀러와 로마제국의 네로황제를 떠올리게 된다고 했다. 언젠가 영화 「네로황제(Nero, AD37~68)」를 본 기억이 생생히 떠올랐다. 네로황제는 생모와 아내, 자신의 스승이었던 세네카(Seneca BC 4~AD 65) 그리고 의붓동생 등을 죽였다. 로마 시내에 대형화재가 발생하자 민심 수습책으로 당시 신흥종교였던 기독교인들에게 덤터기를 씌워 학살했다며 필자는 열을 올렸다. 그이는 웃으며 곱게 말을 하지, 침을 튀기지는 말라고 하여 함께 웃었다.

만리장성 아래는 진나라 백성의 무덤(秦人半死長城下)

세계에서 인간이 축조한 건축물 중에 가장 거대한 만리장성은 북쪽 흉노족을 막기 위하여 30만 대군을 지휘하여 축조했다는 길은 4마리 말-마차가 동시에 달릴 수 있게 지어졌다.

하지만 진나라 농민과 백성 반이 노역과 전쟁 때문에 만리장
성 아래에 뼈를 묻었다. 기록에 의하면 진시황은 권좌에 오르
자, 죄수 20만 명을 동원하여 아방궁(阿房宮)과 여산에 능묘
를 조영하기 시작했단다. 사마천의 『사기』에는 진시황의 지
하궁전 무덤은 부역 70만 명을 동원하여 36년간 조영했다고
한다.

거대한 피라미드를 세운 고대 이집트의 파라오(Pharaoh)들
이나, 황릉을 수십 년간 조영한 진시황제나 같은 사상의 맥락
이다. 인간의 상상력을 초월하는 축조물은 대대손손 세계의
관광객을 부르고 있다. 그이는 중국의 굴기가 무섭다고 하며,
중국인의 저력을 예민하게 의식하곤 한다. 필자는 '중국인! 그
들은 그 옛날에 만리장성과 경·항 운하를 만든 진시황과 수양
제의 후예들이 아니오'하며, 대화를 얼버무리기도 했다.

중국이 너무 빨리 변하니 두렵다!

그이는 Y대학에서 보직교수로 있을 때, 중국 길림성(吉林省) 연변 조선족 자치구에 있는 '연변과학기술대학'을 1992년 설립할 때 공동 설립 책임자의 한 사람으로 일 년에도 몇 번씩 그곳에 갔었다. 이는 동북아 문화협력재단에서 연변에 설립한 중국 최초의 중외 합작 대학교였다. 또한 「한중 교류협회」 부회장을 오래 역임하며, 중국에서 열리는 문화 학술행사로 자주 중국을 방문하곤 했었다.

위에서도 언급했지만, 그이는 중국이 많이 변했더라고 하며, 너무 빨리 발전하고 있어서 두렵다고 했다. 2000년에만 하더라도 국제학술 대회에 중국학자를 1,000불에 불러올 수 있었는데, 이제는 10,000불를 준다 하여도 일류 교수나 학자는 초청할 수 없다고 했다. 그러면서 중국에선 이삼십 년 전만 하더라도 학자들을 존경하였는데, 이제는 시시한 개인 사업을 해서라도 돈 많은 기업인이 오히려 고개 들고 대접받는다고 했다. 일류대학 부총장, 총장을 지냈고, 수석 부회장인데도 자리를 배치할 때는 기업인이나 국가관리 나부랭이를 먼저 상석에 배치하더라고 했다.

중국인에 대한 한국인의 정서

대학에서 중국 정치학을 가르치는 막내아들이 근래 중국인에 대한 한국인의 인식에 대하여 논문을 썼다고 했다. 필자가 어릴 때만 해도 중국인을 '짱꼴라'로 불렀잖아요? 어딘지 모르게 지저분하고, 머리는 자주 감지 않아서 뭉쳐있고, 위생관념이 좀 뒤떨어졌다고 생각했지요. 중국인들은 모이면 말이 많은데다 언어에 사성(四聲) 고저가 있어서인지 무척 시끌벅적하다. 나라 땅덩어리만 컸지, 식품이나 공산품이 저질이고 가짜라고 손사래를 쳤다. 특히 식품류는 중국산이라면 값이 싸도 꺼렸다. 그런데 중국은 지난 20년 동안에 세계에서 가장 우뚝하게 위상이 솟았다며, 15억 인구로 가장 많고, 핵무기 보유 등 국력이 막강해졌으며, 경제적으로도 부자로 자리매김 되고 있다고 했다. 미국과 더불어 'G2(Great Two)'로 일컫는다. 그이는 중국이 하도 빨리 발전하고 일어서니 아시아에서뿐만 아니라 전 세계적으로도 중국은 두려운 나라, 무한한 잠재력이 있는 나라로 인식하게 되었다고 했다. (2010.8.11)

현시대에 있어서 국제간의 경쟁력은 과학의 힘이다. 우리나라도 과감히 변해야 한다. 그이는 우리나라에서는 지난날 정치지도자들이 법대나 상경계열 아니면 대부분 문과 출신들이었는데, 요즘은 과학계통의 학문을 전공한 지도자들이 대기업이나, 대학교육기관에서 많이 활약하고 있다. 세계가 과학경쟁 시대로 바뀌었으며 과학을 주도하는 나라가 힘을 행사한다고 했다.

한국과 중국과의 경제 관계가 더욱 긴밀해 지고 있으며, 북한의 중국에 대한 의존도도 날로 높아가고 있다. 천안함 폭침 사건(2010.3.26)으로 국제사회에서 대북제재로 고립된 북한은 중국에의 의존도가 과거 어느 때보다도 높았다. 2009년 10월 중국의 원자바오 북한방문 후 신 압록강 대교건설을 합의하였고, 북한 내 20여 곳의 광산 채굴권을 중국이 확보하였다. UN의 대북제재가 있기는 하지만 북한의 변화를 가장 효과적으로 이끌 수 있는 나라가 중국이다. 중국이 대북제재에 동참하지 않는 것은 '더 큰 군사적 충돌을 막기 위해서'라는 궁색

한 변명을 하였다. 무엇보다도 중국의 경제권에 한국이 휘말려 들어갈까 하는 것이 가장 두렵다고 했다.

오늘날 한국인이 가장 두려워하는 나라는 중국이 아닐까? 국제사회에서 영원한 친구도 영원한 적도 없으며, 단지 영원한 국익만이 존재할 뿐이다, 라고 한 영국의 팔머스턴 경(Lord Palmerston)의 말이 새삼 떠오른다. 그이는 중국의 문제는 국민의 권리는 여전히 개선되지 못했고, 아직도 언론의 자유가 없는 나라라고 했다.

짧고 굵게 살다간 알렉산더 대왕
(Alexander the Great)

『알렉산더 대왕』영화를 보았다. 2004년에 개봉한 미국영화로 올리브 스톤 감독이 10년 걸려 제작한 세계적인 영웅 알렉산더(BC 356~323)의 업적을 묘사한 영화였다. 그리스반도 최북부에 있는 작은 도시국가 마케도니아의 왕 알렉산더는 이집트, 페르시아제국(지금의 이란 중서부), 동쪽으로 인도의 인더스강까지 진출하였다. 그가 정복한 곳마다 도시 알렉산드리아를 건설했는데, 지명은 18곳이나 된다. 알렉산더는 20세에 마케도니아의 왕위에 올랐고, 22세 때 35,000명의 병력을 이끌고 페르시아를 공격했다. 24살 때 이집트에 도착하여 세계적인 도시 알렉산드리아를 건설했다. 우리 부부는 알렉산더 대왕이 휘달렸던, 그리스, 터키, 이집트를 비행기로, 관광버스로 여러 곳을 여행했다. 특히 이집트의 아름다운 알렉산드리아 도시 해변을 거닐며 지중해를 조망했다.

기록에 의하면 알렉산더 대왕은 특수환경에서 자랐다. 가정교사가 서구역사상 가장 위대한 철학자, 시학, 수사학, 형이상학, 정치학 그리고 물리학의 대가 아리스토텔레스(BC 384~322)였다. 아리스토텔레스는 위로 스승 플라톤과 소크라테스로 올라간다. 알렉산더는 자랄 때 트로이목마(Trojan Horse)가 나오는 트로이(Troy, 메소포타미아문명, 현재의 터키의 소아시아지역) 전쟁의 영웅 오디세우스의 장편 서사시(기원전 8세기경 그리스 시인, 호메로스가 쓴)『오디세이아』를 항상 곁에 두었다고 한다.

위대한 인물은 태어나기 전에 징조를 보이는가 보다. 알렉산더 대왕을 낳기 전에 아버지 필립보스 2세는 왕비의 몸에 사자가 그려졌다는 꿈을 꾸었고, 왕비는 번개벼락 맞는 꿈을 꾸었는데, 불덩어리가 사방으로 번지는 꿈을 꾸었다고 한다. 신관은 알렉산더 대왕은 사자처럼 용맹할 것이고, 세계를 정복할 것이라고 예언했다고 전해졌다. (위키백과)

헬레니즘(Hellenism) 오리엔트 문화탄생의 교량역할

알렉산더 대왕은 26세 때 동방원정을 떠났는데, 페르시아 정복에 성공하여 동서양을 잇는 대제국을 건설했다. 이때 알렉산더 대왕은 포로로 잡은 페르시아의 공주 스타테이라(Stateira)와 결혼했다. 그리고 박트리아(지금 아프가니스탄)를 정복한 후 토후의 딸 록산느(Roxana)와 결혼했다. 이렇게 알렉산더 대왕은 다문화와 다민족을 포섭하고 융화했다. 동방 출신 부하들을 두었으며, 아시아와 유럽의 경계선을 허물었다. 그리하여 정복한 땅에 헬레니즘(고대 그리스의 문화, 예술, 문학) 문화를 옮김으로써 헬레니즘 오리엔트 문화를 탄생시킨 교량역할을 하였다.

알렉산더 대왕은 전쟁 승리품을 측근과 병사들에게 나누어 주었으나, 너무나 혁신적인 정치사상과 정책들은 당시의 귀족과 부하들에게는 불만으로 작용했다. 젊은 나이에 타계하자, 내전으로 인하여 대제국은 시리아, 마케도니아, 이집트로 분열되고 말았다. 그이는 절대권력의 중독성에 관하여 얘기하였다.

알렉산더 대왕의 장정(長征) 시기는 불과 10여 년이었으며 장정거리는 2,700km에 이르렀다. 그는 마케도니아를 출발하여 그리스, 소아시아, 시리아, 팔레스타인, 이집트, 바빌로니아, 이란중서부, 인도 서부, 바빌로니아 등을 정복했다. 오랜 전투에 지치고 굶주린 부하들이 본국 귀환을 애걸했건만 듣지 않았다. 세상의 끝을 향한 그의 욕망은 그를 절제하지 못했다. 오로지 부하들에게 자기를 따르라고만 강요했던 알렉산더 대왕, 그는 젊은 나이에 객사하고 말았다. 알렉산더 대왕은 마지막 정벌인 북인도에서 학질모기에 물려 말라리아에 걸렸다. 병사들의 탈영과 반발에 부딪혀 더 진군하지 못하고, 바빌론으로 돌아와 최후를 맞았다. 혁혁한 승리와 영광, 다 두고 허망하게 떠났다. 젊디젊은 33살에….

'쾌도난마(快刀亂麻)'

고르디안 매듭(Gordian knot) 이야기

영화를 본 날 귀가한 후, 필자는 남편에게 '쾌도난마'란 말의 시원에 대하여 이야기 하였다. 알렉산더 대왕이 동방원정 중에 고대 소아시아의 프리기아 왕국의 수도 고르디온에 도착했을 때, '이 매듭을 푸는 사람이 전 아시아의 왕이 될 것이란 예언이 있다'고 전하자, 그는 옆구리에 차고 있던 검으로 단칼에 매듭을 잘라버렸다(BC334, 22세 때)고 한다. 그때부터 어렵게 헝클어진 사건의 해결을 단번에 해결할 때 쓰는 용어가 되었다고 한다.

영화 속에서 아직도 기억에 남아있는 이색적인 장면은 축제 파티 연회석에서 대중과 알렉산더 대왕의 아내 록산느가 보는 앞에서, 남성끼리 입을 맞추며 애무하는 장면을 퍽 사실적으로 묘사했는데, 필자에겐 무척 낯설었다. 저렇게 대중 앞에서 동성애 애정행각을 스스럼없이 행하는 것을 볼 때, 그 시대에는 동성의 젊은 애첩을 두는 것이 일종의 권위를 나타내는 것이었을까? 아니면 고대 그리스에서는 동성애가 금기시하는 타부(Taboo)가 아니었나보다, 하고 생각해 보았다. 아직 이 의아한 질문에 관한 공부를 하지 못하여, 독자들에게 미안하게 생각한다.

철의 여인 마거릿 대처

영화 『The Iron Lady, Margaret Thatcher』

저녁 뉴스에 TV 화면 하단에 영국의 前 수상 마거릿 대처가 치매를 앓는다는 자막이 스쳐 갔다. 그이는 철의 여인 대처가 바닥에 주저앉은 영국의 경제를 살렸다며, 수차 필자에게 그의 탁월한 행정 능력을 말한 바 있다. "철의 여인도 세월을 비껴가지는 못하는구나! 기껏해야 이제 팔십 대 초반일 텐데…"하며 인생은 덧없다며 허무하다는 표정을 지었다. 필자는 왜 '철의 여인'이란 별칭이 생겼느냐고 물었다. 대처 수상을 두고 프랑스 미테랑(Mitterrand) 대통령은 로마의 폭군 칼리굴라의 눈과 마릴린 먼로의 입을 가졌다고 했다. 대처는 정책적 결단에 있어서 단호했고, 영국을 도산 직전에서 구해낸 위대한 지도자였으며, 여성으로서 우아하고 단아함도 함께 지녔었다고 했다. 그래서 '철의 여인'이란 별명이 붙었다고 했다.

2019년 12월에 주한일본대사로 부임한 도미타 고지는 그의 저서 『정치를 바꾼 철의 여인, 마거릿 대처』에서 대처는 정치지도자로서 '개인의 자유를 추구하는 이데올로그로서의 측면과 탁월한 행정 수완을 가진 실무가로서의 측면을 겸했다'고 평했다.

영국은 섬나라라 철광석 같은 지하자원은 풍부하나 농산물은 자급자족이 되지 않아서, 많은 양의 식료품을 수입해야 한다고 했다. 섬나라라 해운 부두노조와 탄광 광산노조 등은 그 규모와 힘의 행사가 큰 괴물이나 공룡처럼 비대해져 정부도 손을 쓸 수 없을 정도로 막강해졌다고 했다. 그러한 노조가 땀 흘리기를 거부하며, 허구한 날 대규모 데모를 하여 영국의 경제는 망하기 직전까지 갔었다. 그때 보수당의 마거릿 대처가 영국 역사상 처음 여성 수상(1979.5~1990.11)으로 자리에 올랐고, 3번이나 수상직을 연임했다. 긴축정책과 감세 정책, 교육제도의 개혁과 더불어 영국을 비즈니스(Business)의 나라로 바꾸었다고 했다.

필자가 대화 중에 가끔 메모하면 70세 된 아내가 대학생처럼 보이는지, 그이는 끝없이 논리전개를 할 때도 있고, 자기의 감정을 대화 속에 이입시켜 말할 때도 있다. 필자는 수강료 없이 언제나 공짜로 듣기만 하는 만학도가 된다.

연약한 여성의 배짱과 지도력에 관해 이야기했다. 대처가 세운 정책이념과 목표에 타협이 없었고, 말 그대로 외골수 독불장군이었다고 한다. 과다한 사회복지 지출과 장기 노사분규로 무질서와 파괴, 사회적 혼란과 경제적 몰락을 가져왔다. 그러나 대처수상은 노동자의 반발에 귀를 기울이지 않았고, 오히려 노사분규를 일으키는 기업을 과감히 청산해 버렸다고 한다. 공무원들과 국민은 근로 의욕을 상실했고, 아무도 책임감을 느끼지 않았다고 했다. 노조의 강한 도전과 반발에 끄덕하지 않았다고 한다. 1년 이상 철강 파업을 강행해 오던 노조는 두 손을 들었고, 고질적인 복지병을 해결하였으며, 공기업은 민영화로 전환되었다. 그러나 1990년 유럽 공동화폐, 유로(EURO)의 창설을 반대하다가 당 지도부 반발로 자진 사임하였다.

미국의 시어도 루스벨트 대통령이 한 말처럼, 전쟁이 없으면 위대한 장군을 가질 수 없고, 거대한 사건이 없으면 위대한 정치가는 나오지 않는다고 했는데, 대처 영국 여성 수상은 곪을 대로 곪은, 국가위기의 환부를 도려냈다. 헤아릴 수 없는 반대와 패배에 직면해서도 흔들리지 않고 장애를 극복했다.

그이와 필자는 대처의 역사적인 전기 영화『철의 여인 마거릿 대처』를 감상했다. 그러나 이런 영화는 세인의 인기를 끌지 못하는 것 같았다. 오래 상영되지는 않았다.

우리 사회의 <유리절벽>과 여성 사회진출

'유리 천정과 유리절벽(Glass Cliff)'이란 성차별로 인해 여성들의 고위직 진출이 어려운 상황을 빗대어 한 말이다. 어느 정치잡지에 여성의 사회참여나 직장 내 승진을 가로막는 유리 천정과 유리절벽이란 말은, 조직에 막다른 위기가 닥쳐야 여성에게 고위직이 돌아가고, 그 위기를 돌파하지 못하면 나락으로 떨어지게 되는 현상을 빗대어 한 말이라고 했다.

여자는 학력이 높아도, 공채에서 우수한 성적으로 회사에 입사해도 동등한 임금, 직장에서의 차별과 성추행 근절, 정당하게 주어져야 하는 임산부 휴가 등이 지켜지지 않음은 민주주의에서 기회의 균등이란 권리에도 위배 된다. '남녀평등' 말뿐, 워킹맘의 현실은 서럽다. 어느 전 여성 장관은 다음 생애에서는 비록 벌레로 태어나더라도 수컷으로 태어나고 싶다고 했던가. 페미니즘(Feminism) 입장에서 여성을 우대해주란 말이 아니라, 남성과 동등한 선에서 평가해주길 바란다. 남성이 권위와 체면, 강직함과 자기주장을 강하게 앞세운다면, 여성은 소통과 협동을 강조하는 편이어서, 여성 지도자가 조직규범이나 시스템을 바꿀 수 있을 때 효력을 발휘하며, 장기적인 계획달성에 효과적이라고 했다. 그러나 단기적으로 용단을 내려야 할 때는 무력하다고 지적한 글을 읽은 적이 있다. 다행히 우리나라에 여성의 상위시대가 빠르게 오고 있다. 여성의 지위가 상승되고 사회진출이 급등하면서 교수, 판검사, 변호사 등 급증하고 있다.

바로 며칠 전, 영국의 메이 총리(Theresa May, 2019.7)가 총리직 사임 연설에서 한 말이다. "타협은 더러운 것이 아니다." 메이 총리는 2016년 7월, 영국이 브렉시트(Brexit, 영국의 유럽연합을 탈퇴)의 대혼란 속에 구원투수로 총리직에 올랐다. 그 당시 영국의 국민투표에 탈퇴가 51.9%, 잔류가 48.1%여서 거의 반반으로 갈라져 대혼란을 맞았다. 결국, 2019년 7월, 영국은 EU에서 남지도, 떠나지도 못한 채, 엉거주춤한 상태이다. 그의 마지막 연설에는 "절대주의자들은 다른 합리적인 견해를 수용하는 것을 거부하지만, 정치의 가치는 상대의 말에 귀를 기울이는 데 있다,"고 했다. 비록 매듭을 풀지 못하고 내려왔지만, 메이 총리는 정치가로서 훌륭한 자질을 가졌다고 생각되었다.

소통정치인 마르켈 독일총리

아침 식탁에서 그이는 한 나라의 대통령이 아무리 훌륭한 지도자라 하더라도 한 사람의 능력으로 국정을 원활하게 이끌어 갈 수는 없다. 한 사람의 능력에는 한계가 있기 때문이다. 시대를 바르게 읽고 향방을 제시할 수 있는 전문성과 통찰력을 갖춘 인재를 발굴하고 등용하는 게 리더의 가장 중요한 자질이요, 덕목이라고 했다.

우리는 마르켈(Angela D. Merkel, 1954년생, 2005년~총리) 독일 여성 총리의 정치 스타일에 관하여 이야기했다. 마르켈 총리가 취임 후 폴란드의 아우슈비츠 강제수용소를 찾아가 처형된 유대인을 기리는 죽음의 벽'에 헌화한 후, 고개를 숙이는 자세는 뼈아픈 과거사를 깊이 반성하는 진지한 모습이었다. 마르켈 총리는 '난민의 어머니'란 별칭이 생길 정도로 2016년에 대규모의 유럽 난민 89만 명을 수용했다. 그러나 난민들로 인한 범죄로 사회적 물의가 급등하자 '다시는 조건 없이 받아들이는 대규모 난민수용은 하지 않겠다,'고 밝혔다. 특히 공공장소에서 혐오감을 일으키는 이슬람 여인들의 부르카(전신 가림)와 니캅(눈 부위만 노출)의 착용을 독일에서는 금지한다고 했다.

마르켈 총리는 독일국민이 혐오감을 느끼며 불편해하는 점을 즉시 정책에 반영하는 리더였다. 자신의 정책적 실수를 인정하고, 각계각층의 소리를 경청하며, 곧 정책에 반영하는 경청, 수용, 소통하는 화합의 리더십을 보여주고 있다고 그이는 부러워했다. 그이는 정치란 상대방의 요구도 들어주며, 자기네들이 원하는 바를 달성하는, 타협이 정치라고 강조한다. 상대방의 요구는 묵살하고, 자기네들만 목적을 달성하겠다며, 타협이 없는 정치는 독재정치라고 말했다.

돌아보면, 1989년에 베를린장벽이 무너지고 다음 해에 독일은 통일되었으며, 1993년에 유럽연합체 EU가 설립되었다. 현재 회원국은 28개 나라이고, 24개 언어가 통용되고 있으며, 2002년부터 유로 통화가 19개국 간에 사용되고 있다. 마르켈 총리는 2005년에 독일의 제8대 연방 총리직에 올랐다. 그 간에 그리스 경제위기, 우크라이나 분쟁, 시리아 난민사태 등으로 어려움을 겪었다. 2006년부터 2015년까지 미국의 경제잡지 『포브스(Forbes)』는 세계에서 가장 영향력 있는 여성 1위에 마르켈 총리를 선정했고, 2015년에 『타임』은 올해의 인물로 ≪자유 세계의 총리(Chanceller of the Free World)≫라는 이름으로 선정했었다.

창세기 이브 창조 신화에도 여성은 남성의 갈빗대로?

일반적으로 여성을 차별하는 것은 세계적인 추세이다. 하기야 천지를 창조하신 여호와 하나님도 남성의 갈빗대 하나로 여성을 만들었다고(창세기 2장) 하셨던가? 언젠가 이화여자대학 교목께서 우리 교회에서 설교하시면서, 대학에서 학생들이 '하나님께서 여성을 차별하셨다는 질문에 대답하느라 진땀을 흘렸다'하여 폭소를 터뜨린 적이 있다.

그런데 아이러니하게도, 세계사에서 독재자의 배후에는 그들을 조종한 여인들이 있었다. 러시아, 스탈린(1878~1953)의 둘째 부인 나데즈다(1901~1932)는 23세 연하였는데, 소작농의 집단화 정책 때 "노동자를 이렇게 대우하면 안 된다"고 과감히 지적하며 말다툼을 했었고, 이탈리아의 무솔리니(1883~1945)는 5살 연상의 안젤리카(1878~1965)라는 여인이 있었는데, "그녀를 만나지 못했다면 나는 일요일 아침에 기관지를 파는 사회당원에 그쳤을 것이다"라고 칭송할 정도로, 무솔리니를 스승처럼, 어머니처럼 물심양면으로 지원을 아끼지 않았다고 한다.

독일의 히틀러(1889~1945), 그의 마음을 빼앗은 사진작가 23세 연하의 에바 브라운(1912~1945)은 히틀러의 환심과 사랑을 받기 위해 자살하려는 쇼를 연출하기도 했는데, 결국은 생의 마지막 순간에 결혼식을 올리고, 하루 지나 함께 생을 마감했다. 중국의 모택동(1893~1976)을 조종한, 미모의 4번째 부인 장칭(江靑, 1914~1991)은 분방한 성격이었는데, 정치에 개입하지 않겠다는 조건으로 결혼했다. 1949년 이후, 모택동이 정적들에게 타격을 입자 정치에 뛰어들어 정적을 축출하기 위하여 음해공작을 시도했으며, 엄청난 군사를 일으킨 여장부였다고 전한다. 이토록 세계적인 독재자들을 배후에서 동지, 아내, 애첩, 어머니처럼, 스승처럼, 그리고 후원자로 활약한 것은 여인이었다.

몽골제국은 왜 망했나?

칭기즈칸이 왜 세계사에서 가장 유명하나?

세계 역사상에서 칭기즈칸(Chingiz Khan, 1162~1227)이 왜 유명한가? 하고 물었다. 그이의 대답은 간단했다. 중세·현세를 통하여 문자도 없는, 북방 야만인으로 일자무식이었는데, 세계에서 가장 넓은 영토를 정복했다. 중국, 인도, 페르시아, 터키, 발칸반도제국까지 정복했으나, 영토가 너무 넓었을 뿐, 행정능력이 없었다. 그 당시에 칭기즈칸은 세계인구의 3분의 1을 지배하였다고 했다. 이슬람, 아시아, 유럽문화가 만나게 되었다고 했다. 유목국가로서 나폴레옹과 히틀러도 실패한 러시아 침공을 칭기즈칸은 정복했었다. 체구가 서양말

보다 작지만, 지구력이 대단한 날쌘 말을 타고 세계를 주름잡던 몽골제국의 기마병! 세계에서 가장 큰 제국을 건설했던 칭기즈칸의 나라, 거기에도 자식들의 권력다툼으로 망했다고 했다.

필자는 우리가 터키를 여행했을 때 보스포러스(Bosphorus) 해협을 유람선으로 지날 때 가이드가 지금도 이곳 아이들은 울다가도 칭기즈칸이 온다면 울음을 뚝 그친다고 하여 모두 웃었다고 했다. 그이는 그랬어 했다. 그이는 몽골제국의 점령 시대에 아시아는 물론 전 유럽이 떨었다고 했다. 칭기즈칸은 게릴라 전법과 기마군단을 이용하여, 속전속결로 전투했으며, 정복한 땅의 모든 종교와 문화를 받아들였다고 했다. 항복하면 모두 살려주었고, 항거하면 아이들까지 씨를 말렸다. 전쟁의 노획물을 꼭 같이 나누어 가졌고, 병사들을 형제처럼 대했다. 인사는 귀족과 천민을 가리지 않고 능력 위주로 고용했고, 적이라도 인재라고 인정하면 과감하게 등용했으며, 사람을 보는 안목이 탁월했다고 한다. 필자는 이 점에 감탄했다. 특히 인재 등용에 관한 이야기를 들었을 때, 역시 큰 인물이요, 위대한 통치자라고 생각되었다.

칭기즈칸은 비단길(Silk Road)을 열어 동서 문화를 만나게 했고, 후일에 마르코 폴로(Marco Polo)와 그리스도 선교사들이 아시아로 왕래할 수 있게 되었으며, 『동방견문록』도 이때 유럽에 전해졌다고 했다. 즉 이슬람, 아시아, 유럽문화가 만나게 되었다. 필자는 우리나라 신생아의 궁둥이에 있는 퍼런 몽골반점과 옛 결혼풍습인 결혼 족두리와 연지곤지 같은 것도 몽골족과의 혼혈에서 유래하였다고 했을 때 그이는 긍정하였다.

칭기즈칸은 66세 때 서하(티베트)를 침공하다가 말이 놀라는 바람에 말에서 떨어져 크게 다쳤다. 여기서 말하는 서하는 티베트, 서요는 신장위구르를 말한다. 후일에 다른 민족들의 몽골족 침범과 보복 학살이 이어졌다. 칭기즈칸, 영웅 중에도 가장 우뚝 솟은 이름만 남겼다. 군력은 말(馬)이었고, 건물은 천막인 텐트였기에 천막을 거두어 떠나고 나면 역사적 유물이 없다. 하기야 범은 죽어서 가죽을 남기고, 사람은 죽어서 이름을 남긴다, 표사유피 인사유명(표사유피 인사유명, 豹死留皮 人死留名)이라 했지만….

나폴레옹과 히틀러

'나폴레옹과 사과'

지기가 보냈다며, 남편은 '나폴레옹의 사과'(2013.3.24.)란 제목의 글을 e-mail로 필자에게 전달해 주었다. 우리 집에는 각자의 서재에 컴퓨터가 있는데, 그이는 동료로부터 알아야 할 지식과 상식, 교훈과 철학, 생활 속에 굳어진 나쁜 습관, 건강요법과 유용한 정보들을 비롯하여 세계의 명승지 사진과 명언 등을 받으면, 필자에게 전해주곤 한다.

소년사관학교 시절, 나폴레옹은 휴식시간이 되면 학교 앞 과일가게는 붐볐는데, 사관생도들이 많이 사 먹는 사과를 사 먹지 못하고 구석에 서 있을 때마다, 가게 주인은 불러서 사과를 한 개 주었다. 30년의 세월이 흐른 후, 장교 한 사람이 가게를 찾아와 사과를 사 먹으며 '사과 맛이 참 좋다고 하자' 나폴레옹 황제도 옛날 이 사과를 맛있게 먹곤 했다고 말했다. 나폴레옹은 노파의 손에 자기의 얼굴이 새겨진 금돈 주머니를 주며, 고맙다고, 인사하고, 이 돈을 쓸 때마다 저를 기억하시라고 했다 한다. 위의 내용을 읽고 필자는 그만 눈시울이 뜨거웠다.

키가 작고 뚱뚱한 체구의 나폴레옹! 일종의 콤플렉스였을까? 몸집 우람하고 날쌘 백마를 타고 알프스산맥을 넘었든 불세출의 영웅 나폴레옹! 유럽문화의 중심지, 그 화려한 도시 파리의 설계자, 동서양의 문화예술의 벽을 허문, 세계 정복의 대왕 알렉산드로스를 따르고자 했던 몽상가 나폴레옹, 그는 이런 가난한 청년 시절을 보냈구나 하며 새삼 놀랐다.

우리 부부는 2003년 7월에 서유럽 몇 나라를 여행했을 때 프랑스 파리의 루브르박물관에서 궁중 화가 다비드(Jacques Louis David)가 그린, 백마를 타고 날을 듯 알프스산맥을 넘는 나폴레옹 그림과, 「나폴레옹 1세 황제대관식」작품을 가이드의 해설을 들으며 관람했다. 그가 남긴 말, '나의 사전에 불가능은 없다,'고 했던 그는 생애에 40번가량 전쟁에 승리했었다. 옛말에 헤엄을 잘 치는 사람은 물에 빠져 죽고, 나무에 잘 오르는 사람은 나무에서 떨어져 죽는다는 말이 있듯이, 나폴레옹도 결국 전쟁에 패하여 죽은 셈이다. 파리의 나폴레옹이 잠든 「앵발리드 사원(혹은 군사박물관)」과 옛 로마의 콘스탄티누스 개선문을 본 떠 지은 개선문이 떠올랐다.

나폴레옹과 히틀러가 왜 소련의 심장부를 노렸나? 가 의문이었다. 필자는 나폴레옹의 소련원정(1812.6.~1812.12.)에 실패했던, 교과서와 참고서가 이미 130년 전에 나와 있는데, 히틀러가 꼭 같은 원정을 답습(踏襲, 1941.6.~1941.11)하여 대패했다니 이해할 수 없다고 했다. 나폴레옹과 히틀러가 소련의 심장부를, 하필이면 시베리아 벌판, 동토(凍土)를 집요하게 노렸을까요? 그 아래 큰 땅 중국이 더 낫잖아요? 하며, 남편에게 엉뚱한 질문을 던졌다. 엉터리 질문을 하면 그이는 어디서 실수라도 할까 두려운지, 비교적 반응을 빨리하는 편이다.

자기도취와 지나친 자신감에 스스로 갇힌 인물들

히틀러와 나폴레옹을 평할 때 그들의 공통된 점은 자기도취(Narcissist)와 지나친 자신감(Overconfidence)에 스스로 갇힌 인물들이라고 그이는 말했다.

영국의 정치·지리학자 매킨더(H.J.Mackinder, 1861~1947)가 「심장부 이론(Heartland Theory, 1904)」의 창시자이다. '심

장부를 지배하는 나라가 세계를 지배한다.'라고 했다. 심장부
는 지정학적으로 중유럽과 동유럽 지역이며, 구체적으로는
우크라이나와 러시아 서부를 포함한다.

독일의 지정학자 칼 하우스호퍼(Karl Haushofer, 1869~1946)
가 '심장부 이론'을 받아들여 나치 정권에 영향을 미쳤다. 하
우스호퍼는 독일군으로 히틀러의 심복이었고 히틀러를 개인
교수했다. 그러한 학설이 있다손 치더라도 큰 나라를…? 하며
미심쩍은 표정을 지었다.

프랑스 최초의 황제 나폴레옹은 이탈리아계로, 본토가 아
닌 지중해 서쪽의 작은 섬 코르시카 출신의 하급귀족 출신이
었으며, 아버지는 변호사였고, 어머니는 코르시카 출신 군인
집안이었다. 코르시카섬은 프랑스 영이지만 옛날 동로마제
국, 교황청, 롬바르드인, 제노바, 영국의 영이기도 했는데, 코
르시카 사람들은 프랑스의 점령에 저항했으며, 나폴레옹의
아버지도 독립투사였다. 나폴레옹은 8명의 자녀 중 둘째 아들
로 태어났는데, 유년시절에는 가난하여 학비를 내지 않는 수
도원 부속학교에 다니다가 아버지 따라 10세 때 프랑스로 건
너가 육군유년학교에 입학했다. 프랑스 측으로 전향하여 가
문의 명칭을 프랑스식으로, 보나파르트로 개명하고, 귀족 자
격을 얻었다고 한다.

나폴레옹은 말이 적었고, 문학에 취미가 있었으며, 전쟁에 관한 독서를 많이 했다고 한다. 15세 때 파리 육군사관학교에 입학(1784)하여, 불과 1년 만에 필요한 과정을 수료하였으며, 특히 수학에 뛰어난 성적을 올렸다고 한다. 1785년, 16세에 육군사관학교를 졸업하고, 연대 포병 소위로 임관했다. 같은 해에 아버지가 돌아가셨고, 나폴레옹은 16세 어린 나이에 가장 역할을 겸하였다고 한다. 기록에 의하면, 36세에 미망인이 된 어머니는 8명의 자식을 엄격하게 교육하고 다스렸으며, 흔들림이 없었다고 한다. 후일에 나폴레옹이 "나의 성공과 내가 남긴 업적은 모두 내 어머니의 덕택이다"라고 했다 한다.

나폴레옹의 탁월한 군사적 재능

프랑스 자유주의 대혁명이 일어난 대혼란시대에 탁월한 군사적 재능과 여러 번 전투와 원정에서 승리한 나폴레옹은 쿠데타로 30세에 실권을 장악했고, 35세 때 프랑스 황제로 등극했다. 기록에 의하면 나폴레옹은 군사전략의 천재로 평생 40번가량 싸워서 이겼다. 나폴레옹이 만든 『나폴레옹 법전(Code Napoleon)』은 1804년에서 1807년에 걸쳐 제정되었는데, 프랑스 대혁명 정신이 담겨있다. 특히 시민의 평등, 계약의 자유, 사유재산 불가침 등의 기본권리가 명시되었다고 했다. 이는 유럽의 뿌리 깊은 귀족제도와 봉건제도, 그리고 성직자와 교회가 누렸던 막강한 권력을 타파했다. 이러한 신선한 물결은 유럽 전체의 낡고 묵은 제도를 쓸어내는 데 큰 공헌을 하였다고 했다.

나폴레옹은 유럽대륙을 평정하고, 영국을 굴복시키기 위하여 대륙봉쇄령을 내렸는데, 이를 어기고 영국과 무역하는 러시아까지 60만 군대를 지휘하여 원정(1812.6)하였으나, 초토작전을 한 텅 빈- 모스크바, 러시아군과 제대로 싸움도 못 해보고 추위와 굶주림에 40만 이상의 병사들을 죽음으로 몰아넣은 채, 겨우 몇만이 살아 퇴각하였다. 나폴레옹에겐 러시아 원정이 치명적인 결정타였다.

나폴레옹은 지중해에 있는 엘바(Elba, 1814.4.11) 섬으로 유배되었으나 1년도 안 되어 탈출 7천 명 군사를 이끌고 입성하였다. 러시아 원정의 참패로 프랑스 지배 아래 있던 나라들이 보복하려고 일어났다. 워털루(Waterloo)에서 연합군에 의해 대패(1815.6)하여, 나폴레옹은 영국령, 남대서양 한가운데 있는 세인트 헬레나 섬에 유배되어, 6년간 처량한 파도 소리를 들으며 신음하다가, 향년 52세로 숨을 거두었다. 유배지에서 숨을 거둔 후 19년 지나서 1840년에 유해는 센 강을 거쳐 나폴레옹이 만든 개선문을 지나서, 센 강변 앵발리드(Invalides) 돔 교회 지하묘소에는 1861년에 안치되었다는 슬픈 이야기를 이곳 여행 때(2003.7) 들었다.

좋은 참고서가 있어도 히틀러에게는 무용지물?

이로부터 약 130년이 지난 후, 독일의 독재자 히틀러(Hitler: 1889~1945)가 프랑스 나폴레옹이 실패한 패망의 길을 그대로 전철(前轍: 1941)을 밟았다는 사실이 세계인을 놀라게 할 따름이다. 인간은 과거의 역사를 통해 배운다고 했는데…? 세계적인 영웅호걸도 결국 꼭 같은 실수를 범하는 인간임을 증명한 역사적인 사건이었다.

잘 알려진 바와 같이 히틀러는 제2차대전을 일으켰다. 러시아를 정복하고, 유럽을 제패한 다음에, 세계를 손아귀에 넣겠다던 망상 속에 수백 만의 군사 목숨을 희생의 제물로 삼았다. 특히 인종주의에 사로잡혀, 유대인, 슬라브족, 집시, 동성애자, 장애인, 정치범, 전쟁포로 등 1천 1백만 명을 홀로코스트, 아우슈비츠 수용소 등에서 학살했다.

제1차 대전 때 25세의 나이로 보병연대에 자원입대했으며, 전공을 세워 철십자 훈장을 받았다. 웅변술에 능한 히틀러는 독일 노동자당(나치당) 선전부에 데뷔하여, 선전선동가로 활약했다. 히틀러는 1923년 봉기를 일으켰다가 실패하여 감옥에 투옥되었을 때, 『나의 투쟁(Mein Kampf, 1925 출간)』를 썼는데, 게르만(German) 민족의 우월성 강조와 동유럽을 정복하여 영토를 확장하겠다는 정치적 선전 활동을 뒷받침하기 위해 썼다. 45세에 총리 겸 총통(1934~1945)의 지위를 겸하게 되었다.

왜 히틀러를 독일국민이 열렬히 지지했나?

1차대전 패배 후 독일은 인플레이션과 실업 문제로 암담했을 때, 고속도로(Autobahn, 13,000km)를 만들었는데, 온 국민을 동원하였기에 실업자 문제를 해결했고, 군사용 탱크와 군수물자를 생산하는데 전 국민을 고용하였다. 절망적인 상황에서 정치적 이상은 국민을 단결시키고, 참여의욕을 부추기며, 능동적으로 만들어준다. 히틀러는 웅변술이 뛰어나 좌절과 실의에 빠진 국민이 열심히 일할 수 있도록 선동-선전했다고 한다. 믿기지 않는 일은 나치당과 히틀러는 1933년에 세계 최초로 동물보호법을 만들어 시행했다고 한다. 인종청소라 하여 사람은 학살했는데, 동물은 보호법을 만들어 엄격히 적용했다니, 상식적으로 도저히 이해가 가지 않는다. 1936년에 독일 베를린 올림픽을 개최하여, 나치당을 선전했다고 한다.

히틀러의 청년 시절- 미술대학 지망생

오스트리아에서 태어난 히틀러는 3살 때 가족이 독일로 갔다. 기록에 의하면 히틀러의 아버지는 세무공무원이었는데, 술꾼이었고, 무례했으며, 권위주의적이고, 폭행이 잦았고, 히틀러와의 관계는 소원했다고 한다. 13세 때 아버지가 사망했고, 4년 후에 어머니를 잃었다. 그는 실업계 중·고등학교를 다녔는데, 18세 때 오스트리아 빈 국립예술대학교에 입학원서를 썼으나 2번 낙방했다. 얼마의 유산과 보조금을 받으며 복지시설에서 살았다는 기록도 있다. 생활이 어려울 때 극장 간판 그림을 그리는 직업 화가였다고 한다. 필자는 젊었을 때 20여 년간 문인화와 동양화에 심취된 적이 있으며, 문인화 개인전을 연 적이 있다. 노년에는 글 쓰는 작업에만 몰두하고 있다. 인터넷에서 그가 남긴 그림을 여러 장 보았는데, 전문가가 아니라서 제대로 실력을 평할 수는 없지만, 상당한 수준인 것 같았다.

역사에 만약에, 라는 가정은 있을 수 없다지만, 히틀러가 미술가가 되었다면, 세계사는 많이 달라졌으리라. 기록에 의하면 히틀러는 자살하기 전 유언장에서 "내가 여러 해 동안 사들인 그림들은 개인적인 목적에서가 아니고, 내 고향 도나우 강변의 린츠에 화랑을 만들기 위하여 모았다,"고 했으며, 당에 넘겨주었다고 했다. 히틀러가 미술을 전공한 예술가가 되었고, 나폴레옹이 문학을 좋아하여 유명한 작가가 되었다면 아마도 세계사는 많이 달라졌으리라 상상도 해 보았다.

두 마리의 토끼를 한꺼번에 잡으려던 히틀러의 전략

소련의 스탈린은 히틀러와 상호불가침조약(1939)을 맺었는데, 히틀러는 배신하고, 선전포고도 없이 폴란드를 침공하여 제2차 세계대전(1941. 6~1945.4)을 일으켰고, 유럽 전체를 전쟁터로 만들었다. 그중에서도 동부전선인 독일·소련 전쟁이 2차대전의 승패를 갈랐다.

개전 초기에 나치군은 키예프 전투(Battle of Kiev, 1941.8.23.~9.26)에의 승리로, 소련군 60여만 명을 포로로 잡았고 승승장구했다. 자신감이 생긴 히틀러는 소련군사가 약하여 속전속결이 가능하다고 보았다. 뒤이어 전투작전에 독일육군 최고 사령부 지휘관들과 히틀러 사이에 작전에 이견이 생겼는데, 히틀러는 지휘관들의 의견과 전략을 무시하고, 자기주장대로 명령을 내렸다.

히틀러는 남부 곡창지대인 우크라이나와 코카스 유전지대 장악을 위한 남부집단군 전선에 대대적인 공세를 펼쳤는데, 차량 연료 부족이 발생했다. 이때 소련군의 반격으로 스탈린그라드(Stalingrad 전투: 1942.7~1943. 2)전투에서 독일군은 탈진했고, 겨울 장비 부족, 보급로 문제 등이 발생했다. 쉽게 승리할 줄 알았으며, 소련군사가 약하다고 판단한 것이 실수였다. 소련의 복원력과 잠재력을 절하 평가한 히틀러, 굽힐 줄 모르는 사람은 강적을 만나게 돼 있다는 말처럼, 스탈린그라드 전투와 북아프리카 전선에서의 대 패배로 인해, 소련군에 포위된 상태에서 히틀러의 자살로 2차대전은 마감되었다.

인간이 일을 기도(企圖)하여도 성취는 신(神)이 한다는 말이 있듯이, 천운도 따라주어야 하는 법인데, 나폴레옹과 히틀러는 지나친 자신감이란 환상의 올가미에 스스로 걸렸다. 아득한 옛날 저- 마케도니아의 젊은 영웅 알렉산더 대왕도 지나친 자신감에 지구의 끝까지 제패하려고 계획하다가 33살에 타국에서 객사했다. 속담에 토끼는 사냥개에, 바보는 칭찬에 잡힌다는 말이 있는데, 천하의 영웅들은 지나친 자신감과 자기도취, 즉 군사전략의 천재란 환상에 사로잡히는구나 하고 생각해 보았다.

영화 『패튼 대전차군단』

  그이와 필자는 영화 『패튼 대전차 군단』을 관람했다. 제2차 세계대전 때 패튼(George S. Patton, 1885~1945) 장군은 미국 최초의 기갑부대 지휘관이 되었다. 패튼은 성격이 거침없이 말하고 행동하며, 전쟁역사에 깊이 심취하였고, 그 자신이 역사 속의 어떤 인물로 생각하여 현실에서 재현하는 듯한 인상을 주는 괴짜였다. 패튼은 큰 전쟁을 앞두고 역사책을 읽었다.

  무인으로써 용맹스럽고, 뛰어난 전략가로서 큰 계획을 세웠으면 질풍노도처럼 밀어붙였으며, 적군이 방어할 수 없도록 단시간에 공격을 퍼붓는 전략을 썼다. 그리하여 미국전쟁 역사상 최단시간에 최장거리 진격이라는 기록을 남겼다. 연합군의 사령관 중에서 패튼을 독일군이 가장 두려워했다고 한다. 때로는 상관의 명령을 무시하면서까지도 자기가 옳다고 판단을 내렸을 때는 밀어붙였다. 그래서 박력 있고 재미있었다.

그는 불리한 전황 속에서도 부하들을 격려하고 위로하여 전쟁의 분위기를 고조시켰다. 그는 타고난 야전사령관 기질이었는데, 특히 욕을 잘하고, 저돌적인 작전으로 결사적인 전투를 하면 신이 나는 듯하였다. 부하들은 잘 따라 주었고, 그 결과 백전백승하였다. 패튼장군의 확고한 지휘철학은 '전쟁을 하기 위해서는 단순하고 비정한 인간을 필요로 한다. 전투는 피와 용기만이 이길 수 있다. 훈련은 고되게, 전투는 쉽게'가 그의 철학이었다고 한다. 그래서 그는 제2사단을 맡아 병사들에게 강도 높은 훈련을 시켰다.

전쟁 노이로제에 걸린 병사를 겁쟁이라고 구타한 사건

영화에서 패튼 장군은 어느 날 시실리(Sicily, 시칠리아, 이탈리아 지중해 최대의 섬)의 야전병원에 시찰하게 되었다. 노이로제 증세가 있는 한 젊은 병사에게 겁쟁이라고 욕하며 뺨을 때리고 구타했다. 군의관에게 쫓아내 버리라고 소리쳤다. 군의관들은 정부에 항의했다. 2차 대전 때 유럽연합군 최고사령관 아이젠하워(Dwight D. Eisenhower)는 패튼 장군을 아꼈다. 아이젠하워는 그 사건을 시실리 내의 모든 부대에 공식적으로 사과하는 선에서 그 사건을 조기 수습하려 하였으나, 언론에 보도되면서 패튼을 파면시키라는 여론이 빗발쳤다. 결국, 그의 성격 때문에 사령관직을 내려놓게 되었다.

또 한가지 사건은 패튼이 기자회견에서 '나치'를 독일에 대한 견제세력으로 필요한 집단이라며 옹호하는 발언을 했다. 이는 아이젠하워의 '나치 해체작업'에 정면으로 위배 되는 발언이라 아이젠하워의 분노를 샀다. 패튼은 제3군 사령관직에서 해임되고, 15군 사령관에 전보 발령이 내려졌다. 패튼은 이로부터 한 달 후에 은퇴했다.

영화에서 패튼은 마주 오던 트럭과 정면충돌사고로 (1945.12.9.) 말 마차에 치이어 목뼈가 부러지고, 온몸이 마비되는 중상을 입었다. 그는 하이델 베르그 병원에 입원하였으나 2주도 안되어 운명(1945.12.22.)했다. 패튼이 남긴 마지막 말은 '군인이 전사해야지 이렇게 죽다니'라고 했다. 패튼장군! 그는 2차 대전의 영웅이었고, 임종의 순간에도 진정한 군인이었으며, 위대한 애국자였다.

그이는 한동안 영화 『패튼 대 전차군단』테이프를 여러 번

반복하여 보았다. 어떤 내용과 장면이 남편을 심취하도록 할까? 하는 의문이 생길 정도였다. 우리 아이들이 아빠와 패튼장군이 성격상으로 닮은 데가 있다고 하였다. 패튼 역할로 나오는 주연은 기골이 장대하고, 용감해 보였으며, 메달과 리본을 단 군복차림에 상아 손잡이가 달린 권총을 허리춤에 찬 당당한 모습이었다. 때로는 거대한 군단의 부하들 앞에서 소리높여 연설하기도 하고, 장중하고 느린 걸음으로 강단에서 위엄있는 몸짓으로 부하들을 교육시키는 것 같기도 하였다. 그는 좀 오만해 보였고, 말투는 거칠었으며 대중을 사로잡는 쇼맨십이 있었다.

패튼 장군과 성동격서(聲東擊西) 전술

그런데 흥미 있는 점은 「노르망디 상륙작전(Normandy Invasion)」에서 이때까지 다른 곳에서 백전백승의 혁혁한 공을 세운 패튼장군이 배제되었다고 했다. 필자는 그 이유를 알고 싶었다. 그이는 웃으며, 패튼의 전쟁 공로는 대단하였지만, 그의 무모하고 저돌적인 성격으로 인하여 불협화음을 일으키기도 하였다고 했다. 당시 미·영 연합군 총사령관은 아이젠하워였다. 패튼장군은 영·불 해협의 연결항구인 칼레(Calais) 북쪽지역에서

가짜(fake)전쟁을 연출하게 하였다고 했다. 연합군이 패튼장
군의 지휘 아래 도버해협을 지나 칼레에 상륙할 것처럼, 소리
는 동쪽에서 울리는데 실제로 쳐들어가는 곳은 서쪽인 가짜
전쟁을 벌였다. 성동격서(聲東擊西) 전술로 로르망디 상륙작
전(1944.6.6~7월 중순까지)에 독일군의 방어병력을 집중하
지 못하도록 위장작전을 펼쳤다고 했다. 연합군의 폭격기들
이 도버해협 상공을 배회하며 얇은 금속 박편을 터뜨리며, 곧
침범할 것처럼, 레이더를 교란시켰다. 진짜 전장 터인 프랑스
북부 노르망디 해안은 그날(D-Day, 1944.6.6, 작전명 오버로
드· Overlord)따라 강풍과 파도로 날씨가 몹시 나쁜 악천후인
데도 작전을 개시하였다.(위키백과 참고)

　　대규모 작전을 펼치기에는 불가능한 것으로 여겨 독일군은
방심하였다. 그러나 총사령관 아이젠하워는 공습을 명령하였
다. 상륙작전 전야(6.5) 한밤중에 연합군 공수부대원(미국, 영
국, 캐나다, 자유프랑스) 은 기습작전을 감행하였다. 보병과
기갑부대가 해안에 상륙한 것은 그날 새벽 6시 30분이었다고
한다. 8개국의 연합군 15만 6천명이 공중으로 해상으로 프랑
스 노르망디 상륙작전에 성공하였다.

느닷없이 술잔을 들고 '너는 개 새끼다'라고 욕을…

영화의 한 장면이다. 한 번은 독일의 명장과(?) 연회석에서 축배를 들면서 패튼은 느닷없이 술잔을 들고 '너는 개 새끼다'라고 욕을 하였다. 그 말의 통역을 맡은 군인은 차마 말 그대로 통역을 할 수 없어서 얼굴을 붉히며 머뭇거리다가 독촉을 받고 그대로 통역하였다. 독일 장군은 금세 쌜쭉해지면서 '너도 개새끼다' 하고 맞받아쳤다. 그때 패튼은 통쾌한 웃음을 날리며, '우리 같은 개새끼끼리 축배를' 하면서 술잔을 마주쳤다. 아하! 이런 매력 때문에 남편이 그토록 심취했나? 하는 생각이 들었다.

국가의 지도자를 잘못 만나면

미·영 연합군의 이라크 침공

국가가 지도자를 잘 못 만나면 그 국민은 고스란히 그 대가를 치러야 한다고 그이는 말문을 열었다. 언젠가 미국 대통령 부시가 중동 이라크(2003.3)로 쳐들어가는 날 아침 식탁에서 그이가 한 말이 아직도 생생하다. "오오-, 저게 아닌데! 쳐들어가는 게 아닌데-. 부시가 잘못해도 한참 잘못하네. 백악관에 그렇게도 정치적 센스가 있는 고문이 없단 말인가!? 답답하네. 훌륭한 조언가가 있어도 부시가 말을 듣지 않겠지," 하는 것이었다. 명분 없는 전쟁을 부시가 일으킨다고 했다.

2003년 3월 20일, 미·영 연합군은 1979년부터 장기 집권해 오고 있는 사담 후세인의 이라크를 침공했다. 이라크 내 쿠르

족 탄압을 종식시키고, 대량 살상무기를 찾는다는 명목이었다. 중동의 위협으로 간주하는 미국의 우방국은 지지했으나, 아랍연맹은 비난했고, 코피아난 국제연합 사무총장은 강한 유감을 표명했다. 수도 바그다드 함락과 함께 후세인을 체포함으로써 동년 12월에 미국승리로 전쟁은 끝났다. 그러나 반전운동과 반미테러는 계속되고 있다. 한때 이라크 내 미 군병력이 16만8천 명에 달했으며, 2007년까지 지출한 민간용역 비용이 약 1천억 달러를 넘었다고 한다. 그이는 지도자를 잘못 만나면 그 국민은 고스란히 그 대가를 치르게 된다고 했다.

논어에 공자가 "나는 맨주먹으로 범을 때려잡고, 맨몸으로 큰 강을 건너다 죽어도 후회하지 않겠다는, 포호빙하(暴虎馮河)하는, 무모한 용기만 내세우는 사람은 위정자로 적합하지 않다고 했다. 자신만만하게 큰소리치는 정치인, 당장은 스케일이 크고, 시원해 보일지 모르지만, 신중한 자세로 지혜로운 대책강구를 성실히 하는 지도자가 참된 지도자의 덕목을 갖춘 인물이다.

북한이 로켓을 쏘아 올린 날(2009.4)

낮 12시경, TV 뉴스특보에 북한이 로켓(Rocket)을 쏘아 올린 데 대한 각국의 반응과 평을 YTN을 비롯하여 각 뉴스매체가 보도하였다. 그이는 식탁에서 "인구 2천만 남짓한 인구가 대단한 저력을 가졌다. 대단해!"하고는 언짢은 말꼬리를 끌었다. "상당한 수의 국민이 굶주리고 있는데 원자폭탄을 개발하고, 로켓을 쏘아 올리고…. 세계의 여론을 손으로 주물럭거리듯 하며 말이야…."하였다. 김정은의 1인 독재를 위해 핵을 '체제수호의 보검'이라 하니, 경제발전을 위해 핵을 내려놓는다는 것은 애초부터 말뿐이었다. 경제적인 계산 보다는 국가 주권을 강조하는 북한은 남이야 무슨 소리를 하든, 우린 우리 식으로 살아간다는 식이다.

남한은 어떤가? 5월 1일이 근로자의 날인 금요일이고, 토요일, 일요일, 그리고 월요일 하루 뛰어 5월 5일 어린이날로 5일간을 휴가로 활용할 수 있게 되자, 외국으로 나가는 비행기 예약은 오래전에 동이 났다. "아무리 세계적인 경제위기니, 구조조정이니 하여도 여전히 차량의 흐름은 시내 도로들을 메우고, 외국으로 여행하는 여행객들은 공항 출구가 비좁다고 밀려 나가고…, 그러면서도 세계 11번째의 경제 대국을 운운하니, 참으로 웃기는 민족이요, 어떤 면으로 생각하면 대단한 민족 같기도 하다"고 하였다.

북한이 수소폭탄 실험에 성공한 날(2016.1.6.)

북한의 첫 수소탄실험은 자기들의 생존권과 지역의 안전을 담보하기 위한 자위적 조치라고 주장했다. (『조선일보』 2016. 1.21.) 미국 의회 조사국(CRS) 분석에 의하면 북한의 4차 핵실험은 수소탄이 아닌, 증폭 핵분열탄이나 단순한 핵실험으로 규정했다. 북한은 3월 18일에는 탄도미사일을 발사했다고 했다. 일반 핵폭탄에 비해 2~5배 수준의 수소폭탄의 강한 폭발력 때문에 북한의 동북지방에 운동장 균열이 생겼다는 보도가 나왔다. 이에 미국 B-52(전략핵폭격기)를 한반도에 급파하여 한국공군과 오산기지 상공서 무력시위에 나섰고, B-2, F-22, 핵 항모도 3월에 배치했다.

그이는 정치학에서 핵을 가진 국가와 핵을 보유하지 않은 나라와는 군사력을 비교할 수 없다고 잘라 말했다. 엄청난 재래식 전력일지라도 핵무기와 비교할 수 없다. 그이는 인터넷 해킹 기술도 북한에서 관여하는 인원은 남한의 배며, 우리는 북한의 해킹을 막지 못한다고 했다. 그이는 수소폭탄은 원자폭탄 위력의 수십 배 이상의 위력을 가지고 있다고 했다.

김정은 위원장이 핵을 포기하면, 짧은 시일 내에 체제는 무너진다는 것을 알기에, 북한은 절대로 핵을 포기하지 않을 것이다. 북한이 핵을 보유하고 있는 한 '남북통일'은 영원히 되지 않을 것이라고 덧붙였다. 군사 분기선에서, 바다에서 그리고 공중에서 방어한다고 하지만 수소폭탄 한두 개를 남한에 떨어뜨리면 남한은 무너진다고 했다.

국민의 땀과 피로 얻은 생산력의 대부분을 생활 수준의 향상에 기여하는 것이 아니라 군사력 강화, 특히 즉 핵무기 개발을 통한 김정은 왕조의 체제유지를 위한 것이다. 그렇다면 국민의 자유의지와는 무관하게 김정은의 체제유지를 위해 노역의 대상일 뿐이다. 국민은 입이 있어도 자유나 권리를 주장할 길이 없다. 언론과 표현의 자유, 종교의 자유, 궁핍과 공포에서 벗어날 자유가 없는 나라에서는 노예의 생활과 무엇이 다를까? 지도자를 잘못 만나면 그 대가는 고스란히 국민의 몫이란 말을 깊이 생각해 보았다.

백마를 타고 백두산 정상에 오르는 북한 리더의 속내?

근래 북한의 김정은 위원장이 중대한 정치적 결단을 내리기 전에 백마를 타고 백두산 정상에 올랐다는 뉴스가 자주 등장한다. '기마(騎馬)의 정치적 이미지'라면 필자의 뇌리에는 나폴레옹이 얼른 떠오른다. 키가 작고 뚱뚱했던 나폴레옹, 어깨높이가 180cm나 되는, 백마에 올라앉아 대중 앞에 나타나면, 백성들은 우러러 쳐다보게 된다. 영웅의 기품을 창출하는 데 효과적이었음을 꿰뚫어 본 것이리라. 김정은이 백두산 정상에 오를 때면 정치적 중대한 결단을 내리는 전조라고 북한의 『노동신문』과 『조선 중앙 통신』이 크게 보도(2019.10.16)하니, 실로 21세기에 드물게 볼 수 있는, 세계의 이목을 끄는, 정치적 쇼임에 틀림이 없는 것 같다. 남한에선 '말 타고 산에 오르는 시대적 착오 쇼'라고 일간 신문들은 평했다.

필자는 케네디 대통령이 1961년 9월에 UN 총회에서 한 연설 「핵무기 시대 UN의 리더십(U.N. Leadership in Nuclear Age)」중에서 한 구절을 인용한다.

남자나 여자나 아이들이나 모두가 핵무기라고 하는 다모클레스의 칼 밑에서 살고 있다. 이 칼은 아주 가는 실에 매달려 있어서, 이 실은 사고나 오산이나 광기로 해서 언제 끊어져 버릴지 모르는 것이다. 전쟁 무기가 우리를 멸망시키기 전에 우리가 그것을 없애지 않으면 안된다.

영화 아브라함 『링컨(Lincoln)』

오래전에 미국의 남북전쟁을 다룬 영화 『바람과 함께 사라 지다』(1939년 개봉)는 영화관에서와 집에서 몇 번 보았다. 마가릿 미첼 원작, 빅터 플레밍 감독에 유명한 영화배우 비비 언 리와 크락 케이블이 주연으로 나왔다. 남북전쟁의 참상을 그리면서도 남녀 간에 얽힌 애정 이야기라, 오랫동안 세계에 서 가장 사랑받는 영화로 기록되었다.

영화 『링컨』은 스티븐 스필버그 감독에 미국의 16대 대통 령인 링컨 배역은 다니엘 데이루이스(Daniel Day Lewis)인데, 키가 크고 여윈 외모가 사진에서 보아온 실물 같아서, 더욱 실 감이 났다. 영화 '링컨'은 남북전쟁(1861~1865)의 전투장면 을 다룬 것이 아니라, 미국의 흑인 노예제도를 폐지하기 위해 미합중국 헌법 제13조를 수정하는 시점을 조명한 영화였다.

유럽인들이 남아메리카 대륙에 식민지를 만들 때 아프리카 흑인들을 강제로 잡아와 팔았고, 또 노예로 부렸다. 모든 노동력을 노예들에게 의지했던 미국의 남부에선 흑인 노예해방을 완강히 거부했다. 그러나 링컨 대통령은 '분쟁하는 집은 서지 못한다. 언제까지나 절반은 노예요, 절반은 자유인 상태로서는 이 나라가 오래 갈 수 없다고 나는 믿습니다,'라고 했다.

남북전쟁 후 미국 수정헌법 제13조는 "어떤 노예제도 또는 강제노역도, 당사자가 정식으로 기소되어 판결로서 확정된 형벌이 아닌 이상, 미합중국 또는 관할 영역 내에 존재할 수 없다,"고 명시한다. 이 노예해방 법안이 상원을 통과한 일주일 후에 워싱턴 DC 피터슨 하우스에서 노예해방 반대론자의 총탄에 맞아 링컨 대통령은 서거했다. 링컨 대통령은 자기가 꼭 풀어야 하고 해결해야 할 과제를 알았을 뿐만 아니라, 불가능에 가까운 사회와 국가의 병폐를 실천에 옮긴 정치가요 영웅이었다. 참으로 위대한 인물의 전기 한 토막을 영화로 감상했다.

필자는 초등학교 때 미국의 스토우(Stowe) 부인이 쓴 소설 『톰 아저씨의 오두막 집(Uncle Tom's Cabin, 1852)』에 관한 이야기와 가난하여 초등학교도 제대로 못 다녔던 링컨 대통령에 대하여 읽었던 내용을 할머니가 되어서도 기억하고 있다. 스토우 부인의 소설은 흑인 노예해방을 유발한 기폭제가 되었다. 기록에 의하면, 노예해방 반대론자들은 스토우 부인에게는 소총을 보내기도 하고, 흑인의 귀를 잘라 보내며 죽이겠다고 겁박했다. 링컨 대통령은 남북전쟁 중에 스토우 부인을 백악관에 초청한 후, "당신이 이 전쟁에 불을 땅긴 스토우 부인이냐고 묻고, 이렇게 약해 보이는 분이 그리도 강하고 담대한 글을 쏠 수 있었느냐고 물었다. 이때 스토우 부인은 이 소설은 제가 쓴 것이 아니라 하나님이 신데, 단지 하나님이 저를 도구로 사용하셨다고 했단다. 이때 링컨 대통령도 본인이 노예해방을 한 것이 아니고 하나님이 행하신 일이었다고 대답했다고 전한다. 스토우 부인이 링컨대통령에게 선물한 책 표지 안에는 「사랑이 있는 곳에 하나님이 계십니다」라고 적혔다고 한다.

요즘 젊은 세대는 어떤 영화를 즐겨볼까?

요즘 이런 세계적인 역사를 배경으로 한 영화를 보는 젊은 이가 많지 않은 것 같다. 작년 언제(2017년 10월?)던가? 독일의 종교개혁가 마르틴 루터의 종교개혁 500주년에 영화 『루터』가 상영되었다. 그 영화를 보기 위해 IFC, 여의도 국제금융센터 내에 있는 영화관에 표를 사려갔는데, 상영된 지 며칠 안 된 것 같은데, 벌써 중단된 것이었다. 종교인이라면 믿음과 신념에 대한 영화를 보고픈 생각이 없을까? 하는 생각이 들었다. 상영 시간표에 온갖 방법을 동원하여 처참하게 인간을 학살하는 영화는 상영하는 시간대도 촘촘하게 짜였는데, 교육적이라든가 종교-역사-철학적인 영화는 관람객이 없을 뿐만 아니라 아예 상영도 하루에 한두 번, 그것도 하루 이틀 만에 상영이 중단되는 것이었다. 요즘 우리 사회의 의식이 어떤 방향으로 흘러가고 있는 것일까? 하는 두려운 생각이 들었다.

집에서 가족이 함께 보는 드라마도 보험금 타려고 부모와 자식, 부부 형제간에도 교묘하게 죽이든지 아니면 청탁 살인하는 프로그램이 많다. 그리고 소위 말하는 강력한 액션, 친구나 가족을 때려도 그냥 치는 것이 아니라 죽을 때까지 때려눕히고 짓밟는 장면을 불필요하게 너무나 오래도록 방영하는 것 같다. 도저히 이해할 수 없는 장면을 징그럽게, 눈길을 돌릴 지경으로 불필요하게 악한 장면을 노출 시킨다. 어디 그뿐인가? 폭약이나 마약 같은 것의 조제법부터 취급하는 방법도 누군가 배우기를, 실험해 보기를 권유라도 하는 듯, 일부러 범행을 모방하라고 자세하게 방영하는 것일까? 그런 프로그램이 우리 사회에 어떤 악영향을 줄 것이란 것을 한 번이라도 고민해 보았을까? 의아하게 한다.

지구촌 어디에선가 영양실조로 죽어가는 아이들뿐만 아니라, 국내서도 궁핍한 생활 비관으로 자살률도 늘고 있는 상황에서 요즘 TV 프로그램에 자주 등장하는 「먹자 프로그램」도 너무 잦은 것 같다. 많이 먹기 시합이라도 벌이는 듯, 즐기며 포식하는 장면이 자주 방영되는데, 과연 국민의 건강이나 교육적인 면에서 바람직할까, 생각될 때가 있다.

5.

외국인들이 의아해하는 한국 고유의 풍경

한국인의 예술적 재능과 한류 열풍(K-pop wave)

한국드라마 『대장금(大長今)』과 『겨울연가』는 대단한 한류열풍을 일으켰다. '대장금'은 조선 중종 때 신임을 받은 의녀(醫女)였는데 그의 삶을 조명한 소설이 배경이다. 2008년에 한국을 방문한 중국 후진타오 주석도 『대장금』의 주역인 이영애 씨의 열렬한 팬이라고 하여, 환영식에 이영애 씨를 초청하기도 했다.

가수 싸이(PSY)의 『강남스타일(Gangnam Style)』 뮤직비디오는 2012년 7월에 유 튜브에 등록되었는데 11월에는 세계에서 뮤직비디오 조회 수 1위를 차지했으며 기네스북에도 올랐다. 전 세계인이 어깨를 들썩이며 '말춤'을 추게 했다. 2013년에 데뷔한 K-pop 방탄소년단은 대한민국 최다 음반 판매량을 기록했고 전 세계에서 가장 많은 리트윗(Re tweet)을 기록한 연예인으로 기네스북에 올랐다.

가요무대를 보더라도 가수는 물론 청중들도 신명이 나서 흥겹게 축제의 분위기를 형성하고 팔을 들어 박자에 맞추어 춤을 춘다. 외국인들이 놀라는 것은 한국 사람들은 하나같이 노래를 좋아하고 잘 부른다고 감탄한다. 진짜 신나는 사물놀이는 또 어떠한가. 한국 민속촌 풍물놀이나 농악을 보면 예부터 신명이 흘러넘치는 민족이었다.

교육문화관광위원회에 따르면 2018년 기준으로 세계에서 한글을 제2 외국으로 가르치는 나라가 23개국이나 되고 799개 학교에서 배우는 학생 수가 76,377명에 달했다. 한글 서체의 시각적 조화를 이용한 의상의 장식무늬는 유행으로 확장되고 있다. 한국어를 접한 계기는 대부분 우리나라 가요와 드라마였다고 했다.

대한민국은 국가 브랜드 삼성과 현대를 통해서 고도의 과학기술이 발달한 나라이며 IT 강국으로 알려져 있다. 국제 수학 올림피아드에서 청소년들이 두각을 나타내고 국제기능 올림픽 대회에서도 우수한 성적을 올리고 있다. 세계인의 IQ 측정 학술자료에 따르면 세계 185개국 중에서 한국(106)은 홍콩(107) 다음으로 세계에서 2위라고 한다. 평균지수가 100 이상인 국가는 17개국뿐이라니 우쭐해지는 기분이다.

LPGA 한국 낭자군 우승 독식(獨食)

아침 식탁에서 그이는 한국 여자골프선수들 정말 대단하다고 했다. 올해 열린 15개 대회에서 절반이 넘는 8개 우승컵을 차지했으니 말이다. 특히 1998년 IMF로 우리나라에 경제 파탄이 왔을 때 박세리 선수가 얼마나 우리 국민에게 위로가 되었던가? 그 해 박선수는 혼자 4승을 거두었고, 한국 선수로 2004년에 미국 여자골프 명예의 전당에 입성했다. 근래에는 LPGA 세계여자 골프선수권대회에서 한국 선수들이 대상을 거의 싹쓸이하다시피 우승을 해오고 있다. 요즘 여성 골프대회 마지막 결승전에 올라온 선수 명단을 보면 후보자 1등부터 10등 이내에 한국 선수들이 반 정도는 들어있다.

골프가 올림픽에서 정식종목으로 채택된 첫해 브라질 「리우 하계올림픽(2016.8)」에서 영광의 금메달을 목에 건 박인비 선수! 대한민국의 위상을 드높여 주었으니 한국인의 자랑거리가 아닐 수 없었다. 상황이 이렇다 보니, 외국인들이 무슨 재미로 TV를 보겠느냐?'며 우려도 한다. 미국의 골프 스폰서가 볼 때 자기 나라의 선수들은 보이지 않으니 얼마나 씁쓸하겠느냐고 하였다.

2017년 7월 뉴저지주 베드민스터의 「트럼프 내셔널 골프 클럽」에서 열린 LPGA에서 박성현 선수가 1등의 명예를 차지했으며, 1등부터 4등까지 태극낭자들이 싹쓸이했다. 당시 신문에 「US 여자 오픈인가, 한국여자 오픈인가?」라는 제목까지 등장했었다. 이 골프장은 트럼프 대통령의 소유지인데 트럼프 대통령이 3일 동안 관람했다고 한다. 2017년 11월에 한국을 국빈 방문한 트럼프 대통령은 국회 연설에서 한국 프로골프선수들의 활약을 특별히 언급했을 때 한국 국회의원들은 기쁨을 박수갈채로 화답했다. 2019년 현재 세계 LPGA 랭킹 10위 안에 6명이 한국 여자선수이다. 고진영, 김세영, 이정은 6이 1, 2, 3위이고, 7, 8, 10 등이 박성현, 이민지, 김효주 선수이다.

세계 올림픽 경기에서 세계인의 찬사를 독차지했던 김연아 피겨 스케이팅 선수, 이상화 스피드 스케이팅 선수, 손연재 리듬체조 선수, 수영선수, 축구선수, 야구선수 등 다 일일이 기록할 수도 없다. 대한민국의 축구선수이자 축구 감독인 박항서는 베트남을 열광시키고 있으며 국민 영웅으로 떠오르고 있다.

세계 양궁 활쏘기 대회에서 한국 선수들이 전 종목에서 싹쓸이 우승을 할 때도 많았다. 세계 여러 나라의 양궁대표팀 감독이 한국인이어서 화제가 된 적도 있었다. 어느 해에는 세계 양궁대회에서도 최고 성적을 올렸다. 아득히 역사를 거슬러 올라가면 고구려 고분 벽화에도 말을 타고 달리면서 활쏘기 사냥을 했던 장군들의 기사도(騎射圖)가 압권이었다. 활쏘기나 골프는 극도의 정신집중을 요구하는 정교한 운동이다. 조금이라도 마음에 흔들림이 있어서는 홀이나 과녁을 정통으로 맞출 수 없다. 우리 민족은 예로부터 양궁이나 골프 등 정교한 운동에 탁월한 유전자를 지니고 태어났다고 그이는 가끔 말한다.

기러기아빠, 펭귄아빠
(Goose Daddy & Penguin Daddy)

조기 영어교육 열풍

지나친 교육열이 불러온 갖가지 기형 현상이 일어났었다. 조기영어교육에 돈과 시간을 쏟아붓는 나라, 요즘 신문을 장식하는 슬픈 이야기가 '기러기아빠'이다. 1990년대 말, 수출 100억 불을 달성하며 취업을 하기 위해 영어는 필수가 되었다. 국제 경쟁력을 키우기 위해 2001학년도부터 초등학교에서 영어를 정규교과로 도입했다. 그리하여 2000년대 초부터 우리나라에 조기영어교육 열풍이 불기 시작하여 2007~2010년경까지, 아이들을 영어로 말하는 나라로 조기유학 보내고, 유학비를 벌기 위해서 아빠는 한국에 남아서 갖은 고생을 하며 홀로 지내야 했다. 아이 따라 엄마도 함께 미국, 캐나다, 영국, 호주, 뉴질랜드, 싱가포르, 심지어 말레이시아 등으로 떠났다. 2008~9년경에는 외국에 조기유학 간 학생 수가 10만이 넘었다.

경제적으로 아빠가 일 년에 한두 번이라도 가족을 상봉할 수 있으면 기러기아빠, 그럴 형편도 안 되어 수년간 가족을 만나지도 못하고 한국에 홀로 남아서 밤낮으로 일만 하는 아빠를 펭귄아빠라 불렀다. 경제적 능력이 있어서 가족이 보고 싶을 때 바다를 자주 건널 수 있는 아빠를 독수리아빠(Eagle Daddy)라 불렀다.

자식 교육열이 지나쳐 가정의 경제적 파탄과 더불어 수년간 떨어져 생활하다 보니 이혼율도 높아졌으며, 외로움을 참다못해, 노동에 지친 아빠가 자살했다는 뉴스가 매스컴에 오르기도 했다. 지나친 교육열이 불러온 기형적인 사회현상이었다. 이러한 큰 희생 뒤에 오는 조기영어교육의 효과는 어떠했을까? 너무 많은 것을 가르치면 오히려 영유아의 성장발달에 부정적으로 작용한다고 관계전문가들은 말했다. 성격이 난폭해지고, 자폐증 증상이나 학습을 거부하는 부작용을 일으킨다고 경고하기도 했었다. 아이들이 한 마디도 못 알아듣는 단계에서는 원어민 강사보다 스트레스를 적게 받는 한국

강사를 어린이들은 더 선호했다. 과잉은 불평을 불러올 수도 있다.

시험을 앞두고 합격 소원을 비는 마음

대학입시시험 때는 겨울이다. 아이를 학교 시험장에 데려 다주고는 집에 돌아오지 않고 교문 밖에서 아이가 입실한 교실 쪽을 바라보며, 영하의 기온에 양손 모으고 기도하며 몇 시간씩 서 있는 가족들을 본다. 명문대학 입학이 아이의 장래와 직결된다는 교육열에서 비롯되었다. 학교 문 앞에는 찰떡과 엿을 파는 장수들이 장사진을 이루고, 이삼일 전부터, 친척들은 행운을 빌며, 엿이나 초콜릿, 찰떡과 같은 선물을 건네주기도 한다.

종교에 따라서 교회에서는 고 3학년 엄마들이 주로 모여서 기도회를 열고, 불교 신자들은 절에서 불공을 드린다. 어떤 엄마는 2~3일간 밤낮으로 부처님 앞에서 끝없이 절을 하며 빌기도 한다. 그뿐만 아니라, 고3의 어떤 엄마들은 정초에 용하다는 점쟁이를 찾아가서 비싼 가격을 내고 토정비결 점도 친다. 그 무엇보다도 아이의 건강관리에 온갖 노력과 주의를 기울이는 것은 기본이다. 다만 그 강도가 다를 뿐이지, 큰 시험을 앞두고 합격 소원을 비는 마음이야 지구촌 여느 나라에도 있을 것이다.

같은 동양문화 권인 일본에선 돈가스를 먹고, 선물로는 킷캣(KitKat) 초콜릿을 선물로 주며, 중국에선 '댓잎으로 싼 찹쌀떡 쭝쯔'를 선물로 준다고 한다. 저 유럽에서도 형태만 다르지 비는 마음은 같다. 프랑스 파리의 소르본대학 근처에 몽테뉴 동상이 있는데, 시험을 앞둔 학생들이 이 동상 앞에서 인사를 한 뒤, 소원을 빌면서 동상의 오른쪽 발가락을 만진다고 한다. 그래서 그 부분이 닳아서 반들반들하다고 하는 『조선일보』 (2019.11.30) 기사를 여행자 코너에서 읽었다.

우리나라 국민성의 음양(陰陽)

2002년 FIFA 월드컵(World-Cup) 응원단 '붉은악마'

한국과 일본은 2002년에 월드컵 축구대회를 동시에 주관했다. 서울 월드컵은 4강 신화를 이룩했으며, 당시 우리나라의 월드컵 응원단 '붉은악마'는 세계적으로 전파를 탔다. 시청 앞과 광화문 광장에서 100만 명가량이 붉은 옷을 입고 응원을 한 '붉은악마'가 대형 스크린 앞에서 함성을 올리는 장면은 전 세계인에게 인상 깊게 각인되었다. '오~ 필승 코리아~'를 외치며, '대한민국, 짜짠짜 잔짜'를 어린이부터 노인에 이르기까지 손뼉을 치며 노래를 불렀다. 전 국민은 일심동체가 되어 환경미화부터 거리 교통질서까지 모범적으로 잘 지켰다. 응원단은 부산 대구 등 대도시에서도 동시에 펼쳐졌다.

네덜란드의 출신 거스 히딩크(Gus Hiddink, 1946~)는 대한민국의 축구감독으로 추대받아 2002년 FIFA 월드컵 한국 팀을 이끌었으며, 4강 신화를 이룩하였다. 아시아에 속한 국가로 월드컵 4강 진출은 최초였다. 월드컵 후, 다른 나라를 여행할 때 '코리아'에서 왔다면 '오, 대한민국 ~ 한 뒤에, 손뼉으로 짜짠짜 짠짜'를 치면서 엄지손가락을 높이 처들여 보일 정도로 외국에 '붉은악마 응원'은 잘 알려져 있었다.

우리나라 국민성의 장단점

우리나라 국민성의 음양을 생각해 보면, 가장 큰 미덕 가운데 하나는 역경을 참아내는 능력이다. 보릿고개의 어려움도 극복했고, 1997년 IMF 위기 때, 대대로 물려받은 장롱 속에 잠자든 금을 죄다 꺼내와 국가의 위기를 지혜롭게 극복했다. 2007년 12월 7일, 충남 태안반도 기름유출 사고 때 그 혹한(酷寒) 속에서도 짧은 시일 내에 검은 기름 덩어리를 걷어낸 123만 명의 희생정신은 어떻게 표현해야 좋을까? 아주 열성적이고 화끈하며, 한 번 한다면 하고야 마는 강인한 민족성을 지녔다. 그런데 반성하고 고쳐야 할 면도 있다.

'인종차별이 심하고 불친절하다'는 평을 받는다. 외국인들이 한국을 여행할 때면 이해하기 어려운 점들을 발견하고 놀라기도 한다. 한국에는 인종차별이 심하고, 여행객들에게 바가지요금을 잘 씌우며, 국민성이 매우 불친절하다는 평을 받는다. 길을 걸을 때나 지하철 내에서도, 타인의 어깨를 툭 부딪치고 지나더라도 미안하다는 말이나 표현이 없다. 부딪혀 상대방의 소지물이 땅에 떨어졌어도 아무렇지도 않은 듯 고개 돌리고 지나가 버린다.

다들 그러는 것은 아니지만, 혹간에는 지하철이나 공공장소에서 옆의 사람을 인식하지 않고, 큰소리로 통화하는 광경은 눈살을 찌푸리게 한다. 큰기침이나 재채기할 때도 입을 가리지 않고 크게 소리 내며 시원히 해버린다. 한국인의 문화생활 수준(民度)이 이 정도인 줄은 몰랐는데, 공중예의 기본이 전혀 안 돼 있구나! 하고 놀란다고 한다. 무슨 축제나 큰 행사를 치른 자리에는 어김없이 쓰레기가 태산이다. 필자는 40여 년간 여의도 여의나루에서 사는데 보통 주말에도 한강공원은 인산인해고, 함부로 버리고 간 쓰레기는 상상을 초월한다.

약자를 배려하는 정신이 없다! 란 기사는 신문에서도 가끔 접한다. 손실 떠안는 사회적 약자들이란 제목으로『조선일보』(2016.12.3.화)에 게재된 내용이다. 특별한 경우겠지만, 아래 내용을 깊이 반성해볼 만하다고 여겨진다. 택시호출 '빨리 오라' 한 뒤, 다른 택시 타고 가면서 취소하지 않는다. 대리기사 호출 여러 개 한꺼번에 불러놓고, 먼저 온 것 선택하여 떠난다. 때로는 대리기사 도착하면, '술 더 마시겠으니 가라'한다. 음식배달 해 놓고 배달 중 갑자기 일 생겨 나간다며 일방적으로 취소해 버린다. 그리고 집에 도착하여 초인종을 눌러도 대답 없고, 전화까지 꺼 놓았다고 한다. 얼마 전에 선(先)주문 서비스를 도입했다가 쓴맛보고 업체들이 포기했다고 한다. 이를테면 약속시간 보다 늦게 와서 커피도 식었다, 팥빙수는 녹았다, 다시 해 달라고 항의한다고 했다. 약자를 얕보고 갑질하는 것일까? 우리의 일상생활 속에서 혹시나 이웃을 괴롭히는 일은 없는지 돌아볼 일이다.

국민성이 레밍(Leming) 들쥐 같다

한미연합사령관을 역임했던 존 위컴(John Wickham) 장군은 우리나라 국민성을 두고 레밍 들쥐 같은 속성을 지녔다고 했다. 북유럽에 서식하고 있는 이 쥐는 원인을 알 수 없는 대이동 습관이 있는데, 한 번 이동이 시작되면 선두 그룹을 따라 거대한 무리가 따라나서고, 끝내는 선두가 절벽에 이르러 바다에 빠져드는데도 줄줄이 따라 들어가 죽는 습성을 지녔다는 내용을 『오마이 뉴스』에서 읽었다. 즉 우두머리를 맹목적으로 따라 움직임을 은유했다.

그분은 서울의 봄과 광주민주화운동 때 한미연합사령관이었다. 한국인은 리더가 누구인지 무관하게, 힘 있는 자에게 쏠린다. 한국 국민에게는 민주주의가 적합하지 않다, 고 했다 하는데, 받아들이기에 자존심 상하지만, 되씹어볼 만하다. 예부터 좋은 약은 입에 쓰고, 충언은 귀에 거슬린다(良藥苦口 忠言逆耳)고 하지 않았든가. 왜 이런 말이 나왔는지, 깊이 되새겨 볼 만하다고 생각한다.

우리나라의 국민성에는 '바글바글 끓다가 금방 식어버리는 냄비근성'이 있다. 과학적 근거가 없는 괴담(怪談)에 크게 술렁이는 대중을 보면 더욱 그러한 생각이 든다. 그 대표적인 예가 광우병 괴담이다. 과학적 근거나 해명도 없이 떠도는 괴담을 우리 사회는 고질적으로 쉽게 믿고 따른다. '누군가 이렇다네!' 하고 깃발을 들면 한꺼번에 와~하고 그쪽으로 일제히 머리를 돌린다. 설명이 필요 없을 것 같다. 부화뇌동(附和雷同)이란, 우레에 맞춰 함께한다는 뜻으로, 자신의 뚜렷한 소신이나 주관 없이 남이 하는 대로 따라 하는 것을 비유한 말이다. 이를테면, 야생조류가 몸에 좋다니까 밀렵이 기승을 부리고, 웅담이 좋다니까 외국에 나가서 너도나도 가방 가득 사 들고 온다는 기사를 여러 번 읽었다.

'사촌이 논 사면 배가 아프다'

세계에서 '사촌이 땅 사면 배가 아프다'는 말은 한국에만 있다고 한다. 정확하게 같은 뜻은 아니지만, 남의 불행을 보았을 때 기쁨을 느끼는 심리, '샤덴푸로이데'(Schadenfreude, 쌤통, 고소하다)'와 비슷한 맥락일까? 형제간에 벌어지는 법정소송을 보면 금력도 마찬가지인 것 같다. 생각할수록 받아들이기에 부끄럽지만, 사실인 것 같다. 국회의원들의 회의하는 광경을 보면 당리당략을 위해 도저히 국민의 대표로 선거에서 선택된 인물들이라고는 생각할 수 없을 정도로 야만스러운 깡패집단인 것 같다. 학생들이 볼까 두렵고, 외국인들에게 부끄러우며, TV를 통하여 전 세계인이 볼 것이기에 참으로 창피스럽다.

사랑의 마음 사랑의 언어

- 이해인 수녀 초대 특강(2007.10.28. 경동교회본당)

경동교회 신앙수련회에 초빙 강사는 시집『민들레의 영토』로 널리 알려진 이해인 수녀 시인이었다. 필자는 오래전부터 그의 시를 애송해 왔지만 직접 대면하기는 처음이었다. 단신의 체구, 동안(童顔)의 소녀 같았다. 특강 제목은 「사랑의 마음 사랑의 언어」인데 자작시와 노래를 곁들인다니 기대감에 가슴이 설레었다. 오늘 이해인 수녀님과 동행한 카톨릭 생활성가 김정식 가수의 기타에 맞추어 찬송가 「내 영혼이 은총입어」를 함께 부르며 시작되었다. 기타에 맞추어 빠른 속도로 경쾌하게 노래 부르니, 주일날 예배 때 피아노에 맞춰 찬송가를 부를 때와는 퍽 다른 예배 분위기를 조성하였다.

엽기적이고 과장된 표현들

우리가 일상생활 속에서 무심코 사용하는 언어가 얼마나 억세게 과장되었으며 경박스러운지 돌아볼 수 있었다. 특별히 화가 났거나 슬픔에 젖지 않은, 평상시에 사용하는 언어도 되씹어보니 얼굴이 붉어질 정도였다. 수녀님이 한마디씩 흉내 낼 때마다 우리는 놀라움과 동시에 폭소를 터뜨렸다. 상대방의 말이 논리에 조금 빗나가든지 주관적이고 일방적이라고 생각들 때, 우리의 반응은 웃기네, 웃겨 죽겠네, 웃기고 나자빠졌네, 별꼴이네, 별일 다 봤네, 맛이 갔다, 김샜다, 돌았네, 미쳤네, 미치고 폴짝 뛰겠네, 구제 불능이다, 환장하겠네… 등 반응과 표현은 거칠고 다양하다. 삼자의 말이 얼토당토않다고 생각될 때 '아픈 것 같지요' '보통일이 아니네요' '조화가 깨졌네요'로 표현하면 어떨까요, 하여 웃음의 바다를 이루었다.

부부간에 흉을 볼 때도 '꼴도 보기 싫다' 보다는 '사랑하기 힘드네'라고 하면 어떨까요. 술에 취하여 주정을 할 때 '이러시면 곤란합니다'로 말하면 어떨까요, 하였다. 언젠가 출입금지 대신에 '이 문을 들어가면 의의 상함' 주인 백, 이란 사인을 보았을 때 절로 기분이 좋아서 들어가지 않게 되었다고 했다.

우리는 과장된 표현에도 이제는 면역이 생겨 크게 관심을 보이지 않게 되었다. 물건을 싸게 파는 세일(Bargain-sale) 광고도 몇% 세일, 대 할인판매 등으로 표기해도 될 것을 '왕 세일' '폭탄 세일' '몽땅 세일' '왕창 세일' '점포정리'… 등으로 파격적인 세일을 할 것 같지만, 막상 자세히 들여다보면 꼭 받을 가격만큼은 붙여놓은 것이 아니던가. 우리는 같은 내용의 말이라도 긍정적인 말보다는 부정적인 표현을 더 많이 사용한다고 지적했다. 이를테면 함께 백화점에 간 친구가 오래 별러서 옷을 한 벌 사려고 하는데, 옆에서 친구가 자꾸 값만 비싸다고 지적한다고 치자. 친구가 고르는 옷이 예쁘다거나, 잘 어울린다거나, 촉감이 부드럽고 품질이 우수하다고는 말하지 않고, 가격이 비싸다고만 한다면 친구는 그 옷이 마음에 들어도 친구의 코멘트가 부담스러워 결국 살 수 없게 되리라.

어머니께서 오늘 우리 때문에 화나셨다가 아니라, 어머니의 꾸중도 '오늘 뚜껑 열렸다', '꼭지 빠졌다'라고 한다. 존경심은 고사하고 지겹고 싫다는 뉘앙스가 강하게 풍기는 표현이다. 자기주장이 강한 사람을 개성이 강하다,라고 하면 될 것을 '독종'이라고 해 버린다. 남이 제비뽑기에 당첨되었던지 돈을 벌었을 때 좋으시겠습니다, 축복 받으셨습니다, 라면 될 것을 '떼 잡았네'라고 한다. 영화감상이나 예술 발표회를 다녀온 후 감동적이었다거나, 아주 훌륭했다, 라고 해도 좋으련만 '뿅갔다' '죽여준다'라고 한다. 엽기적이고 과장된 표현들은 많다. 피곤하여 깊이 잠들었다, 파김치가 됐다, 라고 해도 될 것을 '쫙 뻗었다' '죽었다'라고 한다든가, 단어 앞에 '개' 자를 붙여 표현을 강하게 만든다. 개새끼, 개똥, 개망신, 개뼉따귀…. 우리가 무심코 내뱉는 말을 몰래 녹음했다가 조용한 시간에 다시 듣는다면 아마도 스스로 놀랄 것이다.

향기를 풍기는 말이란…

향기를 풍기는 말이란 선한 말, 남을 배려하고 사랑하며 상처를 주지 않는 순화된 말이라고 하였다. 비록 오는 말이 곱지 않아도 가는 말은 곱게 돌려주어야 한다. 들은 말을 타인에게 전할 때 거친 표현을 통하여 이중적으로 모욕해서는 안 된다는 것을 지적하였다. 때와 장소와 상대방을 고려하지 않은 거친 말은 듣기에도 민망하고, 대화하는 상대방에게도 부담을 준다고 하였다.

자기 자신을 예쁘게 보이려고 미용실에서, 백화점에서 시간과 돈을 쓰며 신경을 쓰지만, 남을 즐겁게 해 줄 수 있는 말의 선택에는 왜 신경을 쓰지 않느냐고 했을 때 참으로 공감이 갔다. 생각할수록 좋은 충고였다. 「사랑의 언어」선택이란 시간과 돈을 필요로 하지 않는다. 깨달은 후, 마음만 먹으면 실천할 수 있는 인식의 문제이다. 「사랑의 마음 사랑의 언어」는 자신의 품위를 높일 수 있는 지름길이 아닌가. 예로부터 사람을 평가하는 기준은 신언서판(身言書判)이라 하지 않았던가. 단정한 외모, 아름다운 언어, 깨끗한 글씨, 바른 사리판단 등을 들었다. 수련회가 끝날 즈음에 우리는 모두 한 마음이 되어 「매일 우리가 하는 말은」이란 시의 전문을 기도하는 마음으로 나직이 함께 읊었다.

오후 네시 반경에 이해인 시인의 특강이 끝났다. 목사님의 축도로 은혜 속에 신앙수련회가 끝났다.

밖에는 늦가을 비가 쏟아지고 있었다. 본당 입구에선 이해인 시인의 시집을 구입한 교인들이 사인을 받기 위해 줄을 서 있었다. 수녀님은 자잘한 꽃 그림 바탕에 「말을 위한 기도」 시가 적힌, 가로 7.5cm 세로 12.5cm 크기의 팸플릿을 전교인에게 선물로 주었다. 깜찍하고 귀여운 선물로서 코팅이 되어있어서 핸드백 속에 넣어 다니며 가끔 읽어보면 잠언역할을 할 것이었다. 오늘 우리 마음 깊숙한 곳에 심어준 「사랑의 마음 사랑의 언어」 나무는 세월 속에 무성히 열매를 맺으리라.

외국인들이 의아해하는 한국 고유의 풍경

한국은 지금 통화 중(Line is busy!)

한국을 여행하고 온 외국인에게 한국에 대한 인상을 물었더니 서슴없이 하는 말이 '한국은 지금 통화 중(Line is busy! 2010년 경)'이라 했다 한다. 세계적인 IT 강국 코리아, 2009년과 2010년경에는 남녀노소 하나 같이 삼성전자와 LG전자에서 출시된 스마트폰(Smart Phone) 휴대 전화기를 손에 들고 다녔다. 대화하면서 길을 걷고, 횡단로를 건너며, 심지어는 길거리 행인과 맞닥뜨리면서도, 손에 쥔 화면에 열중하곤 한다. 도로 맨홀이라든가, 도로공사 현장을 지날 때 부주의로 스마트폰을 보다가 사고를 당했다는 뉴스도 듣는다. 흔들리는 버스 내에서나 전철역 내에서도 학생 남녀노소 할 것 없이 스마트폰을 들여다보는 진풍경은 외국인을 의아하게 했다. 한 손으로 전화하면서 차를 운전하는 바람에 교통사고가 잦아서, 한때는 이런 경우, 교통순경이 잡기까지 한다고 규정했었다. 지금 우리 국민 대부분이 스마트폰만 들여다보는 중독증에 걸려있다. 지난 10년 동안에 참으로 많이 변했다. 이제는 스마트폰 없이 당신은 살 수 있습니까? 라는 말까지 나왔다.

그이는 가족이 모이는 명절에 아이들이 구석구석에 흩어져서 스마트폰만 들여다보는 것을 금지했다. 멀리서 어렵게 한자리에 모이는 의의도 없을 뿐만 아니라, 오랜만에 모였는데도 사촌 간에 대화도 하지 않을 바엔, 왜 왔느냐고 꾸중하였다. 그래서 단 몇 시간 동안이라도 사회와 학교에서 있었던 일을 이야기하게 되었다. 그리고 밥을 먹는 동안에도 휴대폰을 볼수 없는 것이 우리 집 규칙이다.

우리나라가 세계에서 가장 인정받고 있는 것에는?

"우리나라가 세계에서 가장 인정받고 있는 것에는 어떤 것이 있는지?, 그이는 알고 있는 범위 내에서 말해보라,"고 하였다. 정말 신나는 대화의 창구를 활짝 연 것이었다. 언제나 필자는 좀 경솔하게 말을 쏟아내는 경향이 있다. 제일 중요한 것부터 나열하지도 않을 뿐만 아니라, 생각에 떠오르면 바로 대답해 버리는 나쁜 습관이 있다. 그래서 생각 않고 말해버린 후, 틀리면 변명하며 말을 정정해 버린다고, 자주 그이로부터 지적을 당하곤 한다. 그이는 늘 충고하기를 '당신 같은 사람이, 함부로 생각도 않고 말을, 틀린 말을 좍좍해 버리는 사람이 사회에서 요직을 맡으면 하루도 못가서 쫓겨날 것이라고 했다. 그리고 틀렸다면 마음대로 정정해 버리고…. 그러면 필자는 반성도 하지 않고 속으로, 큰 자리에 앉으면 당연히 생각해서 말하고, 9할을 듣고, 1할을 말하겠지. 집안이고, 남편이니까…하며, 실수를 정당화하곤 한다. 샐쭉하고 토라지지만, 무안함을 당해도 작심 1시간, 실수는 또 반복된다.

2011년 정보통신 활용도 138개국 중 1위, 2010년 국가경쟁력 100개국 중 3위(유네스코), 2009년도엔 학업 성취도, OECD 30개국 중 2위(수학·과학·문제해결력)이며, OECD 선박 근조량 30개국 중 1위, 인적자원 66개국 중 2위를 차지했다. 2008년과 2010년에 고등교육 취학률 134개국 중 3위였다. 인터넷 평균속도, 즉 아카마이(Akamai: 인터넷을 통해 전달되는 모든 정보를 신속하고 효과적으로 전달하기 위한 네트워크 업체의 서비스 CDN: Content Delivery Network)는 226개국 중 1위

로 우리나라는 자랑스러운 면도 많다고 하였다. 그리고 한국
은 GDP 기준 세계 13위 경제 대국이다. 그이는 우리나라 사
람들은 두뇌가 우수하고, 예술적 재능이 많으며, 역동성과 창
의성은 많다고 하였다.

1945년 UN이 설립되었을 때 회원국이 45개국이었는데 현
재는 200개국이 넘는데 신생 독립국 중 인구 5천만에 GDP 3
만 불인 나라는 한국 하나밖에 없다.

술판매점에 최고급품이 즐비하게 진열된 나라는…

부유한 나라 미국에서도 술판매점(Liquor Store)에 나폴레옹
코냑이나 발렌타인 21년이나 30년 같은 것은 특별히 주문하
지 않는 이상 없다고 한다. 최고급품으로 발렌타인 12년 정도
를 구비해 두었는데, 이것도 진열장에 두고 문을 잠근다고 한
다. 그런데 한국의 술판매점엔 고급술이 많은데 놀라고, 그 비
싼 고급술, 발렌타인 21년 같은 것에 맥주를 부어 폭탄주를 만
들어 마시니, 외국인들은 거듭 놀라지 않을 수 없다는 것이다.
그럴 바엔 왜 그 비싼 술을 사느냐는 것이다.

고급술은 마시기 전에 먼저 향내를 맡고, 빛깔을 비쳐 보며,
한 모금 입안에서 돌리며 맛보면서 조금씩 음미하며 마신다

는 것이다. 그런데 그 비싼 술을 큰 잔에 부어 맥주를 부어 벌컥벌컥 들이킬 바에야 왜 하필이면? 하고 이해할 수 없다는 것이다. 세계의 비행기회사 중에서 발렌타인 21년과 30년짜리를 갖추어 있는 곳은 단 두 곳, 한국 국제비행기와 일본 국제비행기뿐이라고 하였다. 듣고 보니 고개가 갸웃해졌다. 필자는 어처구니가 없어서 '세상에…'하였다.

골프마니아(Golf mania)

눈이 왔는데, 또는 눈이 오고 있는데, 골프장이 하얀 눈으로 쌓였는데 빨간색 골프공으로 골프를 친다는 것이다. 미국에서는 아예 골프장 문을 닫아버린다고 하였다. 비가 올 때도 마찬가지다. 비가 온다든지, 특히 번개가 예상되는 기후에는 골프장에 있는 사람들을 확성기로 방송하여 모두 퇴장하게 한다. 그런데 한국인들은 가끔 골프를 친다는 것이다. 그러다가 낙뢰를 맞은 적도 있다고….

그이는 농담까지 생겼다고 한다. 어떤 남자가 골프를 치다가 잠시 필드(field)에 멈춰 서서 묵념을 하더라는 것이다. 이유를 물으니 방금 지나간 장례식 차가 바로 내 마누라의 것이었다고 말했다고 한다. 즐거움도 지나치면 몸에 해롭고, 슬픔으로 변하는 법이라고 했거늘…. 아니 웃을 수 없었다. 아무리 골프광이라 치더라도 그렇지?! 여성 골프 세계선수권 대회에서 1등부터 10등 이내에 한국 선수가 절반가량 줄을 서 있을 때가 있다 보면….

3D 직종 기피 현상과 욜로(YOLO)족

필자는 1960년대 초에 겪었던 생활 이야기를 쓰다 보니, 황금찬 시인의 「보릿고개」란 시가 떠오른다. '코리어의 보릿고개, 안 넘을 수 없는 운명의 해발 구천 미터(9,000m)'라고 했다. 세계에서 가장 높은 산 에베레스트(Mt. Everest: 8,848m)보다도 더 넘기 어렵다고 상징적으로 표현했다. 경제의 고도성장(1인당 국민소득 3만 달러)과 앞선 과학으로 문명의 이기로 실생활이 고도로 편리해진 오늘날(2018년), 일터에서 어렵고 힘들며(Difficult), 위험하고(Dangerous), 더러운(Dirty) 직종, 즉 3D 직종을 피하는 경향이 강하다. 굶주림 (hungry)의 고통을 겪어보지 않았기 때문에, 힘든 직장이면 그만두려 한다는 지적을 매스컴에서 읽고 있다.

부부간의 소득이 높아도 아이 낳고 기르고 하는 일이 번거롭고 힘들어, 결국 인구절벽으로 치닫고 있다. 힘든 노동을 거부할 뿐만 아니라, 도전정신, 출세하겠다는 야망도 줄어들고 있다. 대신에 벼락부자 되는 길, 한탕주의가 젊은 층을 유혹하고 있다고 지적한 글을 자주 읽고 있다. 오늘을 즐기자는, 욜로족(YOLO-You Only Live Once)이 번지고 있다. 근검절약하며 적금하던 시대는 지났다. 이를테면, 빚을 내어서라도 외국 여행을 떠나는 행렬이 길어지고 있으며, 여럿이 계를 하여 계 돈을 타면 신분에 어울리지 않은 고급 핸드백을 구입하는 데 써버리기도 한다. 내일을 위해 근검절약하는 젊은 층의 의식구조와 생활형태(Life Style)가 소비성향으로 달라지고 있는 것 같아서 우려스럽다. 내일은 오늘에 땀 흘린 사람의 것이다.

여기에 존 케네디 대통령의 아버지가 그의 자식들에게 한 말을 옮겨본다. "나는 너희들이 일생의 사업으로서 무엇을 하든지 개의치 않겠다. 하지만 무엇을 하든지 그것을 하는 한, 세계의 일인자가 되어라. 비록 도랑 파는 인부가 되더라도, 세상에서 제일가는 도랑 파는 인부가 되라"고 했다 한다. 그 말은 한 분야에서 꾸준히 연구하고 경험을 쌓는 동안에 능력을 발휘하여, 그 분야에서 최고 기술자가, 전문가가 된다는 말 일 것이다. 쉬운 일만 찾아서, 시간과 노력과 열정을 쏟아붓지 않아도 되는 그런 직장을 선호하는 젊은이들에게 위의 말은 어떻게 비추어질까?

큰 인물들의 만남

박정희 대통령과 박태준 포스코 회장의 만남

아침 식탁에서 박정희 대통령과 박태준 전 포스코 명예회장의 만남에 관하여 이야기했다. 실존주의 철학자 야스퍼스(Karl Jaspers, 1883~1969)는 인생의 만남에는 두 가지 형태가 있다고 했다. 이성과 이성의 맑고 순수한 사랑에서의 만남과 겉 사람과 겉 사람과의 피상적인 만남을 들었다. 인격과 인격끼리의 깊은 실존적 만남을 공자와 안회(顔回), 예수와 베드로, 소크라테스와 플라톤, 유비와 제갈량, 괴테와 실러, 단테와 베아트리체, 고흐와 고갱, 이백과 두보 등을 예로 들었다. 여기에 필자는 만남의 목적과 성격은 다르지만, 세계적인 신화를 만

들었다는 점에서 소련의 미하일 고르바초프와 미국의 로널드 레이건 대통령에 대하여서는 이미 앞장에서 논했다. 오늘 아침엔 한강의 기적을 이룬 박정희 대통령과 한국의 강철왕 박태준 전 포스코 명예회장의 만남에 관해 말을 건넸다.

명장이 천리마(千里馬)를 알아보듯이 박정희 대통령은 박태준 회장이 큰일을 해낼 수 있는 인물로 믿고 큰일을 맡겼으며 뒤에서 적극적으로 밀어주었다. 일제의 강압과 6·25 전화로 세계에서 가장 가난했던 나라에서 이렇게 일어선 것은 위대한 통치자와 뜻이 맞는 기업인을 만났기에 가능했다고 한목소리를 냈다. 오늘의 우리나라 경제를 우뚝 서게 한 두 기둥은 경부고속도로와 포항 영일만 포항제철 건립일 것이다.

포항 영일만 모래바람 속에서 일군 포항제철 신화는 1968년 4월 1일 창립했고, 1970년 4월 1일 종합준공식을 올렸다. 4반세기 후(1992.9.25) 연간 2100만 톤의 생산능력을 갖춘 4개의 용광로를 준공했다. 이때 박 회장의 연설문이다. "회사의 4반세기는 바로 선진국에 대한 후진국의 일대 추격이었고, 인간 스스로 노력의 한계에 대한 도전이었으며, 5000년 동안 쌓아온 우리 민족의 체념과 패배의식의 일대 분발의 기름을 붓는 국민정신의 시험장이었다"고 했다. 그러면서 박정희 대통령 국립묘지를 찾아가 읽은 글월(1992.10.3.) 중에는 "자본도, 기술도, 경험도 없는 불모지에서 용광로 구경조차 해본 일이 없는 39명의 창업요원을 이끌고 포항 모래사장을 밟았을 때 원망스럽기도 했습니다"라고 했다. 이런 글을 읽으면 가슴이 뜨겁고, 눈시울이 젖는다. 그이는 요즘 아무리 생각해봐도 그 당시, 그 형편에 감히 꿈도 꿀 수 없는 큰 구상을 하였고, 또 밀어붙인 위대한 리더십은 불가사의하다고, 감탄, 또 감탄하곤 한다.

대전의 카이스트(KAIST, 한국과학기술원)는 이공계 연구중심 대학으로서 박정희 대통령이 1971년에 세운 국립특수대학이다. 카이스트는 2009년에 달리는 로봇 '휴보2(HUBO2)를 개발했으며, 몇만 명의 인재를 배출해왔다. 1986년에 설립된 포항의 포스텍(POSTECH, 포항공대)은 박태준 전 포스코 명예회장이 설립했다. 포항공대에는 국제적 수준의 고급 인재양성과 더불어 산·학·연(産學硏) 협동 아래 50개의 연구소가 있으며, 재정적 뒷받침은 포항종합제철이다.

박정희의 신화라면 우리는 '경부고속도로(1968.12～1970.7. 개통)'를 떠올리게 된다. 당시엔 우량농지를 훼손한다고, 고속도로가 부유층의 전유물이 될 것이라고, 정치인, 언론인, 학자들도 반대여론에 동승했었다. 국가재건을 위한 차관을 얻기 위해 1964년 12월에 서독을 방문했을 때 일어난 슬픈 이야기는 두고두고 우리 국민의 가슴을 슬프게 한다. 그때 박 대통령은 독일의 아우토반(Autobahn) 고속도로와 국민차 폭스바겐(Volkswagen)을 보고 얼마나 부러웠으랴 상상해 본다. 우리의 아들과 딸을 광부와 간호사로 보내놓고….

미국의 시어도어 루스벨트 대통령은 '큰 인물이 되기를 원하는 젊은이는 단순히 수많은 장애를 극복할 결심만 해서는 안 되며, 헤아릴 수 없는 반대와 패배에 직면해서도 그 장애물을 극복해 보이려는 결심이 필요하다'라고 했으며, 프랭클린 루스벨트는 '인간은 운명의 포로가 아니라 자신의 정신에 딸린 포로이다'라고 역설했다. 참으로 많은 것을 깨치게 하는 말이라고 생각한다.

큰 인물들의 만남은 불가능을 가능으로 바꾸고, 기적을 일으킨다고 우리는 생각했다. 지난날 우리나라의 기업인들은 오대양과 육대주를 맨주먹으로 돌아다니며 용기와 노력으로, 오늘의 세계적인 큰 기업의 바탕을 마련했다. 우리나라의 역사에도 세계가 놀랄만한 지도자와 기업인들이 있었다고 함께 말했다.

독도 음악회 「독도야 간밤에 잘 잤느냐?」

서울 마포 아트홀에서 「독도야 간밤에 잘 잤느냐?」란 제목의 음악회(2012.12.8)를 관람했다. 독도 음악회는 신상우씨와 팝 오케스트라, CBS 소년합창단, 그리고 독도를 사랑하여 12번이나 독도를 드나들었다는 한돌님이 독도노래 10곡(동요, 가곡, 가요)을 창작한 것을 발표하였다. 인사 때 "독도는 그냥 섬이 아니라 우리나라의 수호신입니다"라고 하였다. 그리고 노래 10곡을 지을 때의 심정과 배경을 설명해 주었다.

두 시간 동안 아이맥스 영화화면처럼 무대화면 가득한 대형 독도의 사계절 풍광을 감상했다. 동해의 푸른 파도가 드나드는 구석구석을 조명하였고, 공중촬영으로 인해 독도를 입체적으로 볼 수 있었으며, 동시에 독도사랑 노래를 들으니 독도를 더욱 사랑하게 되었다. 독도의 주소는 경상북도, 울릉군, 울릉읍, 독도리, 산 1-37번지이다. 2003년에 독도에 우편번호 '799~805'이 주어졌다. 2006년 5월, 독도 유람선 「동해호」가 출항을 시작했다.

역사를 돌아보면, 일본은 러·일 전쟁(1904-1905) 때 울릉도와 독도에 망루를 설치했다. 독도를 강탈하여 시네마현에 편입시켰으며, 중학교 교과서에 다케시마(竹島)로 표기했다. 북방 영토와 마찬가지로 일본의 영토라고 기술하였다. 을사늑약 조약(1905.11.17)체결로 대한제국의 외교권 및 국권을 상실했다. 한일합방(1910.8.29)에 의해 한반도는 일본의 식민지가 되었다. 1945년 8월 15일 일본이 연합국에 항복한 후 동경에 연합국 최고사령부를 설치하였다. 그리고 일본이 침략하여 빼앗은 모든 이웃 나라 영토들을 원주인에게 반환해 주게 하였다. 1948년 8월 15일 정부수립과 동시에 주한미군(연합국)으로부터 한반도와 독도 등 부속도서 등을 영토로 인수하였다.

필자는 이승만 대통령이 독도는 우리 땅이라고 선언했잖았어요? 하고 물었다. 그이는 대통령이 독도를 평화선 안에 포함시켜, 이승만 '평화선(Syngman Rhee Line, 1952.1.18)'을 선포했었지. 선견지명이 있는 훌륭한 지도자였어. 일본이 왜 또 이슈를 만드느냐? 고 되물었다. 1965년에 한일협정이 체결되면서 양국 간에 어업협정으로 철폐되고, 어업에 관한 수역으로 대체되었다고 했다. 그러나 실효 지배국으로서 우리의 영토임을 세계 각국에 알리기 위해 언론계와 학계 그리고 시민단체가 연계해 공세적 입장을 취하며, 국제학술대회를 열어 독도영유권의 정당성을 알려야 한다고 하였다.

일본인 10명 중 7명은 '독도는 일본 땅' (2013.1.4) 이라고 말하지만, 일본이 실효지배하고 있는 센카쿠 열도(중국명: 다오위다오, 조어도＝釣魚島)는 69%가 일본 땅이라고 한다. 청일 전쟁(1895) 때 일본이 점령했는데 그 후 영토문제를 명확히 해결하지 않았기 때문에 중·일 간에 영유권 주장으로 시끄럽다. 특히 1916년 아시아 극동 경제위원회가 이 수역에 천연가스와 석유의 대규모 매장량을 발표한 후 더욱 뜨겁게 달아오르고 있다. 필자는 일본의 작태는 예나 지금이나 섬나라로서 해적의 본성을 강하게 지니고 있다고 중얼거렸다.

일본은 동쪽으로는 소련과 쿠릴열도, 서쪽으로는 중국과 센카쿠열도, 북쪽으로는 한국과 독도문제를 일으키고 있다고 했다. 뾰족한 해결방법이 없을까요? 했더니, 세계의 여론이 우리의 주장을 받아들이도록 해야 한다고 했다. 국력을 신장하고 한국의 위상을 높여야 하는데, 그리 쉽지 않다고 했다.

국제사회에 독도가 우리의 영토임을 학문적으로 명확히 밝힐
큰 과제가 우리에게 남아있다고 했다.

정신유산 『시련은 있어도 실패는 없다』

정주영의 구두

오늘 아침 『조선일보』(2005.4.14)에 故 아산 정주영 현대그룹 명예회장이 생전에 신었던 구두 사진이 실렸다. 구두가 닳는 것을 막으려고 굽에 징을 박아서 신고 다녔는데, 계속 굽을 갈아가며 30년 넘게 신었다고 한다. 성균관대 상임이사를 맡은 삼성전자 부사장이 자신의 개인 홈페이지에 「정주영의 구두」라고 올린 글이다. 그이는 근검절약이 좋은 덕목이긴 하지만 그렇다고 모든 국민이 돈을 쓰지 않는다면 나라가 망한다고 아침 식탁에서 말하였다. 이를테면 미국의 제니스(Zenith) 회사가 TV를 남편이 너무 잘 만들어 평생을 써도 망가지거나 고장이 나지 않았기 때문에 망했다는 예를 들었다.

고 정주영 명예회장이 30년 이상 살아온 서울 종로구 청운 동 2층 양옥에는 아직도 옛 금성사의 '골드스타' 17인치 소형 TV가 있고, 거실의 검은 가죽소파는 20년 이상 사용해 모양 은 일그러졌고 모서리가 허옇게 닳았다고 한다. 방에는 그 흔 한 그림이나 장식품도 하나 없고, 거실 벽엔 '일근천하무난사 (一勤天下無難事)란 글귀가 걸려있고, 반대쪽에는 박정희 전 대통령이 쓴 청렴근(淸廉勤)이란 액자가 있다고 했다. 이곳이 대한민국 최고 재벌가의 거실인가 의아해질 정도라고 하였다.

1998년 6월, 정회장은 소 떼 1000마리를 몰고 판문점 군사 분계선을 넘어 고향인 통천으로 찾아갔다. 그의 망향심(望鄕 心)은 세계를 놀라게 했다. 이 사건을 두고 프랑스의 석학 소르 망(Guy Sorman)은 '20세기 마지막 전위예술'이라고 했다.

정회장은 금강산 관광(1998.11.18.) 바닷길에 금강호를 출 항시켰고, 2003년에는 육로관광도 열었다. 현대아산이 북한 에 투자한 자산은 금강산 호텔, 외금강 호텔, 개성공단 사업이 다. 그리하여 불도저경영과 불가능은 없다는 신화를 낳았다.

박정희 대통령과 정주영 회장의 만남

고 박정희 대통령은 1975년 여름에 정주영 회장을 청와대 로 초청하여 상의하였다. 중동에서 달러를 벌어들일 좋은 기회가 왔으나 너무 더운 나라라 낮에는 일할 수 없고, 건설공사에 절대적으로 필요한 물이 없어서 공사를 못하겠다고 합니다. 그런데 1973년 석유파동으로 중동 국가들은 달러를 주체 못하는데, 그 돈을 벌어오면 사회의 여러 인프라를 건설하고 싶다고 박정희 대통령이 토로하였다.

그때 정회장은 1년 내내 비가 오지 않으니 1년 내내 공사를 할수 있고, 건설에 필요한 모래와 자갈이 현장에 있으니 자재 조달이 쉽다고 했다. 물은 어디서 싣고 오면 되고 50도 되는 더위는 천막치고 낮에는 잠자고 밤에 횃불을 들고 일하면 된다고 했다 한다. 해서 이 세상에서 건설공사 하기에 가장 좋은 지역이라고 대화했다고 전한다. 그리하여 30만 명의 일꾼들이 중동의 사막지대로 몰려나갔다.

정 회장은 『시련은 있어도 실패는 없다』란 저서를 남겼다. 세상에 가치 있는 일치고 쉬운 일은 없다. 그러나 모두 극복할 수 있는 일이라고 했다. 기업가의 개척정신과 불굴의 의지와 노력 그리고 땀과 눈물과 피의 희생이 없었더라면 오늘의 한국은 세계에서 가난한 나라로 남았으리라.

'거북선' 500원 지폐를 보이며 차관 도입한 정 회장!

아산 정주영 회장이 울산 조선소를 짓기 위한 자금확보에 나섰다. 1971년 당시 영국의 최고 은행인 바클레이에서 차관 도입을 말했을 때 현대의 조선 능력과 기술 수준을 들어 거절하였다. 이때 바클레이에 추천서를 써 줄 수 있는 선박 컨설턴트 회사 롱바텀 회장을 찾아갔으나 역시 거절당했다. 이때 정회장은 500원 지폐에 새겨진 이순신의 거북선을 보이며, 우리는 1500년대에 이미 철갑선을 만들었소. 영국보다 300년이나 앞서있었다고 말하며 다만 산업화가 늦어졌을 따름이라고 역설하였다는 이야기는 너무도 유명하다. 정주영 회장에 관한 재미있는 에피소드이다. 정회장이 어느 대학 출신이냐고 물었을 때 영국의 명문대학 옥스퍼드 대학과 케임브리지 대학을 나왔다고 답했다. 상대방이 놀라서 다시 물으니 어제 양 대학을 들어갔다가 나왔다고 했다 한다.

롱바텀 회장이 현대건설을 직접 둘러본 후, 바클레이에 추천서를 썼고, 영국의 수출신용보증국(ECGD, Export Credit Guarantee Department) 승인을 받아냈다. 우여곡절 끝에 결국 차관 4300만 불 약 510억 원 도입을 협의했다는 사실은 널리 알려진 에피소드이다. 1972년 3월에 현대중공업은「현대 울산 조선소」기공식을 했고, 11년 만에 건조량 기준 조선 부문 세계 1위의 기업이 되었다. '시련은 있어도 실패는 없다'란 교훈은 우리 국민의 위대한 정신유산이다.

보릿고개 세대와 근검절약

그이는 요즘도 저축하려고 씀씀이를 미리 계획하고 따라서 수정한다. 일제 강점기와 6·25 전쟁을 겪은 보릿고개 세대는 물자를 아끼고 저축하며 갖가지 어려움도 참고 견디는 습성에 익숙해진 세대이다. 그런데 근검절약도 어느 정도라야지 노부모가 너무 초라하게 보이면 자식들이 불편해한다. 한 예를 들면, 그이의 실크 목도리(Silk Scarf)가 오래되어 갈가리 헤어진 것을 계속 착용하는 것을 보다 못해 큰아들은 새것을 사드리겠다고, 부디 버리시라고 하여도 '아직은 괜찮아야,'하며 계속 사용하였다. 떨어진 목도리가 상의 밖으로 보일 때는 보기에 난처함을 물론 초라하게 보였다. 큰아들은 어느 날 아빠가 집에 안 계실 때 그 목도리를 버리고 새것으로 대치했다.

옷장을 정리한다고 벼르고 벼려도 막상 버리고 정리할 때는 여간 어렵지 않다. 버리려고 요리조리 살펴보다가 결국 처리하지 못하고 다시 서랍에 넣고 마는 때가 허다하다.

미국에서 영구 귀국할 때 레이지 보이(Lazy Boy)란 안락의자를 가지고 왔다. 사용한 지 50년 가까이 되다 보니 가죽이 벗겨져 속 솜이 보였다. 20여 년 전에 의자 껍질을 한 번 갈았다. 20여 년 지나니 얇은 가죽 껍질이 또 너덜너덜해졌다. 딸과 외손주들이 할아버지께 새것을 사드리겠다고 강요해도 손사래 치며 '뼈대는 멀쩡해야'하며 그대로 사용하고 있다. 의자 뒤쪽에 큰 수건을 덮고, 양쪽 손 바지 위에는 흰 타월을 덮어 사용한다. 종갓집이라 친척이라도 집을 방문하겠다고 하면 응접실에 크게 버티고 있는 허름한 의자에 신경이 써진다. 사용할 수 있는데 버리고 새것으로 교체하는 데는 용단이 필요하다. 말이 쉽지 버리고 정리한다는 일은 쉬운 일이 아님을 경험하고 있다. 보릿고개 세대의 원형 두 사람이 이 집에 함께 살고 있다.

교육자는 사랑의 봉사자

필자의 시부모님은 스무 살 동갑에 결혼하여 80세 되던 회혼식 때 자식들에게 남긴 말은 새옹지마(塞翁之馬)였다. 팔십 인생을 살고 보니 인간이 살아가는 매 순간에 삶의 길을 끊임없이 선택해야 하는데, 그 당시에는 잘 못 선택하였다고 후회하며 자학증상으로 괴로웠지만 돌아보니 그때의 그 선택이 가장 지혜로운 선택이었다고 하셨다. 그러니 마음의 여유를 가지고 최선을 다하여 살다 보면 아름다운 인생의 열매를 맺게 된다고 하셨다.

필자의 시아버님은 전라남도 교육연구원장과 광주여자고등학교 교장 등 37년간 교직에 헌신하신 교육자이셨다. 제 남편도 대학에서 가르쳤고, 자식 셋도 모두 대학에서 가르치고 있다. 3대가 교직에 몸담고 있다. 시부님의 교육관이랄까 인생관을 읽을 수 있는 내용이기에 그의 저서 『교육자는 사랑의 봉사자』 중에서 몇줄 옮겨본다.

교육자는 사람을 좋아해야 한다. 그리고 피교육자에 대하여 관심이 깊어야 한다. 그러나 피교육자에게 군림해서는 아니되며, 동반자 또는 안내자가 되어야 한다. 가르치는 순간만은 성직자가 되어야 한다. 가르친다는 것은 정열과 봉사의 자세로 사랑하는 것이다.

그이는 제자들에게 선진교육과 문물을 접하고 시야와 희망을 넓히라고 강조해왔다. 연세대학교는 기독교대학으로 진리와 자유가 교훈이며, 하늘과 우주를 뜻하는 푸른색과 창공을 관장하는 새 독수리가 학교 상징이다. 연세(延世)란 세계로 나아 감을 뜻한다. 그이가 교육받은 대로 그이도 제자들에게 좁은 생활 터전을 벗어나 세계 속에서 경쟁하며, 한국의 미래를 이끄는 견인차가 되라고 설득하며 지도하였다.

걸림돌과 디딤돌

필자가 자식들에게 하고 싶은 말이 있다면, '걸림돌과 디딤돌의 차이'에 관해서이다. 영국의 역사가 토머스 칼라일(Thomas Carlyle)이 한 말인데, "길을 가다가 돌이 나타나면 삶의 패배자는 그것을 걸림돌이라고 하고, 승리자는 그것을 디딤돌이라고 한다"고 했다. 삶을 긍정적으로 보고, 줄기차게 목표를 향해 노력할 때, 닥치는 어려움을 징검다리인 디딤돌이라고 생각하는 자세가 필요하다. 남들처럼 가진 게 없다고 좌절하고 원망하며 한탄하려면 끝이 없다. 인간은 다 핸디캡이 있게 마련이다. 고금을 통해 인류가 우르르는 위대한 인물이나 성인들도 다 갖추지는 않았다.

아무리 완벽한 환경 속에서 태어났다 하더라도 삶이란 시행착오의 연속이기에 매 순간의 선택이 삶의 실패로 이어질 수도 있다. 무지와 잘못된 생활습관과 편견과 오해, 그리고 이해와 사랑의 부족으로 얽히고설킨다. 실수를 딛고 걸림돌에서 넘어졌어도 다시 일어서기만 하면, 시간과 값비싼 경제적 손실을 치렀더라도 경험을 통하여 배웠고 지혜를 얻었으며 성숙해졌다. 걸림돌이 디딤돌로 작용한 것이다.

필자는 보통사람으로 인물, 가정, 교육 어느 것 하나 남들처럼 갖춘 게 없다. 모자람을 메꾸기 위해 쇠막대기로 바늘은 만든다는 고사 '마철저(磨鐵杵)'를 좌우명으로 삼아 정신이 살아 있는 한 배우려고 노력한다. 내 인생의 촛불이 다하여 가물거릴 때 남편에게는 고맙다'란 말과 자식들에게는 '디딤돌과 걸림돌'에 대하여 말하리라 생각하고 있다.

글로 쓴 인생、 살아가는 독서

초판 1쇄 인쇄일	2020년 7월 07일
초판 1쇄 발행일	2020년 7월 21일
지은이	조영자
펴낸이	한선희
편집/디자인	우정민 우민지
마케팅	정찬용 김보선
영업관리	한선희 정구형
책임편집	우민지
인쇄처	국학인쇄사
펴낸곳	국학자료원 새미(주)

등록일 2005 03 15 제 406-3240000251002005000008 호
경기도 고양시 일산동구 중앙로 1261번길 79 하이베라스 405호
Tel 442-4623 Fax 6499-3082
www.kookhak.co.kr
kookhak2001@hanmail.net

ISBN	979-11-90476-57-7 *03810
가격	14,500원